テメレア戦記 4

象牙の帝国

ナオミ・ノヴィク　那波かおり=訳

下

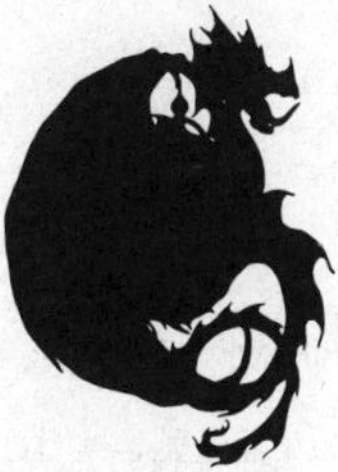

This translation published by arrangement with Del Rey,
an imprint of Random House,
a division of Penguin Random House LLC,
through Japan UNI Agency,Inc.,Tokyo

Cover illustration © Dominic Harman

テメレア戦記4　象牙の帝国　下　目次

第二部

第三部……155

主な登場人物と竜

テメレア

中国産の稀少なセレスチャル種の大型ドラゴン。中国皇帝からナポレオンに贈られた卵を英国艦が奪取し、洋上で卵から孵《かえ》った。英国航空隊ドラゴン戦隊所属。すさまじい破壊力を持つ咆吼〝神の風《ディヴァインズ・ウィンド》〟と空中停止《ホバリング》は、セレスチャル種だけの特異な能力。中国名はロン・ティエン・シエン（龍天翔）。学問好きで、美食家で、思いこんだらまっしぐら。ローレンスとの絆は深く、強い。

ウィリアム（ウィル）・ローレンス

テメレアを担うキャプテン。英国海軍の軍人としてナポレオン戦争を戦ってきたが、艦長を務めるリライアント号がフランス艦を拿捕《だほ》したことから運命が一転する。洋上で孵化したテメレアから担い手に選ばれ、国家への忠誠心ゆえに航空隊に転属するが、いつしかテメレアがかけがえのない存在に。航空隊の自由な気風になじんではきたが、規律と礼節を重んじる生真面目な性格は変わらず、奔放なテメレアをはらはらしながら見守っている。

英国の人々

ジェーン・ローランド……エクシディウムを担う豪放な女性キャプテン。ローレンスの恋人
トム・ライリー……ドラゴン輸送艦アリージャンス号艦長。元ローレンスの腹心の部下
ジョン・グランビー……イスキエルカの担い手。元テメレア・チームの副キャプテン
キャサリン・ハーコート……リリーを担う若き女性キャプテン
バークリー……マクシムスを担う。ローレンスの訓練同期生
チェネリー……ドゥルシアを担う
サットン……メッソリアを担う
リトル……イモルタリスを担う
ウォーレン……ニチドゥスを担う
ネルソン提督……〈トラファルガーの海戦〉に勝利をおさめた国家的英雄
アレンデール卿……ローレンスの父。奴隷貿易に反対する政治家
ウィルバーフォース……奴隷貿易反対論者。アレンデール卿の盟友
グレンヴィル……海軍大臣
マルグレーヴ卿……新・海軍大臣
グレイ中将……ケープ植民地総督代理
エラスムス師……奴隷出身の宣教師
ハンナ(リサボ)……エラスムス師の夫人

テメレアのクルー

フェリス……副キャプテン。空尉
リグズ……射撃手《ライフルマン》の長
フェローズ……武具師。ハーネス匠
ケインズ……テメレアを担当する竜医
ドーセット……新入りの竜医
マーティン……空尉候補生
エミリー・ローランド……見習い生。ジェーンの娘
ダイアー……見習い生
ゴン・スー……中国からチームに加わった料理人

仲間のドラゴンたち

マクシムス……バークリーが担う巨大なリーガル・コッパー種
リリー……テメレアの所属する編隊のリーダー。毒噴きのロングウィング種

イスキエルカ……………グランビーが担う火噴きのカジリク種
アルカディ………………山賊ドラゴンの長《おさ》
ヴォラティルス(ヴォリー)…ジェームズが担う逓信竜。グレーリング種

アフリカの人々とドラゴン
ディメーン………………コーサ人の少年
サイフォ…………………ディメーンの弟
ケフェンツェ……………戦闘力の高いアフリカ産ドラゴン
竜王………………………内陸の謎の王国の支配者
モシュシュ王子…………内陸の謎の王国の長子

第二部

9　奥地へ

「ミスタ・ケインズ！」昂《たか》ぶった議論のなかにキャサリン・ハーコートの声が割りこんだ。「だったら、具体的に言ってくれない？　薬キノコに関するミスタ・ドーセットの提案に対して、ほかに採《と》るべき道があるかどうかを」

巨大キノコの収穫はいくぶん効率があがり、ニチドゥスがほぼ毎日、採れた分をケープタウンまで届けるようになった。こうして疲労と土まみれの一週間が過ぎて探検隊全員がケープタウンに戻ったときには、リリーはもちろん、メッソリアとイモルタリスにも治療がほどこされていた。三頭のドラゴンに与えてもまだ余剰《よじょう》があり、薬キノコは強烈な臭いを放つ小山となっていた。そのうち二個をオイルに、二個をラム酒に浸《ひた》し、残る二個を紙とオイルクロスで包んだ。こうして、その三種が説明書きを添えて箱詰めにされ、探索隊を待って港に停泊していたフィオナ号に託された。フィオナ号は引き潮とともに、英国に向けて出航することになっている。

しかし、キャプテン一同がそろった晩餐《ばんさん》の席に晴れやかさはなく、若手竜医のドーセットから提案が出るまではみなが押し黙り、苦い思いを嚙《か》みしめていた。英国に送り届ける薬キノコで治療できるのはせいぜい三頭だ。ドーヴァー基地の竜医がリスク承知であえて半量の処方にして成功すれば、あるいは小型ドラゴンに対して使えば、六頭が助かることもあるだろう。しかもそれは三種の保存法でキノコの効力が失われなかった場合にかぎられる。乾燥させる方法にもドーセットは興味を示したが、実行に移すにはキノコの量が不足していた。

「いや、これ以上の成果を望むなら、兵士と猟犬の軍団を雇うしかなかろう。いったい、どこで雇えるものやら」ウォーレンが言った。片手に酒瓶を持ち、片手に持ったグラスを飲みほすと、すぐにお代わりを注ぐ。「ネメアーンは賢いやつだが――」ネメアーンというのは、ディメーンとサイフォが連れている犬のことで、若い士官見習いたちが近頃勉強したギリシア神話に出てきたライオンにちなんで、このご大層な名を犬に授けたのだった。「それでも森は手ごわい。一日じゅう枝を叩き払って、見つけられるキノコは一個か二個。もっと大量に必要だというのに……」

「もっと人手がいるな」ローレンスは言った。しかし現実は、すでに雇い入れた者たちすら失いかねない状況だった。契約の一週間が過ぎると、ディメーンは報酬を受け取って弟のサイフォといっしょに故郷の村に帰りたそうなようすを見せた。ローレンスは良心の疼《うず》きを感じつつ、ディメーンを城の近くの囲い地まで連れ出した。囲いのなかではよく肥えた立派な乳牛と生後六か月の仔牛が、のんびりと草を食《は》んでいた。

少年は、板囲いのあいだから首を突き出し、手を伸ばして親牛の茶色のやわらかな脇腹にそっと触れた。それから仔牛を見つめ、つぎにローレンスを見返し、問いかけるような表情を浮かべた。ローレンスはうなずき、仔牛も報酬として与えることを約束した。仔牛の上乗せによって、ディメーンは家に帰りたいという訴えを呑みこんだ。ローレンスは自分のことをずるくていやな人間だと思いながら、その場から立ち去った。これまでの印象からすると、兄弟は孤児か家族から見捨てられた子どもたちのように思えたが、それでも、彼らに家族がいて心配していないことを切に願った。

「こ、効率が悪すぎます、いまのままでは」ドーセットがつかえながらも決然と言った。「時間がかかりすぎです。人を大勢雇ってさがしたところで、そもそも、あのキノコは絶滅寸前なんです。この地でずっと根絶やしにされようとしてきたんですから。近場をさがしても、大量には見つからないでしょう。どんなに長い歳月をかけて、牧夫たちがあのキノコを引っこ抜いてきたか。もっと遠くへ、はるか遠くへ行って、大量に採取できる地域を見つけるしかありません」

「憶測でものを言うな!」ケインズがぴしゃりと言った。「そんな乏しいチャンスに賭けられるか。どこまで行けば気がすむ? どんな土地だろうが、いずれかの時代には、放牧に使われてきた。病《や》みあがりのドラゴンたちを、野生ドラゴンがうじゃうじゃいるような奥地まで送り出せるか。そんな薄い望みのために。阿呆《あほ》らしい、愚《ぐ》の骨頂《こっちょう》——」

議論が白熱し、テーブル越しに意見が飛び交った。マクシムスとリリーの竜医、ゲイターズとウェイリーがケインズに加勢してまくしたてると、ドーセットの吃音《きつおん》がもはや話の内容が聞きとれないほど激しくなった。そしてついにキャサリンが椅子から立ちあがり、テーブルに両手を突いて、一同を黙らせたのち、言いわたしたのだった。

「あなたがたの不安について、とやかく言うつもりはない」キャサリンは、いっそう落ちつき払ってつづけた。「でも、ここへ来た目的は、この編隊だけが助かることではないはずよ。速達便の手紙にもあったように、英国では三月までにさらに九頭のドラゴンが命を落とした。いまはもっと増えているでしょう。わたしたちは、彼らを助けることができなかった」厳しいまなざしでケインズを見つめる。「あなたはこのままでいいの？」

ケインズはむっつりと黙った。テーブルに落ちたままの視線が、遠くへ行くしかキノコを大量に収穫するチャンスがないことを、しぶしぶながら認めていた。キャサリンがうなずいた。「では、みんなで危険を乗り越えましょう。ありがたいことに、ドラゴンたちは遠出に耐えられるまで回復しているわ」

回復期にあるとはいえ、マクシムスが遠征隊に加われないことについて、議論の余地はなかった。マクシムスはなんとか飛ぼうと羽ばたき、地面を蹴って土ぼこりを巻きあげるのだが、疲れて尻をついてしまうことがたびたびだった。離陸してしまえばある程度は滞空していられるものの、飛び立つために不可欠な筋力を欠いている。ケインズが首を振り、マクシムスのぼってりとした脇腹を手さぐりした。

「体重が戻るどころか増えすぎちゃいないか？　運動してるんだろうな？」そう詰問されて、マクシムスはもちろんしていると言い返した。「ふうむ、だが長くは飛べないんだろう？　だったら、歩くしかないな」こうしてマクシムスは毎日街を何度も周回する運動を課せられた。山に登れば小さな岩なだれを起こしてしまうので、マクシムスにとって障害物がない場所は街の周囲しかなかったのだ。

ところが、これがはた迷惑な結果を生んだ。フリゲート艦なみに巨大な竜が犬のように散歩するのは珍妙な光景だったが、マクシムスが、地面の硬さと爪に食いこむ小石に不平を言い出した。「最初は気づかなかったんだよ……」見習い生たちに鉄ベラとナイフと鉗子《かんし》とで爪の根もとの硬い皮膚から石をほじり出してもらいながら、巨大な竜は悲しげに言った。「気づいたときには、こんなに深くはさまってた。なんとも言えない、いやーな感じだ」

「歩くより、泳いだほうがいいんじゃない?」テメレアが言った。「水のなかは気持ちいいよ。クジラを捕まえられるかもしれないしさ」この助言にマクシムスが飛びつき、その結果、漁師たちが――ことに大きな漁船を持つ漁師たちが、迷惑千万だと息巻いてやってきた。

「それは申し訳ないことをした」と、バークリーが漁師たちに言った。「どうかわたしといっしょに来て、あいつに直接意見してやってくれ」

結局、それができる者はひとりもおらず、マクシムスはのんびりと水泳をつづけた。

毎日、マクシムスが水を掻いて泳ぐ姿が港で目撃された。賢いクジラやイルカやアザラシはけっして近づこうとはぜず、マクシムスをがっかりさせた。彼はマグロもサメも、あまり好きではなかった。ことにサメは、竜が食べた家畜の血の臭いに反応するのか、四肢にしょっちゅう咬《か》みついてきた。

そんなある日、マクシムスが一匹のサメを閲兵場《えっぺいじょう》まで持ち帰った。水から引き揚げられた体長十九フィート、体重二トンはあろうかという、鋭い歯がぎっしり並んだ尖った顎をもつ獰猛《どうもう》そうなサメは、閲兵場の地面に置かれるや、激しくのたうち、見習い生のダイアーと士官見習い二名、海兵隊員一名をなぎ倒し、跳ねながら空《くう》に咬みついた。だが最後にはドゥルシアが登場し、かぎ爪を振りあげて暴れるサメを地面に押しつけ、息の根を止めたのだった。

年長のメッソリアとイモルタリスは、日課の飛行訓練が終わると、満足そうに閲兵場に横たわり、日を浴びながら昼寝をした。咳がおさまったリリーは、ドゥルシアに劣らぬ回復ぶりを見せ、早く空を飛びたいとだだをこねた。しかし、万一くしゃみや咳が出ても空から強酸を撒き散らさぬように、かなり遠出をする必要があった。ケインズは、身重のキャサリンを案ずるキャプテンやクルーがここはなだめてくれと懸命に目で訴えるのを無視してリリーを診察し、もう充分に飛べるまで体力は回復していると言いきった。「むしろ飛んだほうがいい。あんなに訴えているんだ。鬱憤《うっぷん》を晴らしてやらねばな」

「まあ、そうは言っても……」ローレンスが思わず洩《も》らした言葉は、キャプテン全員の心の声でもあった。キャプテンたちは口々に、眺めのいい海岸沿いを飛ぶのがいいだろうと提案した。もちろん、軽い運動として。

「お願いだから、特別扱いしないで」キャサリンがひたいまで真っ赤になった。「騒がれるのがいちばんいやなの」と前置きしたあと、彼女は奥地への遠征隊にもリリーに騎乗して参加すると宣言した。ドゥルシアとその担い手、怪我《けが》から回復したチェネリーはすでに参加を表明していた。ただしドゥルシアはチェネリーを案じて、彼が厚い外套《がいとう》を着て、足もとに温めた煉瓦《れんが》を置いて暖をとるなら、という条件をつけた。

「どのみち、大勢いて困ることはないんだ。いくつかの隊があれば、より広い範囲をさがせるだろう。犬だって、ぜったい必要ってわけじゃない。要は巨大キノコの群生地を見つけられるかどうかだ」チェネリーが言った。「野生ドラゴンの群れに出くわした場合に備えて、呼べば応じられる距離に仲間のドラゴンが多くいたほうがいい。ローレンス、きみが雇った土地の少年たちも、ぼくらを野生動物から守ってくれそうだな」

ローレンスはエラスムス師と彼の妻に、ディメーンの説得に力を貸してくれるように頼み、手始めにディメーンにタカラ貝の首飾りを押しつけた。交渉を有利に進める賄賂《わいろ》のつもりだったが、ディメーンは強い口調で断った。エラスムス夫人が通訳して言った。「キャプテン、彼は奥地には行きたくないそうです。そこはドラゴンの国で、ドラゴンがやってきて、みんなを食べてしまうだろうと言っています」

「野生ドラゴンがわたしたちに怒る理由がないと、彼に伝えてください。少しのあいだしかいませんし、キノコを採るだけです。なにがあろうと、わたしたちのドラゴンが守ってくれます」ローレンスはそう言い、いまやぐっと見栄《みば》えのよくなったドラゴンたちを片腕で示した。病《やまい》が癒《い》えると、水浴びの習慣のなかった年長のドラゴンたちも、ハーネスをはずして温かな海水に浸かり、体をごしごしと洗ってもらった。おかげでうろこはぴかぴかになり、ハーネスの革も手入れされてしなやかさと光沢を取り戻し、留め具が日差しに美しくきらめいている。

しじゅう穴に向かって咳きこむドラゴンがいなくなったので、閲兵場の排泄物《はいせつぶつ》用の穴が埋められ、土地が平らにならされた。二頭の山羊《やぎ》の残骸さえなければ、空将の視察さえすぐにも受け入れられそうな整然とした閲兵場で、いまは、ドゥルシアとニチドゥスが瞑想《めいそう》にふけるように山羊の骨をしゃぶっている。回復が仲間より遅れているマクシムスは、閲兵場から少し離れた沖に浮かんでいる。夕日が波間を照らし、マクシムスのくすんだ赤とオレンジの体を夕焼けの色に染めあげる。マクシムス以外の編隊のドラゴンたちは、闘病中に痩せはしたが、一様に目がぎらぎらと輝くトラのようで、食欲がすさまじい。

「全員が遠征隊に加われたら、いいんだがな。そう考えるのには、こんな理由もある」チェネリーが切り出した。ディメーンがしぶしぶながら同行を受け入れた、つまり通訳を介《かい》して反論するのに辟易《へきえき》した直後のことだった。「グレイ中将《ちゅうじょう》は人がいいから、ずけずけとは言わない。だが、街はかなり混乱している。ドラゴンがいるからじゃない。街の住人たちは、ぼくらが街を食らい尽くし、平安を乱すと思ってるんだ。街に物資が乏しくなってきた。もう誰も城には牛を売ろうとしないし、物価は上昇するばかり。だから、ぼくらはこの街から離れて野生の王国へ行き、誰も煩《わずら》わすことなく、自前でやっていくほうがいい」

話し合いの結果、マクシムスは療養のために街に留まり、メッソリアとイモルタリスが休養をとりつつマクシムスのために狩りをすることが決まった。残りのドラゴンは遠征隊に加わり、テメレアとリリーが一日の飛行で精いっぱい行けるところまで行き、小型ドラゴンのニチドゥスとドゥルシアが採取したキノコを一日おきにケープタウンまで運んで往復する連絡係を務めることになった。

遠征隊は、いつもながら早いだけがとりえの航空隊の乱雑な流儀で準備をすませ、夜明けとともに出発した。港には波に揺れるフィオナ号の姿があり、翌日の出航を前に甲板《かんぱん》があわただしくなっていた。アリージャンス号はそれよりさらに沖に停泊し、当直《ワッチ》が交替したばかりのようだが、甲板は静かだ。

ローレンスは、ケープタウンに到着して以来、ライリー艦長とは会っておらず、連絡を入れてもいなかった。アリージャンス号から目をそむけて山を見やり、いずれ向き合わねばならない重い問題を、いっときでも頭から締め出そうとした。どれほどの量になるかはともかく、薬キノコを集めて戻ってくるころには、ライリーにわざわざ打ち明けるまでもない状態になっているかもしれない。そうでなくとも、アリージャンス号で帰国の途《と》につけば、否応なく、あの一件は明らかになるだろう。いや、いまのキャサリンを見るだけでも、彼女の体つきがふっくらしたことに気づくのではないか。

先を行くリリーがぐんぐんと速度をあげた。風がテメレアの背を流れ、テーブル湾がまたたく間に遠のいた。空は晴れ、風もなく、わずかな雲が山の斜面を覆《おお》うだけで、飛行には最適の天候だ。みなの心にふたたび編隊飛行ができるという大きな安堵《あんど》が広がっていた。リリーが先頭を行き、テメレアが後方につき、ニチドゥスとドゥルシアが左右の翼《よく》に位置している。四頭の竜の影が菱形《ひしがた》をかたちづくりながら、秋の最初の収穫を終えて赤と茶の縞状になったぶどう畑をかすめ過ぎていく。

北西に飛ぶこと三十マイル、灰色の花崗岩《かこうがん》が剝《む》き出しになった山のふもとにあるパールの町の上空を通過した。ここから先に、入植地の集落はない。休憩を入れず、さらに山々を縫《ぬ》って飛びつづけた。山の頂《いただき》を迂回《うかい》しながらいくと、時折り、山のくぼみで孤軍奮闘する農場があった。放牧地は秋の色に染まり、農家は窓ガラスがかろうじて見える程度で、周囲の木々と茶と緑にペンキを塗った屋根によって上空から目立たないように工夫されている。

正午を過ぎたころ、水を補給するために地上におり立ち、今後の針路について話し合った。そこは山間《やまあい》にある小さな谷だった。もう三十分ほど耕地を見かけていない。

「あと一、二時間飛んで、キノコを見つけられそうな場所におりましょう」ハーコートが言った。「犬は上空からでもキノコの臭いを嗅《か》ぎつけられるかしら。あの臭いはものすごく強烈だけど」

「鍛えられたフォックスハウンドでも、馬車からはキツネの足跡を嗅ぎ分けられないんだ。いくらなんでも空中からは無理だろう」ローレンスは答えた。ところが、ふたたび飛び立って三十分ほどで犬が吠えはじめ、無謀にも身をよじってハーネスから抜け出そうとした。

このところ、ディメーンのでたらめな犬の扱いを見かねた武具師のフェローズが、犬を徐々に手なずけていた。彼の父親はスコットランドで猟犬の調教師をしている。フェローズが、薬キノコを見つけるたびに生肉の切れ端を与えつづけるうちに、犬は薬キノコのかすかな臭いにも敏感に反応し、大喜びで吠えるようになった。

犬がハーネスを振りほどくのになんとか間に合って、テメレアは着陸した。犬は竜の背中から駆けおり、険しい斜面の下に広がる丈の高い草の茂みに消えてしまった。そこもまた小さな谷間で、山々に囲まれて非常に暖かく、秋が深まりゆくというのに緑が茂っていた。まるで並べたかのように果樹があり、実を結んでいる。

「ふふん、ぼくにも臭うよ」テメレアがそう言ったときは意外に思ったが、ローレンスは地上におり立ち、犬の激しい反応にも納得した。あたり一帯にまごうかたなき、あの薬キノコの強烈な臭いが立ちこめていた。

「キャプテン！」フェリス空尉が呼びかけた。犬はまだ姿を見せないが、その吠える声がどこからか反響音を伴って聞こえてくる。フェリスは斜面に膝《ひざ》をつき、身をかがめていた。ローレンスはフェリスに近づき、灌木《かんぼく》の茂みに穴を発見した。その穴は、泥と石灰岩がつくる斜面にぽっかりと口をあけていた。吠える声がやみ、やがて犬が穴のなかからあらわれた。度肝《どぎも》を抜くほどに巨大なキノコを口にくわえている。キノコがあまりに大きいために、犬はみっつ目のかさを両脚のあいだに引きずっており、よろよろとしか歩けなかった。

犬はキノコを地面に放り出し、勢いよくしっぽを振った。穴は斜面下から五フィートほどの高さにあり、なかをのぞきこむと、ゆるやかに下へ向かう洞窟になっていた。すさまじい臭気が鼻を突く。ローレンスは洞窟の入口にカーテンのようにかかった蔓《つる》や苔《こけ》の固まりを押しのけ、足を踏み入れた。フェリスが拾った枝にぼろ布を巻いて間に合わせのたいまつをつくり、火をつけた。たいまつがくすぶって、煙が目に滲《し》みた。煙の動きから見るかぎり、洞窟のなかに空気の流れがある。はるか先に地上に通じる穴があり、洞窟全体が煙突のように空気を通しているのかもしれない。

フェリスが夢を見ているのではないかというような、疑いと歓喜の入り交じった複雑な表情を見せていた。薄闇に目が慣れてくると、ローレンスにも洞窟の床全体が土まんじゅうを並べたように、ぼこぼこと盛りあがっているのがわかった。膝をついて、土まんじゅうに触れてみる。こうしてようやく、洞窟の地面全体がびっしりと巨大キノコに覆われているのを知った。

「一刻も無駄にするな」ローレンスは言った。「急がないと、フィオナ号が出航してしまう。いや、出航していたら、追いかけてくれ。そう遠くまでは行っていない。パターノスター湾もまだ通過していないだろう」

全クルーが息もつけないほど忙しく立ち働いていた。草むらは平らに踏み固められ、そこにテメレアとリリーの腹に装着する運搬用ネットが広げられた。あらゆる袋が、箱が、キノコを詰めるために中身をあけられた。洞窟のなかからは二重、三重のかさを持つ巨大キノコとともに、クリーム色のキノコ、大きな黒キノコも見つかったが、いちいち選り分けずに採取した。選別はあとでいい。ニチドゥスとドゥルシアはすでに飛び立ち、彼方《かなた》の空に消えようとしている。耐えうるかぎり袋を背中に積んでいるため、彼らのシルエットはいつもよりずんぐりして見えた。

ローレンスはテメレアの背中の荷から海岸線の地図を取り出し、フィオナ号の航路をテメレアに説明した。「できるだけ早く到着し、もっと人を連れてきてくれ。飛べるようなら、メッソリアとイモルタリスもだ。サットンには、総督府《そうとくふ》に頼んで目いっぱい人を集めるようにと言ってくれ。城から出せる使用人、あらゆる兵士、空の旅を恐れない者すべて」

「酒を飲ませちまえ」ネットのそばで投げこまれるキノコを数えていたチェネリーが言った。口のなかでぶつぶつと勘定しながら指を折り、つづきを言う。「空で揺さぶられるうちに酔いがまわって、恐怖なんか吹っ飛んでしまうぞ」

「そうだ、樽《たる》もお願い」倒木に腰かけているキャサリン・ハーコートが顔をあげて言った。彼女はひたいを濡れタオルで冷やしていた。キノコの収穫を手伝おうとしたのだが、強烈な臭いにやられて二度も嘔吐《おうと》した。嘔吐の音があまりに痛々しくてみなが聞いていられず、ついにローレンスが外ですわって待っているようにと説得したのだ。「もしかしたら、ケインズがここで保存処理をしたいと言い出すかもしれない。

キノコを浸《つ》けるオイルとラム酒も必要ね」

「でも、ローレンス、あなたをここに残しておきたくないんだ」テメレアがかたくなに言った。「あのでかい野生ドラゴンが戻ってきたらどうするつもり？　新しいやつまで来たら？　それにライオンの群れとか……。そんな遠くないところでライオンが吠えるのを聞いたんだ」しかし聞こえてくるのは、遠くの木々の梢《こずえ》で騒ぐ猿たちの声と、鳥のかまびすしいさえずりだけだった。

「わたしたちは、ぜったいに安全だ。ドラゴンからも、ライオンからも」ローレンスは言った。「銃も弾薬もたっぷりある。ドラゴンから逃げるときは洞窟に入ればいい。あの入口は象だって通れない。ドラゴンが入れるわけないだろう。わたしたちをあそこから引っ張り出すなんて、できない相談だ」

「でもね、ローレンス」テメレアが頭をそっとおろし、声を低くした。もちろん、内緒話をしているつもりになっているのはテメレアだけなのだが。「リリーから聞いたんだけど、ハーコートは卵を持ってるらしいよ。だったら、彼女はケープタウンに戻るべきじゃない？　でもあなたが戻るのを拒んだら、ハーコートだって戻りたいとは言い出しにくいだろうねえ」

「やれやれ、裏町のやり手弁護士みたいな手練手管《てれんてくだ》はやめてもらおうか。そうか、リリーと打ち合わせ済みなんだな？」テメレアとリリーの魂胆《こんたん》は透けて見えていた。テメレアは図星を指されてひるんだが、リリーは臆《おく》することなくキャサリンに懇願《こんがん》した。

「お願い、お願い……あなたはあたしといっしょに来て」

「わたしを甘やかすのはやめて」キャサリン・ハーコートが言った。「空で揺さぶられるより、涼しい木陰で休んでたほうがいいわ。大勢の助っ人を連れてくるかもしれないあなたの無駄な荷になりたくないの。わたしを乗せずに、とにかくスピードをあげて。早く着けば、それだけ早く帰ってこられるんだから」

満杯になった腹側ネットを装着されると、最後まで不安そうだったテメレアとリリーも、ケープタウンに向けてついに飛び立った。「もうすでに五百個はあるぞ」勘定を終えたチェネリーが誇らしげに顔をあげた。「それもよく育った、立派《りっぱ》なやつばかりだ。キノコの薬効が輸送にもちこたえてくれたら、英国航空隊の半数のドラゴンを救えるだろう」

「彼らには牛を群れごと与えてやりたいな」ローレンスは副キャプテンのフェリスに言った。彼らとは、もちろん、ディメーンとサイフォの兄弟のことだ。ふたりはいま草笛づくりに夢中のふりをして、神の教えを説こうとするエラスムス師をうまくかわし、洞窟前の草むらで休憩をとっている。エラスムス師が手にした紙には、彼がはじめて少年たちの言語に訳した聖書の言葉が記されているらしい。エラスムス師の妻、ハンナはまだ収穫を手伝っていた。

フェリスがひたいの汗を袖《そで》でぬぐい、「同感です、キャプテン」と、息を乱して答えた。

「採れたてを処方《しょほう》するより、多くのキノコを必要とするはずです」竜医のドーセットがローレンスたちに近づいてきて言った。「船旅の途中で薬効が弱まるかもしれない。それでも、保存したものを大量に使えば、なんとかなる。このあたりで収穫をいったんやめませんか。いますぐこれを運べるドラゴンもいませんし」一時はすさまじい勢いで進んでいた作業の効率が落ちていた。当初の狂騒《きょうそう》状態は落ちつき、ドラゴンに一刻も早く荷積みしなければならない緊急性もいまはない。作業に携わった多くのクルーが臭いにやられて蒼白い顔になり、なかには茂みで吐いている者もいた。

テントは袋詰めしたキノコに占領されており、洞窟内はとても横になれたものではなかった。そこで洞窟前に空き地をつくることになり、剣や斧《おの》で棘《とげ》のある低木をなぎ払った。そこから出た枝を利用し、空き地の周囲に低い垣根を築いた。棘のある硬い枝が、小さなけものの侵入を防いでくれるだろう。

一方、別のクルーたちは、焚《た》き火を熾《おこ》した。「ミスタ・フェリス。われわれが当直《ワッチ》を務めよう」ローレンスは副キャプテンに呼びかけた。「これまで休んでいたし、ふたりで交替制にすればいいだろう。さて、わたしはしばらく洞窟に入って、作業の効率化について考えてみたい」

しかし、我慢は十五分ともたなかった。日光が入口から細く射しこむだけの薄暗がりは湿気が強く、薬キノコのほかに、草のような、湿った堆肥《たいひ》のような妙な臭いもある。そこにさらに混じる酸っぱい臭いは、作業したクルーの吐瀉物《としゃぶつ》のものだった。キノコを採った部分は、絨毯《じゅうたん》のようにふかふかして、土という感じがまったくしない。

ローレンスは両手いっぱいにキノコをかかえて、ふらつきながら外に出ると、ありがたく新鮮な空気を吸いこんだ。「キャプテン！」背後から追ってきたドーセットが呼びかけた。ローレンスが手にしたキノコを収穫物の山に加えると、ドーセットは四角くえぐり取った草と土の固まりを差し出した。洞窟から持ち出してきたものらしい。ローレンスは彼の意図を量《はか》りかねて、見つめ返した。「これは象の糞《ふん》です」ドーセットは言い、その固まりを割ってみせた。「ドラゴンの糞もあります」

まさにそのとき、エミリー・ローランドの甲高《かんだか》い声が響いた。「ドラゴン発見！北より西に二ポイント！」もはや会話するどころではなく、ただちに全員が洞窟に急いだ。ローレンスはエラスムス師と少年たちのほうを見やった。が、ローレンスが洞窟に誘導しようとするより早く、ドラゴンを見あげたディメーンは弟をさっと抱きあげ、灌木の茂みに飛びこんでしまった。犬もすぐに兄弟のあとを追った。かなり先のほうから大きな吠え声が二度聞こえたが、口をふさがれたのか、くぐもった鼻声に変わった。

「キノコを放せ！　銃を忘れるな！」ローレンスは両手でメガホンをつくり、声を張りあげた。そして自分も剣とピストル二挺《ちょう》をつかみとり、キノコの運搬を助けるのを後にまわし、エラスムス夫人が洞窟の入口まで体を押しあげるのを手伝った。すでに射撃手《ライフルマン》たちが洞窟の入口にかがんで銃を構えている。ほどなく避難に遅れた者たちも洞窟になだれこんできた。全員が洞窟に撤収すると、なんとか新鮮な空気を吸おうとみなで密になり、入口近くに集まった。

そしてとうとうドラゴンが地響きとともに着陸した。ドラゴンは、すぐさま鼻先で洞窟の入口を突きあげた。

前回と同じ野生ドラゴンだった。体色は濃い赤褐色、鼻先に奇妙な角が並んでいる。ドラゴンが猛々しく吼《ほ》えると、灯油のようなむかつく臭いのする熱い息が洞窟内に吹きこんだ。腐肉の臭いもかすかにする。「銃を構えろ！」リグズが叫んだ。「銃を構えて、待て――」ついにドラゴンが身をよじり、顎《あご》を開いて眼前に迫った瞬間、口内のやわらかな肉を狙ってライフルが一斉《いっせい》に火を噴いた。

ドラゴンは激しく叫んで後ずさった。が、すぐにかぎ爪が伸びて、洞窟の入口の壁をガリガリと削った。前足が大きすぎて足の指すべてはなかまで入らない。しかし、かぎ爪が岩を崩し、瓦礫《がれき》を外に掻き出した。岩や小石がみるみる剝《は》がれ、天井から土くれが落ちてくる。ローレンスはあたりを見まわし、エラスムス夫人をさがした。夫人は黙って背中を洞窟の壁に押しつけていた。その肩はぴくりとも動かなかった。

射撃手《ライフルマン》たちが咳きこみながら、あわただしく弾《たま》込めをした。しかし銃撃に懲《こ》りたドラゴンは、つぎのチャンスを安易には与えなかった。かぎ爪を差し入れ、くるりと曲げて入口の左右を引っ掻く。そして、いったん身を引いたかに見えたが、つぎの瞬間には洞窟全体にすさまじい衝撃がずどんと走り、岩壁がみしみしと鳴った。

ローレンスは剣を抜いて、ドラゴンの前足に斬りかかり、また振りあげて、今度は突き刺した。硬いうろこに剣の刃は効かなかったが、切っ先はずぶりと入った。薄暗がりでも、ウォーレンとフェリスが隣《となり》にいるのがわかった。ドラゴンはふたたび吼えると、かぎ爪でこぶしをつくり、蝿《はえ》でも叩きつぶすように洞窟にパンチを見舞った。つややかで骨のように硬い一本の爪が上着の腹をかすめ、ローレンスを洞窟の地面に叩きつけた。爪は上着の破れ目から暗緑色の糸を引きながら、ふたたび洞窟の外に出ていった。

ウォーレンがローレンスの片腕をつかんで、よろよろと後退した。硝煙《しょうえん》の刺激臭が、融《と》けていく腐肉《ふにく》のようなキノコの臭いと混じり合う。ローレンスはすさまじい臭いのなかでかろうじて呼吸を保った。大嵐に揺れる軍艦の下層甲板さながらに、周囲から嘔吐する音が聞こえた。

野生ドラゴンはすぐには攻撃を再開しなかった。何人かで慎重に入口まで這《は》っていき、外をうかがった。ドラゴンは洞窟前の空き地に落ちついていた。そこは銃の射程より遠く、淡い黄緑色のいかにも邪悪そうな眼が洞窟の入口をにらんでいる。ドラゴンはローレンスが剣を突き刺した前足のかぎ爪に吸いつき、口もとをゆがめ、のこぎり状の歯を剝き出して、また口を閉じ、わずかな血をぺっと地面に吐き出した。たいした傷ではないようだ。やがてドラゴンは天を仰《あお》いで、怒りに満ちた雷鳴のような咆《ほう》吼《こう》を放った。

「キャプテン、瓶に火薬を詰めて投げてやってはどうでしょう」砲手のキャロウェイがローレンスのそばまで這ってきた。「あるいは照明弾であいつを驚かしてやるか。照明弾なら、ここに袋ごとあります」

「やつを照明弾や爆発音で脅《おど》したって、一時しのぎだな」チェネリーが言い、もっとよく見ようと穴から首を突き出し、敵を査定した。「まいった、少なく見積もって十五トンだ。おいおい、野生ドラゴンが十五トンだって⁉」

「わたしは二十トンと見た。喜ばしい話でないことは承知だが」ウォーレンが言う。

「手持ちの火薬も照明弾も温存しよう、ミスタ・キャロウェイ」ローレンスは砲手に言った。「あいつを束の間《つかま》脅したところで、なんの益もない。とにかく、味方のドラゴンが戻るのを待とう。火薬はドラゴンの戦闘を掩護《えんご》するために使いたい」

「まずいな。もしニチドゥスかドゥルシアが先に戻ってきたら……」ウォーレンはそれしか言わなかったが、説明は不要だった。軽量級のドラゴンたちがこの事態を見て逆上したところで、あの赤褐色のドラゴンは、所詮《しょせん》、太刀打《たちう》ちできる相手ではない。

「でも、彼らは人も荷物も目いっぱい積んでるはずでしょう? 重い荷は小型ドラゴンにこたえるものだわ。そう無茶はしないと思う。ああ、でも、それでも戦おうとしたら――」ハーコートが言う。

「取り越し苦労だと願うしかないな」チェネリーが言った。「あのでかいやつは訓練された戦闘竜じゃない。メッソリアとイモルタリスが来なくても、英国航空隊に鍛えられた四頭がそろえば、あんなやつ、ぶっ飛ばしてやれるさ。とにかくドラゴンたちが戻ってくるまで、へたな行動に出ないほうがいい」

「キャプテン」ドーセットが危なっかしい足どりでローレンスたちに近づいてきた。「そ、その――さきほどの話ですが、この洞窟の床には――」

「ああ」ローレンスは、先刻見せられた土くれを思い出した。象と竜の糞だとドーセットは言っていた。もちろん、象も竜も洞窟の入口から入れる大きさではない。「つまりきみは、この洞窟には別の出口があると言いたいんだな? そこからなら、象もドラゴンも出入りできると」

「ち、ちがいます」ドーセットは言った。「糞は撒《ま》かれたんです。人為的に」ドーセットは、キャプテンたちの困惑する顔を見て、さらに言った。「ここには人間の手が加えられているんです」

「この洞窟はキノコ畑で、キノコが栽培されてるって?」チェネリーが言った。「ばからしい。こんなけったくそ悪いしろものを、どこのどいつが欲しがる?」

「ドラゴンの糞もあると言ったな」ローレンスがそう言ったとき、洞窟の入口に影が差し、全員が外に目を向けた。さらに二頭のドラゴンが舞いおりるのが見えた。二頭とも赤褐色のドラゴンより小さいが、体がこぎれいで、縄《なわ》で編まれたハーネスを装着している。それぞれのドラゴンの背から、槍《やり》を手にした十数名の戦士が地上におりてきた。

竜からおりた戦士たちは銃の射程に近づこうとはせず、全員で集まって相談をはじめた。ほどなく、戦士のひとりが用心深く洞窟の入口に近づき、何事かを叫んだ。ローレンスはエラスムス師を見やった。彼は首を振り、妻のほうを見た。エラスムス夫人は、洞窟の入口をじっと見つめていた。彼女はハンカチーフを口と鼻に当てていたが、それを下におろし、ローレンスたちのほうにわずかに近づき、ためらいつつも声を張りあげた。「外に出てくるようにと言っています、おそらくは」

「ははん、確かに」チェネリーが言った。彼は、目に入ったほこりを取り除こうと上着の袖で顔をこすっていた。「そりゃあ、連中の望みはそれに尽きるだろう。だったら、やつらにはこう言い返して――」

「諸君《ジェントルメン》！」ローレンスは、チェネリーの口から不穏当な卑語が飛び出す前に、あわてて言った。チェネリーは相手がご婦人であってもおかまいなしなのだ。「つまり、最初のやつも、ハーネスはしていないが、野生ドラゴンではないということだな。そしてもし、われわれが彼らのキノコの栽培場に侵入したのだとしたら、悪いのはこっちだ。できるだけ償《つぐな》うべきだろう」

「知らなかったとはいえ、申し訳ないことをしたわ」ハーコートが同意した。「あのキノコが手に入るなら、喜んで代金を支払ったわ。奥様、わたしたちといっしょにここから出て、彼らと話すのを助けていただけませんか？　もちろん、それをお望みでないのはわかりますけれど」と、エラスムス夫人に話しかけた。

「待った」ウォーレンが低い声を発して、ハーコートの袖をつかんだ。「思い出してみるがいい。ここまで奥地に分け入って戻ってきた者の話をどこかで聞いたことがあるか？　ケープ植民地からはるか北のこの地方で、伝令竜が何頭も行方不明になっている。遠征隊もしかり。打ち壊された入植地の話をどれほど聞かされた？ ドラゴンたちが野生種でないなら、竜使いはあの戦士たちだ。邪悪な目的のために竜を使ってきたのかもしれん。連中を信用するのは危険すぎる」

エラスムス夫人が、問いかけるように夫のほうを見やった。エラスムス師は言った。

「もしここで彼らと話し合わなければ、あなたがたのドラゴンが戻ってきたとき、戦闘になるのは避けられません。彼らは捨て身であなたがたを守ろうとするでしょうからね。平和のために尽くすのが、わたしたち神の僕《しもべ》の務めです。できるだけのことをしましょう」

夫の発言にエラスムス夫人がうなずき、おだやかに言った。「わたしが、行きますわ」

「諸君《ジェントルメン》、わたしが最年長者だ」ウォーレンが言った。「そして、われわれのドラゴンはいまここにはいない」ウォーレンがなんとかキャサリンを守ろうとしているのが、ローレンスにはわかった。英国海軍においてキャプテンの序列は騎乗するドラゴンの序列に準じ、それ以外の序列基準はいっさい存在しない。年功序列に厳格な海軍の出身であるローレンスは、航空隊のあまりにも実際主義的な階級づけに困惑を覚えたものだった。竜には竜の世界の階級が存在し、自分より序列の高いドラゴンには本能的に従うものだ。ゆえに戦場において、リーガル・コッパー種に騎乗する二十歳の若手キャプテンが、ウィンチェスター種に騎乗する三十歳のベテラン飛行士に対して指揮権を持つことは珍しくない。

「いいえ、この場はわたしが――」ハーコートがそう言い出したとき、彼女の副キャプテンのホッブスが割って入った。「だめです。あなたは行ってはなりません。ぜったいに、だめです。もっと分別をお持ちになってください」ホッブスは諫《いさ》めるように言った。「わたしとフェリス空尉とで、エラスムス師と奥様をお守りします。もちろん、ほかのキャプテンのご承認をいただけるならですが。うまくいったら、向こうから使者をひとり連れてきましょう。その使者と話してください」

ローレンスはこの提案を最善だとは思わなかったが、竜の担い手でなおかつ身重のキャサリンを危険にさらさずにすむのは確実だった。ほかのキャプテンたちもすまなそうな顔になり、議論は打ち切られた。

キャプテンたちは洞窟の奥へ引き、射撃手《ライフルマン》が入口の左右から空き地に向けて銃を構えた。エラスムス夫人が両手を口の端に添えて相手に呼びかけ、何事かを警告した。

そしてホッブスとフェリスが外に出た。銃口を下に向けてピストルを持ち、一歩、また一歩と近づく。剣はいつでも腰のベルトから抜けるようになっている。

戦士たちがわずかに後退した。槍の刃先を地面に向けてはいるが、いつでも槍を後ろに引いて投げつけられる体勢だ。全員が長身で、髪は短く、肌は墨のように黒く、日差しのなかではかすかに青みを帯びて見える。わずかな布しか身につけず、その鮮やかな濃い紫の腰布から黄金のビーズとおぼしき縁飾《ふちかざ》りがさがっていた。足もとは薄い革の編みあげサンダルで、その革紐が剝き出しの腿《もも》の高さまで脚に巻きついている。

彼らが攻撃に転ずる気配がないのを見定め、ホッブスが洞窟を振り向き、手招きした。エラスムス師が先に洞窟から出て、妻が出るのに手を貸した。夫婦は歩いて、ふたりの空尉に合流した。エラスムス夫人が一語一語ゆっくりと話しはじめた。彼女は洞窟から持ち出してきたキノコを彼らに示した。突然、赤褐色のドラゴンが体を丸めて、夫人のほうに首を向け、話しかけた。彼女はドラゴンの頭を見あげた。驚いてはいるが、怯《おび》えてはいない。ドラゴンは首を後ろに引いて、荒々しくもけたたましい叫びを発した。それは咆吼でもうなりでもなかった。ローレンスはドラゴンの喉《のど》からこんな奇妙な音が出るのをはじめて聞いた。

戦士たちのひとりがエラスムス夫人に近づき、腕をむんずとつかんで引き寄せた。そしてもう片方の手で夫人の首を後ろに倒した。こうして夫人をのけぞらせると、ひとりの戦士が夫人の顔にかかった髪を払った。ひたいに刻まれた刺青《いれずみ》と痛々しい焼き印があらわになった。

エラスムス師が前に飛び出し、ホッブスも加勢し、ふたりでエラスムス夫人を戦士から引き離そうとした。男は意外にあっさりと夫人を放したが、エラスムス師に一歩近づいて、夫人を指差しながら低い早口でなにかしゃべった。夫人がぐらりと倒れそうになったので、フェリスがとっさに夫人を抱きかかえた。

エラスムス師が両腕を広げて、なだめるように男に話しかけながら、じりじりと移動して男と妻のあいだに盾のように入った。男はエラスムス師の言葉を理解していないようだ。エラスムス師はかぶりを振り、今度はコイコイ語を試した。それも理解されなかった。彼はためらい、残るひとつの手段を用いた。自分の胸を叩いて言った。

「ルンダ！」とたんにドラゴンが牙《きば》を剝き、まるでそれが合図だったかのように、男がエラスムス師を槍で突き刺した。すべてが一瞬の出来事だった。

ホッブスがピストルを放ち、男が倒れた。エラスムス師も膝をつき、前のめりになった。その顔にかすかな驚きの表情が浮かび、片手が胸骨の上に突き立った槍の柄を握った。エラスムス夫人がかすれた悲鳴をあげた。エラスムス師は妻のほうを見やり、手を差し伸べようとしたが、その手ががくりと落ちて、体がどうと倒れた。

フェリスがエラスムス夫人を抱きかかえ、引きずるように洞窟に運んだ。赤褐色のドラゴンがふたりを追いかけようとしたが、ホッブスが剣で襲いかかり、竜のかぎ爪から血しぶきが飛んだ。フェリスが夫人を洞窟のなかに押しやり、待っていた仲間が受けとめた。その瞬間、ドラゴンが洞窟の入口に達して、甲高く咆吼した。かぎ爪が入口を削り、洞窟全体が揺れた。

その衝撃で転がり落ちてきたフェリスの腕をローレンスがつかんだ。フェリスの顔やシャツに血が細い筋になって流れていた。ハーコートとウォーレンがエラスムス夫人の護衛についた。「ミスタ・リグズ！」ローレンスは、外の騒がしい物音に掻き消されないよう声を張りあげた。「撃て！　ミスタ・キャロウェイ、あの照明弾を使ってくれ！」

射撃手《ライフルマン》がふたたび一斉射撃を浴びせ、砲手が青い信号弾を敵ドラゴンの顔めがけて撃ちこんだ。一時的にせよ、これでドラゴンは攻撃をやめた。二頭の小さなドラゴンが弾を縫って赤褐色のドラゴンに近づき、高い声で話しかけ、洞窟の入口から撤退させようとした。そしてついに赤褐色のドラゴンは後退した。荒い呼吸で脇腹を波打たせながら空き地の端までさがり、地面にどんと尻をつく。

「ミスタ・ターナー、いまは何時だ？」ローレンスは咳きこみながら士官見習いの信号手に尋ねた。照明弾の煙が渦巻き、なかなか流れ去っていかない。

「すみません、キャプテン。砂時計を返すのを忘れていました」信号手はしまったという顔で答えた。「でも、午後の当直《ワッチ》が終わって、四時を過ぎたことは確かです」

テメレアとリリーがここを発《た》ったときは、午後一時を過ぎていた。片道の飛行に四時間はかかる。ケープタウンに着いたら時間も労力も要する荷下ろしと荷詰めが待っており、それからまた四時間の復路がある。「見張りを立てて、短いあいだでも眠っておいたほうがいいな」ローレンスは声を落としてハーコートとウォーレンに言った。ドーセットがエラスムス夫人を洞窟の奥に連れていった。「あの入口でなんとか敵を防いでおけるだろう。ただし、警戒を怠《おこた》らないことだ」

「キャプテン」エミリー・ローランドが呼びかけた。「ドーセットから伝えるようにと言われました。煙が流れてきているそうです、洞窟の奥から」

ローレンスが洞窟の奥へ行って調べたところ、外に通じる小さな開口部が見つかった。ただしその穴は手の届かない高い場所にあったので、ローレンスはミスタ・プラットの広い肩に両足を乗せて、穴を観察した。細い煙が穴から流れこんでおり、穴の向こうにオレンジ色の炎が見えた。敵は洞窟にいる者たちを燻《いぶ》し出そうとしているようだ。

ローレンスはミスタ・プラットの肩からおりて、その穴をふさぐように命じた。フェローズと、ハーコート配下の地上クルー長ラーリングが協力し、ハーネスや武具の余り革、上着やシャツなどをその穴に詰めこんで煙の侵入を防いだ。しばらくはそれでうまくいった。しかし時間とともに効果が薄れていった。洞窟内はしだいに息苦しくなり、熱気によって臭いがいっそう耐えがたくなった。

「ここに長くはいられないわね」キャサリンが、かすれてはいるが冷静な声で言った。ローレンスは洞窟の奥からふたたび入口付近に戻っていた。「強行突破を目指したほうがいいわね――まだ余力のあるうちに。森まで逃げきれれば、なんとかなる」

洞窟の外では、一行が野宿のために棘のある枝でつくった囲いが壊され、ドラゴンたちの手で積み直され、人間の背丈より高い障壁《しょうへき》になっていた。ドラゴンは銃の射程に入らないよう慎重に作業した。この壁が銃弾を防ぎ、洞窟のなかの者たちの退路を断つという役目も果たしている。突破できる望みは薄いと言わざるをえないが、それよりましな選択肢もない。

「わたしのクルーの数がいちばん多い」と、ローレンスは言った。「ライフル銃も八挺《ちょう》ある。わたしのチームが最初の突破を試みることに、どうかご賛同願いたい。わたしたちが道を開くから、あとにつづいてくれたまえ。ミスタ・ドーセット、きみはエラスムス夫人と待機してくれ。ミスタ・プラットがきみを助けてくれるだろう」

敵陣突破作戦の差配があわただしく進み、コンパスを頼りに森のなかで落ち合うことを約束し、集合地点を確認した。ローレンスは薄暗がりのなかでクラヴァットを締め直し、上着をはおり、金の肩章《けんしょう》のゆがみを直した。軍帽はもとよりなかった。

「ウォーレン、チェネリー、ハーコート、武運を祈る！」三人の手を握って言った。フェリスとリグズが入口で身をかがめ、銃を構えて、いつでも突撃できる態勢をとった。ローレンスのピストル二挺も弾込めをすませてある。「諸君《ジェントルメン》！　行くぞ！」ローレンスは剣を抜き、洞窟から飛び出した。「ジョージ国王陛下万歳！」の叫びが背後からあがった。

10 引き継がれる記憶

手荒く引き起こされて、ローレンスはよろめいた。両脚の感覚がまるでなかった。前に押され、すぐに脚がもつれて地面に突っ伏した。倒れたかたわらにほかの捕虜《ほりょ》もいて、全員が巨大な網袋に乱暴に押しこまれた。その編み袋は、航空隊で使うドラゴンの腹側ネットに似ているが、どう見ても乗客というより荷物にふさわしい粗悪なロープで編まれている。

網袋は勢いをつけて引き揚げられ、赤褐色のドラゴンの腹からぶらさがった。捕虜たちが網のなかで折り重なり、ふぞろいな穴から手足が突き出した。網の目はゆるかった。飛行がはじまると、風向きの変化、進路変更、ふいの上昇や下降によって、胸がむかつくほど大きな弧を描いて竜の腹の下で揺れた。

見張りはおらず、体を縛られていたわけでもないが、完全に体の自由を奪われ、姿勢を変えることも会話することもできなかった。ローレンスは網袋の底の荒いロープに顔を押しつけられ、何度も頬《ほお》を擦《す》りむいた。網袋の上のほうから、血が細いすじとなって流れ落ちてきた。揺れの振幅は大きいが、呼吸することはどうにかできた。すぐ隣にダイアーがいたので、抱きかかえるように腕をまわしていた。ロープがよじれ、ゆるくなった穴から小さな体がこぼれ落ちれば、一巻の終わりだ。

同じ袋のなかに、負傷者もいっしょくたに入れられていた。かぎ爪にやられたチェネリー配下の若い空尉候補生がローレンスの腕に顎を押しつけており、口の端から流れ出す血がゆっくりと上着の袖を濡らしていった。夜のあいだのどこかで彼は息絶え、徐々に硬直した。ほかに誰が周囲にいるのかわからなかった。ブーツの片足が腰に強く当たり、別の誰かの膝がローレンスの膝とぶつかって、脚は折れ曲がったまま固まっていた。

エラスムス夫人の姿を一瞬だけ認めた。突撃隊に樹上から捕獲網《ほかくもう》が投げられたときだった。夫人は、引き立てられていくローレンスたちを茫然《ぼうぜん》と見つめていた。夫人が生きてどこかへ連れ去られたのは間違いない。しかし、それについては考えないように努めた。いま考えたところで、どうしようもない。そのうえ、キャサリンの運命も心に重くのしかかっていた。

ドラゴンは休憩をとらずに飛びつづけた。ローレンスは眠った。いや、覚醒の世界からわずかに遠ざかったと言うべきなのか。風が猛烈な勢いで顔をかすめていく。網袋の揺れは、大波の立つ海に艦を停泊させるときの不快な揺れと似ていなくもなかった。夜明けからほどなく、ドラゴンは突然速度を落とし、鳥のように翼を丸めて風を受けとめながら降下をはじめた。まず後ろ足から着地し、そのまま数歩進んで前足もついた。

網袋がドラゴンから乱暴に切り離され、捕虜が選別された。男たちが捕虜を槍の柄で小突《こづ》き、手際よく死体を取り除いていった。足を縛りあげられているわけでもないのに、ローレンスは立ちあがれず、血の通いはじめた膝がじんじんと痺《しび》れた。それでも顔をあげると、少し離れた場所にキャサリンが倒れているのが見えた。仰向けになり、顔は蒼白く、目は閉じて、顔の横に血がついている。上着の二ヵ所ほどに裂け目があり、血がにじんでいた。しかし上着を身につけて、ボタンも留められており、髪はまだ後ろでしっかりと三つ編みに結われている。性別を明らかにするような証拠はどこにもない。

周囲の観察はそこまでだった。わずかな水を顔にかけられ、捕虜たちはふたたび頭上から編み袋をかぶせられた。ドラゴンが近づいてきて、あっという間にぐいっと吊りあげられた。またどこかへ行くのだ。日中の移動は最悪だった。荷が軽くなった分だけ、ちょっとした風でも方向転換でも編み袋は簡単に揺れた。航空隊飛行士は胃の丈夫《じょうぶ》な者が多い。しかしそれでも、押しつけ合った体をつたって流れてくるものには胆汁の苦く酸っぱい臭いがあった。ローレンスはできるかぎり口から息を吸い、自分が嘔吐するときはなるべく網のほうに顔を向けた。

もはや眠るどころではなかった。日が暮れてから、ようやくまた地面におろされた。今度は一度にひとりかふたりずつしか網から出されなかったが、誰もが抵抗できないほど衰弱しきっていた。それぞれが手首、上腕、足首を前後の人間とつながれて人間の鎖ができあがり、その両端が樹木に結ばれた。捕獲者が水の入った革袋を持って近づいてきた。冷たくて旨《うま》い水だったが、口を大きくあけて求めても、しぶきはあっという間に通り過ぎた。ローレンスは渇いた舌の上にできるだけ長く水をとどめて、ごくりと飲んだ。

体を傾け、列の前後を観察した。ウォーレンの姿がない。が、キャサリンとは目が合い、彼女のほうから短くうなずいた。フェリスとリグズも予想どおり同じ列にいた。

エミリー・ローランドは列のいちばん端にいて、縛りつけられた木の幹にうつむいた頭を押し当てている。チェネリーは、ダイアーをはさんでローレンスのふたつ前だった。首を倒して頭を肩にあずけ、疲れきって口をあけている。顔は痣《あざ》だらけで、古傷に苦しむ老人のように片手でふとももをつかんでいた。

川が近くにあるようだ。意識がはっきりしてくると、背後からせせらぎが聞こえてきたが、振り返って確認することはできなかった。喉の渇きに苦しむ捕虜たちにとって、水音は拷問《ごうもん》にも等しい。そこは開けた土地で、足もとに草が茂っていた。横に目をやると、開墾《かいこん》された土地を円く囲む、大きな石を並べた仕切りが見えた。大きな円の中心には炉《ろ》とおぼしきものがあり、そこだけ地面が黒ずんでいる。おそらくここは狩りのためのキャンプ、それも頻繁《ひんぱん》に使われているのだろう。男たちが仕切り沿いに歩いて、覆いかぶさる枝や蔓を切り払っていった。

あの大きな赤褐色のドラゴンが、捕虜たちのいる場所とは炉をはさんで反対側の、はるか向こう端に身を落ちつけていた。目を細くし、いまにも眠りに落ちそうだ。あとの二頭のドラゴンはすぐにどこかへ飛び立った。一頭は緑のまだら、もう一頭は黒褐色。どちらも下腹が真珠のような光沢を帯びた灰色で、暮れなずむ空にたちまち溶けこんで見えなくなった。

脚の長い水鳥が歩きまわり、地面をつついては、鈴を鳴らすような金属的な響きを持つ声で鳴いていた。しばらくすると、二頭のドラゴンが、数頭のアンテロープの死骸を運んできた。そのうち二頭が赤褐色のドラゴンにうやうやしく差し出され、ドラゴンはむさぼり食った。そして残りの一頭を小さなドラゴンたちが分け合い、残り一頭が戦士たちのものになった。彼らはそれを手早く解体し、湯気をあげている大釜《おおがま》に放りこんだ。

戦士たちは静かに食事した。焚き火の向こう端で、椀から直接指ですくって食べていた。そのうちのひとりが沸《わ》きたつ鍋にふたたび近づいたとき、鍋から汁がしたたって、一瞬、火の勢いが衰《おとろ》えた。ローレンスはそのとき、焚き火の向こう側にエラスムス夫人の姿を見つけた。夫人は膝を折ってすわり、椀を手に持って黙々と食べていた。きっちりと結われていた髪がほどけ、顔のまわりに広がっている。顔には表情がなく、着ている服はあちこち裂けていた。

男たちは食事をすませると、何個かの椀を持って捕虜たちに近づき、残りものを与えた。なにかの穀類を肉のスープで炊《た》いた粥《かゆ》だった。わずかな量しかなく、目の前に置かれた椀に顔を近づけ、犬のように食べなければならないのは屈辱的だった。顔をあげると、顎から粥のしずくがぽたぽたと落ちた。ローレンスは目をつぶって食べた。ダイアーが椀に汁を残しているのを見つけて言った。「食べられるものは全部食べるんだ。つぎにいつ食べられるかわからないぞ」

「イエッサー」ダイアーが答えた。「でも、移動になったら、これをまた全部吐いてしまいます」

「それでもだ」ローレンスは返した。幸いなことに、戦士たちもすぐに移動するつもりはないようだ。彼らは地面に敷物を広げ、なにかを巻いた長い包みを載せて、それをほどいた。なかから出てきたのは遺体だった。ホッブスが撃ち殺した男、エラスムス師を槍で殺した男の亡骸《なきがら》にちがいない。

彼らは遺体をそこに寝かせると、弔《とむら》いの儀式をはじめた。汲《く》んできた湧《わ》き水で遺体を浄《きよ》め、屠《ほふ》ったばかりのアンテロープの毛皮で包んだ。血のついた槍が死んだ男の栄誉を称《たた》えるようにかたわらに置かれた。ひとりが太鼓《たいこ》を持ち出した。別の者が枯れ枝を拾い、バチにした。手拍子を打つ者も、足を踏み鳴らす者もいた。手拍子に合わせて、嘆きの詠唱《えいしょう》がはじまった。誰かが歌うと、誰かがつぎを引き受け、歌い手たちの掛け合いによって詠唱はつづいた。

あたりはすっかり暗くなった。それでも歌は終わらなかった。チェネリーが目をあけ、ローレンスのほうを見て尋ねた。「どれくらい遠くまで来たんだろう？」

「ほぼ一昼夜飛びつづけた。針路を北東微北にとり、まずまずのスピードで飛んでいた」ローレンスは低い声で答えた。「それぐらいしかわからない。あのでかいやつの飛行速度をきみはどれくらいと見る？」

チェネリーは赤褐色のドラゴンを観察し、首を横に振った。「翼長は体長にほぼ同じ。たいして立派な翼でもないな。小型ドラゴンがよほどペースを引っ張ってたんでなきゃ、十三ノットってところだろう。出してせいぜい十四ノットか」

「それでも三百マイル以上移動したことになる」ローレンスは暗澹《あんたん》たる思いだった。三百マイル……しかも、残してきたものたちに行き先を示す手がかりはなにもない。もしもテメレアと編隊のドラゴンたちがこの一行を見つけ出せるなら、あんなちっぽけな一味など恐れるには足らない。しかし、この広大な大陸では、殺されて埋められようが、残りの一生を囚《とら》われて過ごそうが、誰にも知られることなく終わってしまう可能性が高い。

ケープ半島まで陸路で帰り着く望みは——それを試すチャンスがあるかどうかもわからないが——もはや絶たれていた。もし、海を目指すとしたらどうか？　あらゆる自然の脅威《きょうい》をかわし、水と食糧を確保し、ひたすら西に向かって歩きつづければ、いずれは海岸にたどり着くだろう。しかし、それは一か月以上の行軍に耐えつづけての話だ。だがたとえ海に出たとしても、その先はどうなる？　いかだなら、あるいは丸木船のようなものならつくれるはずだ。クック艦長やブライ艦長ほどの航海術はないかもしれないが、大嵐と危険な潮流さえ避けられれば、どこかの港にたどり着けるだろう。そこから助け船を出して、海岸に残った者たちを迎えに戻ることもできる。

何度も繰り返される〝もし〟——。そのことごとくが、あまりにも薄い望みのように思えた。遠くへ運ばれていくほどに、望みはいっそう潰《つい》えていく。そのあいだも、テメレアは消えた一行を追って内陸まで入りこみ、必死に捜索をつづけ、テメレア自身を最悪の危険にさらしているかもしれない……。

ローレンスはロープで縛られた両手首をねじってみた。きつく密に綯《な》われたロープはびくともしなかった。「キャプテン」ダイアーが呼びかけた。「ぼく、たぶん、ポケットナイフを持ってます」

戦士たちの弔いの儀式は終わりに近づき、二頭の小さなドラゴンが穴を掘っていた。遺体を埋める墓穴にちがいない。ポケットナイフの刃はなまくらで、ロープは頑丈《がんじょう》だった。ローレンスは片手を自由にするために長い時間を要した。手首を返してナイフをロープの結び目にあてがうと、指が震えて、木製の細い柄が汗まみれの手のなかで滑った。それでもナイフを押しつけては引き、押しつけては引きを繰り返し、ようやくロープを断ち切った。ナイフをチェネリーに回し、自由になった片手で自分とダイアーをつなぐ結び目を解きにかかった。

「静かに、ミスタ・アレン」ローレンスは背後にいる士官見習いを叱った。焦ったアレンが自分とキャサリン配下の空尉候補生とをつなぐロープを力まかせに引いていたからだ。

埋葬が終わって土まんじゅうがつくられ、戦士たちは眠りについた。そのころには囚われた者の半数以上が縄から逃れていた。カバのうなり声が闇のなかから聞こえてくる。かなり近くにいるようだ。時折り、いずれかのドラゴンが眠たげに頭をもたげて、ひと声吼えると、ふたたび静寂が訪れた。

縄をほどく作業を急いだ。拘束から解かれた者は危険を冒して這っていき、まだ解放されない者を救出した。ローレンスはキャサリンと行動を共にした。キャサリンは細い指でどんな複雑な結び目も器用にほぐしていった。そしてとうとう最後に残った彼女の部下のペックが解放されると、ローレンスはキャサリンにささやいた。「ほかの者たちを連れて、森に逃げてくれ。わたしを待たなくてもいい。わたしはエラスムス夫人を助けにいく」

キャサリンがうなずき、ポケットナイフをローレンスに押しつけた。ナイフの刃はすっかり鈍っていたが、丸腰よりは心強かった。こうしてひとり、またひとりと森のなかに這っていった。だがフェリスだけはローレンスのそばにきて、小声で尋ねた。

「ライフルは……？」

ローレンスはかぶりを振った。ライフル銃はすべて戦士たちに奪われ、いまそれは、没収されたほかの所持品とともに、いびきをかくドラゴンの頭のそばに積みあげられている。取り返しにいくのはむずかしい。そこまで行くには戦士たちの横を通るしかない。弔いの歌や踊りで発散したあげく疲れて地面に四肢を伸ばして眠っているとはいえ、そばを通過するには大きな危険が伴った。いびきがやたらとうるさく、勢いの衰えた焚き火から時折り木の爆《は》ぜる音がし、いつ誰が目を覚ますかわからない。ローレンスは膝を傷《いた》めており、数歩進んだだけでがくりと崩れて地面に膝を突きそうになったが、なんとか片手を突いて倒れるのを防いだ。

エラスムス夫人は焚き火のそばに、男たちから離れて横たわっていた。だがそこにはあの赤褐色の大きなドラゴンがいて、浅く曲がった前足がすぐ脇まで迫っていた。夫人は体を小さく丸め、重ねた両手の上に頭を乗せていた。彼女に怪我がないのを見てとり、ローレンスは安堵した。手で触れた瞬間、夫人がびくっとして声を出しそうになったので、すかさず手で口をふさいだ。エラスムス夫人は白目を剝き、眼球だけであたりを見まわした。ローレンスの顔を認めると、すぐに体の震えが止まった。彼女がこくりとうなずいたので、ローレンスは立ちあがるのに手を貸した。

エラスムス夫人、フェリスとともに、地面を静かにゆっくりと這った。大きなかぎ爪のある竜の前足を迂回して進んだ。のこぎり刃のようなふちをもつ黒いかぎ爪が、焚き火の赤い炎を映している。ドラゴンの呼吸は深く、乱れがない。鼻孔《びこう》が一定のペースで開閉し、開くときだけピンクの内部が見える。それを十回数えた。そしてつぎの十一回目で、ドラゴンの黒いまぶたがぴくりと動き、目が細く開いて、黄色い瞳《どう》孔《こう》がローレンスたちをぎろりとにらんだ。

ドラゴンが頭をもたげ、ひと声吼えた。「行くんだ！」ローレンスは叫ぶと同時に、エラスムス夫人をフェリスのほうに押しやった。自分の脚なのに思いどおりに動かなかった。目を覚ました戦士のひとりが飛びかかり、ローレンスの膝をとらえて地面に引き倒す。

焚き火のそばで、泥と土ぼこりを巻きあげて格闘がはじまった。ローレンスは仲間が逃げのびてくれることをひたすら祈った。相手も自分も拳闘《けんとう》試合の最終ラウンドのように血まみれになり、体を大きく左右に揺らした。どちらもへとへとだった。ローレンスの肉体的衰弱が、熟睡からいきなり起こされた敵の混乱ぶりと釣り合い、両者互角の戦いになった。つかみ合ったまま地面を転がり、ついにはローレンスの腕がどうにか敵の首をとらえ、力まかせに絞めあげた。槍をつかもうとする別の戦士に気づき、ブーツの足で蹴りあげた。

フェリスがエラスムス夫人を森に誘導していた。十数名の飛行士が森から駆け出てきて、ある者はエラスムス夫人を助け、ある者はローレンスに加勢した。

そのときだった。赤褐色のドラゴンが「リサボ！」と叫んだ。警告の言葉なのか、なにか別の意味があるのか、ローレンスにはわからなかった。しかし夫人がぴたりと足を止め、あたりを見まわした。赤褐色のドラゴンがフェリスに向かってきた。

エラスムス夫人は抗議の叫びをあげ、地面に身を投げ出したフェリスに駆け寄り、片手をあげ、ドラゴンから彼を守る盾《たて》になった。振りおろされようとしたかぎ爪が、宙で止まった。そして、ドラゴンはかぎ爪をおろし、夫人と向き合った。

その騒ぎのあと、戦士たちは見張りを立て、捕虜たちが二度と脱走しないように焚き火の近くにつないだ。つぎのチャンスは断たれたも同然だった。今回の脱走は、二頭の小さなドラゴンが手慣れたようすでいともたやすく脱走者たちを回収して終わった。もしそのさなかにアンテロープの群れに出くわしたとしても、ドラゴンたちは人間もけものもまとめて狩り、労働のご褒美として夜食にしていたにちがいない。

キャンプに戻された捕虜たちのなかに、ハーコートのチームの射撃手《ライフルマン》のケタリングと、ハーネス匠《しょう》のペック、ベイルズの姿がなかった。しかし翌朝早く、ペックとベイルズは意気消沈《いきしょうちん》してキャンプに戻り、敵に投降した。ふたりはケタリングが川を渡ろうとして、カバに襲われ殺された話を仲間に語った。話を聞いていた者たちは話の途中から蒼ざめ、吐きそうになり、もうそれ以上話してくれるなと言い出した。

「わたしの昔の名前でした」エラスムス夫人が、カップを両手で包むように持ちながらローレンスに言った。カップには濃い赤い色をしたお茶が入っていた。「リサボ。少女のころ、わたしはそう呼ばれていました」

彼女が捕虜たちのところへ来て話すことは許されなかったが、彼女が懇願《こんがん》した末に、ローレンスが彼女のところに行って話すことを許された。ローレンスは両手を背中で縛られ、戦士たちに引っ立てられて、足をひきずりながらエラスムス夫人のそばまで行った。彼女を守るように槍兵が見張りについていた。赤褐色のドラゴンもそばにいて、険しいまなざしをローレンスに注ぎながら、ふたりの話に耳をそばだてた。

「では、あの男たちは、あなたの生まれた村の人なんですか?」ローレンスは尋ねた。

「あの男たち? いいえ、同じ村ではありません。でも土地が近いか、あるいはどこかで血がつながっているか……。わたしにはよくわかりません。ただ、彼らにはわたしの言葉が理解できます。そして――」少し間をおいて言った。「わたしには真実かどうかはわからないのですが、ケフェンツェは――」彼女はそう言って、こちらを注視する巨大な赤褐色のドラゴンのほうを見てうなずいた。「わたしの〝曾祖父〟だと言うんです」

ローレンスは面食らった。彼女はなにかを誤解している。あるいは、英語の言葉を間違ってとらえているのではないだろうか。「いいえ、間違いではありません」彼女は言った。「もちろん、思い出せない言葉もたくさんあります。でも、わたしは大勢の人たちといっしょに捕らえられ、そのうちの何人かといっしょに奴隷《どれい》として売られました。わたしたちはみんな、一族のお年寄りを尊敬をこめて、〝ひいじじ〟と呼んでいました。言葉の意味を間違えているわけではありません」

「あなたの言葉で、なんとか彼に説明してもらえませんか？　わたしたちは危害を与える人間ではないと。キノコを採りにきただけだと」

彼女はたどたどしくドラゴンに話しかけた。が、ケフェンツェは話の途中で尊大に鼻を鳴らし、大きなかぎ爪のある前足を彼女とローレンスのあいだに差し入れた。まるでローレンスが彼女を侮辱《ぶじょく》したかのようににらみつけ、戦士たちに何事かを命令した。ローレンスは無理やり立たされ、引きずられるようにして捕虜の列に戻された。

「なるほど」と、チェネリーが、ふたたび人間の鎖に加えられたローレンスに言った。「ちっとは希望が見えてきたじゃないか。彼女があのドラゴンに話しかけるチャンスがあるってことは、いずれやつの気が変わることも、ありえない話じゃない。少なくとも、やつらはぼくらを殺そうとは思ってない。でなきゃ、とっくに殺してるさ。これだけの人数を維持するのだって手間なんだから」

しかしながら、自分たちがなぜ捕獲されたかわからず、彼らにそれを尋ねるチャンスもなく、奥地へ入りこんでいくほどにローレンスの頭は混乱した。ドラゴンという移動手段があるとはいえ、どう考えても、この移動は小集団の活動範囲を超えていた。方位を知る手がかりがなければ、追っ手をまくために同じ場所をぐるぐる回っているだけではないかと疑ったかもしれない。しかし昼は太陽、夜は南十字星の位置から、彼らが迷うことなく北東微北を目指しているのがわかった。針路をわずかに逸《そ》れるのは、野宿に適した場所を選ぶか、水辺に立ち寄るときにかぎられた。

翌朝、一行は大きな川の岸辺に舞いおりた。川床に溜まった泥のせいで、川全体がオレンジ色に染まっていた。川辺にはカバの大群がいた。ドラゴンたちの急襲に驚いて、カバたちは散りぢりになり、川面《かわも》に水紋を描きながら水中に身を沈めた。しかし群れのなかの一頭が、二頭の小さなドラゴンに両側から追いつめられ、仕留められた。カバは川岸の空き地に引き揚げられて解体された。戦士たちは大胆にも捕虜のうちの何人かを拘束から解いて、雑用に使うようになった。ダイアーとキャサリン・ハーコートのチームの見習い生トゥックが水汲みを命じられ、川と空き地を往復した。川辺には大きなワニが眠っていたので、彼らはおそるおそる水を汲んだ。ワニは緑の目をかっと見開き、ふたりをにらみつけた。ワニが悠然《ゆうぜん》と構えていられるのは、ドラゴンがワニの肉を好まないからにちがいない。

ドラゴンたちは日なたに寝そべり、居眠りをはじめた。両前足に頭を乗せて、小さな雲のように群がる蝿を気怠《けだる》そうにしっぽで追い払う。エラスムス夫人がケフェンツェの耳もとに話しかけていた。話が終わらないうちに、ケフェンツェが身を起こし、夫人に何事かを詰問した。夫人は驚いたように後ずさり、首を横に振り、なにかを必死に拒んだ。ついにはケフェンツェもあきらめたのか、南の空を見やると、紋章のなかのライオンのように尻をつき、両前足を伸ばして静かにすわった。ドラゴンはもう一度、夫人に話しかけたあと、まぶたをぴったり閉じた。

「あいつは、あなたを解放しそうにありませんね」チェネリーがエラスムス夫人に言った。ケフェンツェと会話したあと、夫人は捕虜たちのところへ忍んでやってきていた。

「ええ、まったく」夫人は、ドラゴンたちをふたたび目覚めさせないように声を潜めた。「それどころか、わたしが娘たちのことを話したら、娘たちも手もとに置きたいと言い出したのです」

ローレンスは、夫人が娘たちの身を案じているときに、もしかしたらこれは脱走のチャンスかもしれないと考えた自分を恥ずかしく思った。それでも、もし彼らがエラスムス夫人の娘たちに対してなんらかの行動を起こせば、残してきた編隊の仲間に、自分たちが囚われの身になっていることが伝わるはずだ。「だいじょうぶですよ」と、ローレンスはエラスムス夫人に言った。「そんな申し出がまともに取り合われるわけがありません。英国航空隊とグレイ中将が責任を持ってお嬢さんたちをお守りしています」

「キャプテン、あなたは考えちがいをしておられます」エラスムス夫人が言った。「交渉ではありません。ケフェンツェは、わたしの娘たちを連れ出すために、ケープ植民地を攻撃するつもりです。植民地の奴隷のなかに、さらわれていった自分の村の者が何人かいると、彼はそう信じています」

「やれるもんならやってみろだ」チェネリーが言った。「お嬢さんたちのことは心配ご無用。〝ひいじじ〟のほかにもでかいドラゴンがいたって、ケープタウンの城砦《じょうさい》はそう簡単には落とせませんよ。二十四ポンド砲があるし、胡椒砲《こしょうほう》やドラゴン編隊も控えている。あいつはここに戻るどころか、ぼくらと英国へ行くことになるんじゃないかな」持ち前の明るさを発揮してチェネリーは言った。「ケフェンツェがそこまであなたがたに執着《しゅうじゃく》するってことは、もしかしたら、彼はあなたの言うことに耳を貸すかもしれませんね」

それからほどなく、エラスムス夫人が、ケフェンツェに関する記憶がよみがえったと言い出した。ケフェンツェが彼女の〝ひいじじ〟だと名のるのは、ただ自分が年長者であるという意味だけではなかったようだ。エラスムス夫人は、ケフェンツェが卵から孵《かえ》ったときのことを憶《おぼ》えていると語った。

「おぼろげな記憶ですが、間違いありません」と、夫人は言った。「わたしがまだ幼いころ、なにかのお祝いがあり、ご馳走や贈り物が山と積まれていました。それからしばらくすると、ケフェンツェを村でよく見かけるようになったのです」夫人がドラゴンを恐れないのはそのためだったのか、とローレンスは得心《とくしん》した。彼女が奴隷として捕らえられたのは九歳ごろだった。ドラゴンへの本能的な恐れを取り除くには、九歳以前にドラゴンに接する必要があると言われている。

ケフェンツェも、幼いころのエラスムス夫人を憶えていたようだ。しかし、自分が彼女よりはるかに年上だという考えは譲らず、彼女が嘘《うそ》をついているのだと決めつけた。夫人が捕虜の解放をしきりに訴えるのは、脅されるか騙《だま》されるかで捕虜たちの手先となり、嘘をつくよう強要されているからだ――ケフェンツェはそう考え、怒りをたぎらせた。

「これ以上危険を冒して、あいつを説得しようと思わないでください」ローレンスはエラスムス夫人に言った。「ケフェンツェがあなたを守ろうとしていることだけで充分です。いっそう望みの薄くなった説得をあなたにお願いするわけにはいきません。よけいにあいつを怒らせるだけですから」

「ケフェンツェはわたしを傷つけるようなことはぜったいにしません」子ども時代の信頼関係を思い出したのか、エラスムス夫人はきっぱりと言った。

カバの肉を焼いて遅い朝食とし、一行はさらに数時間飛んで、日没前にふたたび地上におり立った。そこは小さな農村で、ドラゴンたちが舞いおりた村の広場では大勢の子どもたちが遊んでいた。子どもたちは歓声をあげてドラゴンに駆け寄り、恐れるようすもなく話しかけたが、捕虜たちにはおどおどした視線を向けた。

広場の端にミモザの木が大きく枝を広げており、木陰を利用して奇妙な小屋が建っていた。小屋は高床式で扉も壁もなく、かなり大きなドラゴンの卵がまんなかに置かれていた。その卵を囲むように女たちがすわり、臼《うす》のなかの穀物をきねで搗《つ》いている。女たちはその道具を脇へ置き、愛しそうにドラゴンの卵を撫《な》でると、立ちあがって、二頭の小さなドラゴンの背からおりてきた来訪者を出迎え、いぶかしげに捕虜たちを見つめた。

男たちが村の家々から出てきて戦士たちを抱擁《ほうよう》で出迎え、ドラゴンとも挨拶《あいさつ》を交わした。小屋に近い木の枝から、丹精《たんせい》な彫刻をほどこされた象牙《ぞうげ》の角笛がぶらさがっていた。村人のひとりが笛を枝からおろし、数回、吹き鳴らした。よく響く低い音だった。

それからほどなく、新たなドラゴンが広場に舞いおりた。中量級の、おそらく体重十トンほどのドラゴンだった。くすんだ淡い緑の地に黄色のまだら模様があり、胸と肩には赤い斑点があった。長い門歯が上下に二本ずつ、顎にはおさまりきらずに飛び出していた。子どもたちはこのドラゴンにも物怖《ものお》じせず、前足のそばに近寄った。

しっぽをよじのぼる子、翼を引っ張る子までいる。だがドラゴンは子どもたちの遊びに辛抱《しんぼう》強く耐え、村にやってきた三頭のドラゴンと会話した。

こうして四頭のドラゴンが、ドラゴンの卵を置いた小屋を囲むようにすわった。ドラゴンに乗っていた戦士や村人たちも集まってきた。そのなかに、ひときわ目立つ装いの老女がいた。毛皮の腰巻きに、葦《あし》の茎のビーズをつないだ長い首飾り、ほかにも動物のかぎ爪や色鮮やかなビーズを連ねた首飾りを幾重にもさげていた。女たちが湯気をあげる大鍋を運んできた。鍋のなかには牛乳で炊いた粥が入っており、それが全員の夕食になった。大蒜《にんにく》といっしょに煮た青菜や干《ほ》し肉もあった。干し肉は香辛料がきいてほのかな酸味があり、硬くはあったが味わい深かった。

粥の入った椀が捕虜たちに配られ、このときばかりは縄を解かれて粥をすすることを許された。大勢の仲間に囲まれ、しかも歓迎の祝宴《しゅくえん》なので、戦士たちも警戒を解いていたのだろう。そんなわけで、エラスムス夫人もケフェンツェのそばをそっと離れて、捕虜たちのところへやってきた。ケフェンツェは、ドラゴンの卵のかたわらという最高位の席を与えられ、大きな牛一頭を特別に供されていた。この牛一頭を彼が食べ終えたところで、今夜の祝いの儀式がはじまるということだった。ケフェンツェの食べた牛の残骸が運び去られると、血を吸った地面に新しい土が撒かれ、奇妙ないでたちの老女が立ちあがった。老女は、ドラゴンの卵の前で、手を叩いて歌いはじめた。聴衆も手拍子と太鼓でリズムをとった。女祭司の歌う節をみなの声が繰り返す。リズムや抑揚《よくよう》は同じでも、詠唱のメロディーは絶えず変化していった。「あの女性は卵に語りかけています」エラスムス夫人が言った。老女のほうは見ずに、地面をじっと見つめて歌詞を聞きとることに集中している。「彼女が歌っているのは、卵のなかのドラゴンの前世です。こう歌っています。〝あなたは、この村の開祖。あなたがこの良き安住の地に人々を連れてきた……砂漠を越えて連れてきた……人さらいもここまでは来られない。あなたは狩りの名手。牛の群れを襲ったライオンを殺した。あなたがこの世から去ったあと、人々は集まるたびに、あなたの知恵の声が聞けないことを嘆いた。さあ、急いで。ふたたび人々の前に姿をあらわさなければならない。それがあなたの宿命《さだめ》、あなたの務め――〟」

ローレンスはすっかり面食らって、この儀式を見つめた。女祭司は詠唱を終えると、村の男たちから何人かを選んで、ドラゴンの卵のそばに立たせた。彼女が少し歌うと、それを引き継いで男たちが歌った。

「〝われらはあなたの息子たちだ〟と歌っています」エラスムス夫人が説明した。「卵のなかのドラゴンに、〝あなたの声が聞ける日を待ちこがれていた〟と語りかけています。〝あなたがこの世を去ってから生まれてきたあなたの孫たちもここにいる〟と――」村人のひとりが、布でくるまれた赤ん坊を抱いて卵に近づき、手を添えて小さな手のひらを卵の殻にあてがった。「もちろん、こういうのは異教徒の迷信ですけれど」とエラスムス夫人は言ったが、ローレンスには彼女の心の動揺が感じとれた。

つぎには、この土地のドラゴンが、古い友として卵のなかのドラゴンに、〝きみが戻ってくるのを待っていた〟と呼びかけた。別の故郷を持つ二頭の小さなドラゴンも、狩りや飛翔や、子孫の繁栄を見ることの喜びについて語りかけた。ケフェンツェは沈黙を通していたが、女祭司に強く促され、ついに深く響く声で語り出した。それは、これから生まれるドラゴンへの励ましではなく、むしろ戒《いまし》めであり、ケフェンツェがみずからの務めを果たせなかったことへの嘆きだった。

人けのない村に帰りつき、勢いの衰えつつある火と立ちのぼる煙を見たこと。すべての家がもぬけの殻だったこと。自分の〝子どもたち〟が地面に転がって、呼びかけても応《こた》えなかったこと。ハイエナの群れがうろついていたこと。「〝さがして、さがして、とうとう海にたどり着いた。広い海原《うなばら》を見て……〟、ケフェンツェは悟ったのです——もういくらさがしても、わたしたちが見つからないということを」エラスムス夫人が言った。ケフェンツェがうなだれて低くうめいた。夫人がすぐに立ちあがり、広場を横切ってケフェンツェに近づき、地面につきそうなその頭にそっと両手を添えた。

翌朝、出発の準備はいつになくのろのろと進んだ。ドラゴンも人間も夜更《よふ》けまで村でつくる酒を飲みつづけたために、全員が眠たげで動きが鈍かった。緑色の小さなドラゴンは、顎がはずれそうな大あくびを何度もした。

網かごが広場にふたつ並んだ。男がふたりがかりでないと持てないような大きなかごで、あふれんばかりに食べ物が入っていた。淡い黄色に黒い斑点のある小さなインゲン豆を乾燥させたもの、柔らかく煮たもの。モロコシの一種とおぼしき赤茶色の種。黄色と、赤紫の玉ねぎ。香辛料をきかせた干し肉の束。戦士たちはこの贈り物にうなずき、感謝を示した。やがて網かごに蓋《ふた》がかぶせられ、樹皮で編んだ頑丈なロープで縛られた。このふたつの網かごを二頭の小さなドラゴンの首にかけるためだった。二頭は、それぞれ頭を低く突き出し、網かごを受け取った。

しかしながら、そのあいだも捕虜には交代で見張りがついた。見張りは村の周辺も警戒していた。幼い子どもたちは、身に危険が迫ったときのために、牛の首につけるような大きな鈴を持ち歩いていた。奴隷貿易さえなければこんな習慣は生まれなかったと思うと、ローレンスの胸は痛んだ。奴隷貿易によってアフリカから送り出される奴隷は、当初は海岸の諸王国間の戦争から生じる捕虜によってまかなわれていた。しかしその供給がとだえると、土地の奴隷業者たちは、なんの諍《いさか》いがあるわけでもない境界を越えて、襲撃と奴隷狩りを繰り返すようになった。人間を捕らえて売りさばくことだけを目的として――。奴隷狩りは年を追うごとに奥地まで広がり、この村にも危険が迫るようになった。

そうなったのが近年であることは、この村が襲撃に備えたつくりではないことからもうかがえた。村には石と粘土で築いた、こぎれいだが小さくて低い平屋が集まっていた。草葺《ぶ》き屋根の家々は円形の造りで、その円周の四分の一ほどが外とつながって、台所のかまどの煙を外へ逃がしていた。これでは残酷な人さらいがやってきたときに、逃げこむ場所がない。もっともこの村に豊かな富はなく、人々はわずかな財産を守る工夫すらしてこなかった。

年長の子どもたちに見守られながら村の境界で暢気《のんき》に草を食《は》んでいる牛と山羊の小さな群れ。村人たちを養ってわずかな余剰を生み出す、ほどよい広さの畑。女性や老人のなかには、象牙や黄金の美しい装身具と色鮮やかな織物を身につけている者もいる。しかしそういったものを狙って強盗団がやってくることはまずないだろう。狙われるのは彼ら自身、性質がおだやかで、健康で、生気にあふれたこの村の人々だ。だからこそ、彼らは近年になって人を疑うことを覚え、敵を警戒しながら暮らすようになったのだ。

「この村から連れ去られた人はいません、いまはまだ」と、エラスムス夫人が言った。「でも、ここから飛んで一日ほどの村で、三人の子どもがさらわれました。近くに身を潜めて難を逃れた子がひとりいて、その子が村人に知らせました。そして、〝ひいじじ〟さまたち――ええ、ドラゴンのことです――が、人さらいの一味を捕らえました」夫人はここで間をおき、感情を押し殺した奇妙に静かな声で言った。「売りさばくには幼すぎるもの、老いすぎたものは殺されます。ですから、わたしの家族に生き延びた人はなく、ケフェンツェには、わたしたちがどうやって消えたかもわからなかったのです」

彼女は立ちあがると、村のようすを眺められる場所に行き、出発の準備が整うのを待った。幼子《おさなご》たちが祖母たちに見守られながら遊んでいた。歌いながらモロコシを挽《ひ》いている女たちもいた。エラスムス夫人の襟《えり》の高い黒のドレスは、ほこりにまみれてあちこちが破け、村の女たちの鮮やかな衣のなかではかえって目立った。ケフェンツェが頭をもたげ、不安とも嫉妬《しっと》ともつかない表情で夫人を見つめていた。

「あいつはきっと半狂乱になったにちがいないな」チェネリーが抑えた声でローレンスに言った。「キャプテンとクルー全員を一瞬にしてさらわれたドラゴンみたいなもんだ」やりきれないというように首を振った。「なにがあろうが、あいつはぜったいに、彼女を手放さないだろう」

「逃げ出すきっかけを彼女が見つけることだってあるかもしれない」ローレンスは苦々しい思いで言った。こんなふうにエラスムス師と夫人を巻き添えにした自分を責めずにはいられなかった。

それからまた一昼夜、水を補給するわずかな時間を除いて、ほとんど休むことなく飛びつづけた。やがて眼前にあらわれた荒涼たる砂漠を見て、ローレンスは胸が沈んだ。砂漠は、波立つ海のようにどこまでも広がっていた。赤茶色の砂と乾ききった低木、生命のかけらもない白く干上がった塩湖。ドラゴンたちはなおも北東に針路をとった。ますます奥地へ、海から遠い場所に向かっている。捕虜たちにとって逃走する、あるいは救出される望みはもはやないと言っていい。

そしてついに不毛の地を越えると、今度は砂漠とは打って変わって、おだやかな風景が——緑の樹木と黄色い土と豊かな草原がつづく大地が眼下にあらわれた。遅い午前、編み袋に押しこまれた捕虜たちの上で、ドラゴンの胸部が深い音を響かせた。ドラゴンが挨拶代わりに発する咆吼だった。前方からそれに応える咆吼が聞こえた。

突然、目を瞠《みは》るような光景が出現した。おびただしい象の群れがゆっくりと、行く手をはばむ灌木をつぶし、木々の枝を折り、サバンナを横切っていた。群れをまとめているのは、二頭のドラゴンと三十人ほどの牧夫だった。象たちはよほど従順と見えて、男たちは群れのすぐ後ろをただのんびりと歩いていくだけだった。

象をまとめる牧夫らは、鈴をつけた長い棒を持っていた。鈴の音には群れの逆行を止める効果があるらしかった。象の群れが踏みつぶした残骸の四分の一マイルほど前方では、女たちが忙しく畑仕事をしていた。大量の赤っぽい堆肥を撒いて苗を植えている。みなで拍子をとり、歌いながら作業していた。

捕虜たちは地上におろされた。ローレンスはゆったりと動く巨象に目を奪われてしまい、捕虜たちの口に順番に注がれていく水をもう少しで逃すところだった。こんな大きな象は、見たこともなければ、話に聞いたこともない。かつて海軍士官としてインドを訪れたときは、地元の有力者とお供を頭に乗せて運ぶ、体重六トンはあろうかという堂々たる象を見た。ところがこの土地の象は、大きなものだとインド象の一・五倍は重さがありそうだ。ニチドゥスやドゥルシアにも引けをとらない大きさで、長い槍のような巨大な牙が突き出ていた。別の一頭、これもかなりの大きさの象が、一本の若木の幹に頭をあてがい、短くうなってひと突きで地面に倒した。この成功に喜ぶように、象は倒れた幹に沿って悠然と歩いていき、地面についた梢からやわらかい葉だけをむしゃむしゃと食べた。

象の群れを駆る二頭のドラゴンは、ケフェンツェたちとしばらく話を交わしたあと、ふたたび空に舞いあがり、数頭の象を群れから外に追い立てた。牙の長さからすると、もう若くはない象たちだった。その象たちは風下へ、牧夫たちの列のさらに後方へと誘導された。

ケフェンツェと二頭の小さなドラゴンが、みごとな早業《はやわざ》で、群から離された象たちに襲いかかった。かぎ爪のひと裂きで絶命させ、ほかの象たちを惑わせるような叫びはいっさいあげさせなかった。ドラゴンたちは満足のつぶやきを洩らし、ごちそうに舌鼓《したつづみ》を打つ紳士のように象をたいらげた。食事が終わると、ハイエナたちが茂みからあらわれ、残りものを片づけた。そのあとはひと晩じゅう、ハイエナたちが騒いでいた。

それからの二日間は、飛びつづけているあいだ、一時間とあけずにほかのドラゴンを見かけた。ドラゴンたちは遠くからでも挨拶を交わし合った。多くの村の上空を通過した。ときには粘土と石でできた要塞《ようさい》もあった。そしてついに、はるか前方に、野火のようにもうもうと立ちのぼる煙が見えてきた。その煙と見えるものの先には、一本の銀色の帯がうっすらと、ゆるい弧《こ》を描きながら、大地にどこまでも伸びていた。「モシ・オ・トゥニャに行くそうです」エラスムス夫人からそう聞かされていた。モシ・オ・トゥニャ――この〝雷鳴とどろく水煙〟という名を持つ滝こそが、長い旅の目的地だった。近づくほどに、絶えることのない低いとどろきが大きくなった。ケフェンツェは、水煙に向かってまっしぐらに突き進んだ。

ほどなく、銀色の帯と見えたものが大きな川であることがわかった。広くゆるやかな流れは、無数の細かな流れに分割されながら、おびただしい数の岩々や、緑豊かな小島を通過し、突然、大地の裂け目へ、ひび割れた卵殻《らんかく》を思わせる亀裂《きれつ》へとなだれこんでいた。ここを境《さかい》に、驚くべき水量の流れは、一気に、巨大な滝へと変貌する。ローレンスの想像をはるかに超えた大瀑布《だいばくふ》だった。峡谷《きょうこく》には、滝壺《たきつぼ》が見えないほど、白い水煙が立ちこめていた。

峡谷は、ドラゴンが断崖のあいだを抜けていくのにぎりぎりの広さしかなかったが、ケフェンツェはスピードをつけてそこに突っこんだ。水上にかかる虹の輝きが、水煙のなかを進むドラゴンの表皮に散った。ローレンスは編み袋にきつく押しつけられながらも、一週間ひげを剃っていない顔から水滴をぬぐった。両目のくぼみの水も手のひらでぬぐい、目をすがめてあたりを観察した。ドラゴンはいつしか狭い谷間を抜けて、大渓谷へと突き進んでいた。

断崖のふもとのゆるやかな斜面に、鬱蒼《うっそう》と緑が茂っていた。崖の中腹までは熱帯特有のつややかな緑の植物に覆われているが、それより上は草木がいっさい生えておらず、平らでなめらかな岩肌が、磨きあげられた大理石のような光沢を放っている。岩肌にはいくつもの洞窟が口をあけていた。

だがすぐに、ローレンスは自分の見ているものが、自然にできた洞窟などではないと気づいた。それらは巨大なアーチ門で、長い通路が山腹を貫いて奥まで伸びているように見えた。そう、眼前にあるのは、磨きあげられた大理石のような岩肌ではなく、まさに磨きあげられた大理石、もしくはそれに似た石の建造物なのだ。斑紋《はんもん》のあるつややかな石壁には黄金や象牙が象嵌《ぞうがん》されて、神秘的な模様をかたちづくっていた。

とりわけアーチ門の周囲には絢爛《けんらん》たる装飾がほどこされ、さまざまな彫刻や色鮮やかで幻想的な抽象模様が刻まれ、ロンドンのウェストミンスター寺院やセント・ポール大聖堂もかくやというほど荘厳《そうごん》にそびえていた。教会建築を引き合いに出すのは不適切かもしれないが、ローレンスにはほかのどんな建物も思いつけなかった。いくつものアーチ門を石階段が結び、いちばん上の展望台までつづいている。階段にほどこされた彫刻は、長い歳月のあいだに、水しぶきでなめらかになっていた。巨大な建造物全体は、貴族の町屋敷を縦に五軒積み重ねたほどの高さがあった。

この大渓谷には多くのドラゴンが飛び交っていたので、ケフェンツェは衝突を避けるために飛行速度を落とした。ドラゴンたちは、アーチ門のあいだをせわしなく行き交っていた。桶《おけ》や積み荷を運ぶドラゴンもいれば、人間を背に乗せたドラゴンもいた。テラスのような岩棚でまどろむドラゴンは、しっぽだけを宙に垂らしている。そして石階段にもアーチ門にも、おびただしい数の人間の男女がいて、会話したり働いたりしていた。けものの皮をまとった者も、目にも鮮やかな布を巻いた者もいる。藍《あい》、赤、黄土色が、黒い肌によく映えた。多くの者がみごとな金細工の装飾品を身につけており、彼らの会話の声にかぶさるように、滝の音がやわらかに響いていた。

11　竜王と王子

捕虜たちは岩壁の洞窟のひとつに荒っぽく放り出された。ほかと比べるとおそらく小さな洞窟で、なかまで入れないケフェンツェは入口のふちに、バランスを保って留まった。そのあいだに腹側の編み袋の口が解かれ、縛られたままの捕虜たちが地面に放り出された。ケフェンツェはエラスムス夫人だけを連れ去り、捕虜たちには自力で縄を解くという仕事が残された。あいにくながら洞窟の壁はなめらかでナイフ代わりにならず、結局、見習い生のダイアーとエミリーとトゥックが、小さな手をよじってどうにか縄から逃れ、ほかの飛行士たちを手助けした。

洞窟に残されたのは英国航空隊の四頭のドラゴン・チーム、総勢三十名の飛行士たちだった。この人数なら、洞窟は窮屈でもなく、劣悪な環境というわけでもなかった。地面に藁《わら》が厚く敷かれており、硬い岩盤の上に直《じか》に横たわらずにすんだ。外の湿気と暑さにもかかわらず、洞窟内はひんやりとして快適だった。

洞窟の奥には、岩をくり抜いた厠《かわや》もあった。その排水路は下のどこかに通じているようだが、口が狭く硬い石なので、人間が入りこむのは不可能だ。おとなの腰ほどまでの深さの小さな池もあり、その横幅は泳いだら数回水が掛けるほど広かった。水路から水がちょろちょろと流れこみ、池の水をつねに入れ替えている。少なくとも、ここにいて、喉の渇きで死ぬことはないだろう。

なんとも奇妙な監獄だった。見張りもいなければ鉄格子《てつごうし》もない。だが、どんな要塞よりも堅牢《けんろう》だ。ここまで上がってくる階段はなく、下には深い谷が口をあけている。この洞窟なら、風通しがよく、広さもほどほどで、小型ドラゴンならば快適なねぐらになるだろう。しかし、岩を削ったゴシック建築風の高いアーチ天井のせいなのか、〝小人国《リリパッド》〟の住人になって、巨大建造物のなかにまぎれこんだような気分に陥った。そして気づけば、仲間の人数もいつしか減っている。

竜医のドーセットは、顔半分に黒い痣を残しながらも生きており、時折り脇へ手をやるところをみると、肋骨《ろっこつ》か肺を傷めているようだった。「ミスタ・プラットが亡くなりました」と、彼はローレンスに報告した。「残念ですが、間違いありません。エラスムス夫人をかばおうとして、敵のドラゴンに背中をえぐられました」実に大きな損失だった。プラットは腕の立つ鍛冶《かじ》職人で、並はずれた腕力もあった。

味方の損失がどれほどの大きさか、正確に把握するのはむずかしかった。ホッブスは全員の目の前で敵の槍に倒れた。チェネリー配下の空尉候補生ハイアットは、輸送される途中にローレンスのかたわらで死亡した。竜医のウェイリーが落下していくのを見たと、チェネリーのチームの副キャプテン、リブリーが証言した。最初の一夜のあとに、遺体として選別された者たちもいたはずだ。しかしあのときはみなが吐き気と眩暈《めまい》に襲われ、暗がりでもあったので、誰の遺体だったのか判然としない。

また、巨大キノコの洞窟前で戦って落命した者もいたと思われる。だが生き延びて捕獲をまぬがれた者がいたとすれば、あとからやってきた者たちに、仲間が連れ去られたおおよその方角ぐらいは伝えられるだろう。ニチドゥスの担い手、キャプテン・ウォーレンが姿を消していた。

「キノコの洞窟にやってきたサットンが、まっすぐケープタウンに戻ってくれることを祈るわ」キャサリン・ハーコートが言った。「わたしたちがこんな遠くまで連れ去られるなんて、想像もできないでしょうね。近くをさがすだけ時間の無駄よ。手がかりが得られるとも思えない。だから、わたしたちは、自力で仲間と通信する方法を見つけるしかないってことね。ねえ、あの戦士たち、銃のことを知ってたわね？　どこかと交易してるんじゃない？　象牙をほしがる商人が、ここまで来てるかもしれない。なにしろここには、城壁を飾りたてるほど象牙が大量にあるんだから」

　何人かが慎重に洞窟の入口まで這っていき、もう一度、渓谷を見おろした。そうしてみると、すべてが巨大で壮麗だという第一印象は、いくぶんか遠のいた。ここは滝からかなり距離があり、人間の居住区のはずれにあたる。正面の壁に用いられているのは、ごくふつうの石で、表面がなめらかに削られているのは、おそらく猿などの侵入を防ぐためだろう。

　チェネリーが入口のへりから身を乗り出し、ぎりぎり届くところまで手を伸ばして岩壁をさすった。ふたたび身を引いた彼の顔には落胆の表情が浮かんでいる。「だめだ。指を引っかける場所がない。これじゃあ、逃げられないな、背中に羽でも生えないかぎり」

「では、羽が生えるまで体を休めましょう」ハーコートがあっさりと言った。「紳士諸君《ジェントルメン》、しばらく背中を向けていてもらえませんか？　これから池で体を洗うので」

翌朝、捕虜たちが目覚めたのは、誰かの来訪ではなく、耳を聾《ろう》する轟音《ごうおん》のせいだった。まるでアブの大群の襲来だ。谷がジグザグにつづくこの渓谷に、まだ朝日は射さず、洞窟の入口近くにはうっすらと朝霧が漂っていた。しかし、谷間の上空を仰げば、そこには抜けるような青空がある。

谷間の対岸で、二頭のドラゴンが奇妙な行動をとっていた。宙を行ったり来たりして、巨大な鉄製の回転軸《シャフト》に巻きついた灰色の太いロープを端と端で交互に引き合っている。それによってシャフトが一定速度で回転する。シャフトのもう一方の端は洞窟内に突っこまれ、轟音はその内部から発せられていた。噴き出す粉塵《ふんじん》が、ドラゴンたちに降りかかる。二頭とも黄土色の粉塵にまみれ、時折り顔をそむけて大きなくしゃみをしたが、作業の流れを乱すことはなかった。

作業を眺めていると、つぎになにが起きるかはおおよそ予想がついた。はたして穴のなかから石やら岩やらがこぼれ出し、あらかじめ下に設置されていた巨大な袋のなかに落下した。二頭のドラゴンはシャフトを回転させる作業をやめて、洞窟から巨大ドリルを抜き出した。一頭がまだでこぼこした壁面にしがみついてドリルを支え、そのあいだに、もう一頭が洞窟から大きな石や砕けた岩を掻き出した。それが終わると、先の二頭よりも小さな三頭目のドラゴンが舞いおりてきて、石で満杯になった袋を持ち去り、また新たな袋を設置した。

ドラゴンたちによる削岩《さくがん》作業がつづく一方、そのほぼ真上にある別の洞窟では、人間の石工たちが仕上げの作業を入念に進めていた。この穴はすで奥深くまでくり抜かれているらしく、ハンマーとノミで壁面を削るリズミカルな音が谷間に響いている。削った石くずを石工たちが洞窟の入口まで運んでいた。

午前いっぱい、ドラゴンと人間は休みなく働きつづけ、昼になると作業を中断した。道具類は巨大ドリルも含めて洞窟にそのまま残された。ドラゴンが人間の作業員を集めて、飛び去った。人間は搭乗ベルトを装着しないが、恐れるようすもなくドラゴンの背や翼や四肢にのぼり、簡素な竜ハーネスを握るか、ただ体にしがみついた。この渓谷沿いのどこかに休憩所があるのだろう。

こんな時刻になっても、飛行士たちが閉じこめられた洞窟へは誰もやってこなかった。みながポケットを漁《あさ》って、食べられるものを取り出した。乾パンやドライフルーツのかけらなど、全部合わせてもひとり分に満たなかったが、みなでそれをキャサリンに押しつけた。キャサリンはとんでもないと取り合わなかったが、最後はドーセットがこれは医学的な問題だと強引に説得し、どうにか食べさせることに成功した。

作業員たちは戻ってこなかった。しかし数頭のドラゴンが連れだって、渓谷のはるか対岸の台地に舞いおりた。それぞれのドラゴンが木材の束《たば》をかかえており、大きな焚き火の準備をした。一頭が組まれた木材に頭を近づけ、火を噴いた。火噴き竜の火焔《えん》としてはたいしたものではないが、火を熾《か》すには充分だった。「やれやれ、たまったもんじゃない」いち早く焚き火の目的を察したチェネリーがつぶやいた。

やがて新たな二頭が運んできたものを見て、全員が意気消沈した。それは解体された、三、四頭分はあろうかと思われる象の肉で、巨大な鉄串にこぎれいに刺してあった。当然ながら、ドラゴンたちはそれを焚き火で焼いた。肉を焼く香ばしい匂いが風に乗って、飛行士たちの洞窟まで漂ってきた。

ローレンスは、ハンカチーフで二度もよだれをぬぐった。洞窟の奥まで引っこんでも、この旨《うま》そうな匂いの責め苦からは逃れられなかった。ドラゴンたちが焦げて砕けた骨を、緑濃い谷底に投げ捨てるのを、捕虜たちは悔《くや》しい思いで見つめた。しかし、いっそう気が滅入ったのは、すぐさま谷底からそれに応えるように満足げなうなりや甲高い鳴き声が聞こえてきたことだった。ライオンか、あるいは野生の犬か。どちらにせよ、この洞窟から脱出したところで、谷底には生きた障害物がうようよいるということだ。

それからほぼ二時間が過ぎた。いったんは没収されたが結局ゴミとして捨てられた、ガラスにひびの入った砂時計をターナーが救出していたので、時間を計ることができた。あたりが暗くなりはじめたころ、ドラゴンたちが腹に装着した編み袋に大勢の人間を乗せて、近くのいくつかの洞窟に戻ってきた。彼らは、飛行士たちのときと同じように、編み袋から人間を洞窟に振り落とした。

ドラゴンは、編み袋の口が解かれているあいだ、後ろ足を洞窟の地面に置き、前足を洞窟入口上部のひさしにかけて、安定を保っていた。そのひさしがあるおかげで、ドラゴンは小さな洞窟にわざわざ体を押しこまなくてもすんだ。大量の人間の運搬法という点では、ローレンスが中国で見た輸送用ドラゴンと似ていなくもないが、乗り心地には雲泥《うんでい》の差があった。

作業員を洞窟に戻すと、今度は大量のかごを肩からぶらさげた小型ドラゴンが渓谷にやってきた。ドラゴンは渓谷を巡回し、それぞれの洞窟に数個の荷をおろしていき、やがて飛行士たちの洞窟にもやってきた。竜の背には男がひとりだけ乗っていた。男は厳しい目で捕虜の人数を確認し、三個の荷を落とし、また飛び去った。

かごにはモロコシのミルク粥が冷めてもったりとした固まりになって入っていた。腹の足しにはなるが、けっして旨いものではなく、量も充分ではなかった。「ひとつのかごが十人分と見たわ」ハーコートが渓谷の洞窟を数えながら言った。「大きな洞窟には五十名は収容できる。とすると、この渓谷におよそ千人が囚われていることになる」

「ニューゲート監獄並みだな」チェネリーがロンドンの大監獄を引き合いに出した。「でもまあ、湿気がないだけありがたい。やつらは、ぼくらを奴隷として売るつもりなのかな？　ケープ・コースト港まで送られるのなら、願ったり叶《かな》ったりだ。もちろん、奴隷貿易船がフランス行きにならなきゃの話だがな。いや、英国行きでも、船のなかがひどいもんじゃないことを祈る」

「あいつら、ぼくらを食べる気なんじゃ……」ずっと考えていたらしいダイアーが言った。少年の高い声はよく響いたが、みなはそれに取り合わず黙々と食べつづけた。

ローレンスは沈黙を破って言った。「心胆《しんたん》寒からしめる意見だな、ミスタ・ダイアー。

今後、そのように憶測だけでものを言うことは慎みたまえ」そう注意したものの、ローレンスの心もいささか乱れていた。

「あ……イエッサー」ダイアーはびくりとしたが、しょげるふうでもなく、また食事に戻った。若い空尉候補生たちが少年をにらみつけていた。誰もが食事を終えて数分もすれば、空腹をかかえて食事のことばかり考えるようになるにちがいない。

日差しが対岸の岩壁を移ろい、ついにその頂からも消えてしまった。深い谷では日没が早く訪れる。空はまだ昼の青さをとどめていたが、なにもすることがないので、捕虜たちはすぐに眠りについた。寝苦しい夜が明けると、またあの騒がしい削岩工事がはじまった。が、突然、轟音が遠のき、一瞬にして洞窟のなかが暗くなった。「キャプテン！　キャプテン！」ダイアーが息を切らして言った。

竜の頭がすぐ近くにあった。ケフェンツェが頭だけを洞窟に突っこんでおり、入りきらない体が外からの音と光をさえぎっている。エラスムス夫人もいっしょだったが、黒いドレスではなく民族衣装に着替えていたので、すぐには彼女とわからなかった。水に流されないための重りかと思われるほど、たくさんの装身具をつけている。耳飾り、腕いっぱいに蛇《へび》のように巻きつく腕輪。金の珠《たま》の連に、象牙と濃い緑の翡翠《ひすい》とルビーを取り交ぜた大きな首飾り。すべてを合わせたら、途方《とほう》もない値打ちがありそうだ。頭に巻いた絹のターバンには、鳥の卵ほどもある大きなエメラルドが輝いていた。

水を運んだり洗濯物を干したりする女性の姿を洞窟から見かけることはあったが、彼女らは膝丈の皮の腰巻きしか身につけておらず、若い士官たちが裸の胸にちらちらと目をやっていた。公式な装いはそれとはちがうのか、あるいは、エラスムス夫人が異なるものを要求したのか、夫人は白い木綿の長いスカートをはき、その上から鮮やかな色で織られた、スカートよりじゃっかん丈の短い、布を巧みに折り重ねて肩を覆うように仕立てたドレスを着ていた。

夫人は、ケフェンツェの首からおりるのに手を貸してほしいと頼んだ。「これ以上身につけると歩けなくなるので、これぐらいで許してもらいました。これは一族の財産だということです」そうは言ったが、どことなく不安そうで、真偽《しんぎ》のほどはわからなかった。夫人は声を潜めて言った。「ケフェンツェは、ここの代表を迎えにきたのです。代表は、王のもとへ行くことになります」

キャサリン・ハーコートが、蒼ざめながらも、しっかりした口調で答えた。「わたしがこの隊を率いています。連れていってください」

「王様がたちまち魔王に変身したりしてな」チェネリーが言った。「誰が代表として行くかは、くじ引きで決めないか?」チェネリーは藁をひとつかみすると、そのうち一本だけを折り、下部を隠して、全部の頭をそろえて持った。

ケフェンツェのかぎ爪のなかは、編み袋のなかよりよほど快適だった。ローレンスは、自分の身なりを少しも恥じていなかった。前日の暑くて気怠《けだる》い昼間、あり余る時間のなかで、洞窟内の池の水で上着の汚れを落とし、半ズボンとシャツと下着を洗っていた。ただし、伸び放題のひげだけはどうしようもない。

滝のとどろきが大きくなり、下をのぞくと谷底のジャングルが見えた。谷がジグザグにつづく渓谷の屈曲《くっきょく》部をいくつか過ぎると、ついに滝があらわれた。断崖に巨大なアーチ門が口をあけている。アーチ門の入口は横幅がほかの洞窟の三倍ほどもあり、多くの柱に支えられていた。ケフェンツェは急降下してその門からなかに入ると、ローレンスを湿った床に乱暴に放り出し、エラスムス夫人のほうは細心の注意を払って床におろした。

このような侮蔑的な扱いは予想がついていたので、ローレンスはさほど腹を立てることもなく立ちあがった。むしろ、これからなにが起こるのかという不安のほうが強かった。急いで設置されたと見られる工房が広間の右手にあり、飛行士たちから奪ったライフル銃のほかに、六、七十挺のマスケット銃が敷物の上に並べてあった。解体されたものもあれば、修理がすんだとおぼしきものもある。

さらにまずいことに、六ポンド砲まであった。砲架《ほうか》にひびが入っているが、使えないわけではなく、そばに黒色火薬の樽まである。何人かの戦士が、敷物に並べられた銃のまわりに集まっていた。マスケット銃を分解しながら、彼らの前にすわらされた捕虜とみられる男に、低い声で何事かを詰問《きつもん》している。男は打ちひしがれたようすで、背中の生々しい鞭《むち》の痕《あと》に蠅がたかっていた。

ひとりの青年が工房の作業を熱心に観察していたが、ケフェンツェに気づくと、すぐに近づいてきた。長身で、面長《おもなが》の顔だち。猟犬のように削《そ》げた頰に、どことなく憂《うれ》いが漂っている。鼻は大きく高い。口の周囲に黒いひげがある。彼についた数名の護衛兵は腰巻き姿で、短い槍を持っていた。一方、青年は、黄金と猫科の大型獣のものとおぼしき爪を連ねた太い首飾りをつけ、豹《ひょう》の毛皮を肩からはおっていた。たくましい体つきで、眼光は男たちのなかで抜きん出て鋭い。

ローレンスは青年に一礼した。青年はそれを無視して、広間の片側へ目をやった。広間とつづきの部屋があり、そこかから輝くブロンズ色の表皮をもつ、大きな雌《めす》ドラゴンがあらわれた。高貴なる徴《しるし》のように、その翼の裏側に紫色の帯が入っている。

雌ドラゴンは、十字軍の時代のような威嚇《いかく》的な戦闘の装束《しょうぞく》を身につけていた。ものものしい鉄製の胸あてを吊るし、腹部はみごとな鎖かたびらで覆われている。背骨にそった突起にはかぎ爪と同じように鉄製の鞘《さや》がかぶされ、それらにかすかな血の汚れがついていた。エラスムス夫人が、こちらは〝竜王〟のモカカーンと、彼の長男のモシュシュ王子だと、ローレンスに説明した。

なんだって？　竜王？　彼の王子……⁉　ローレンスはすっかり面食らった。竜王と呼ばれたドラゴンはすぐ目の前にいた。しかしどう見ても、しっぽを体に巻きつけてスフィンクスのようにすわり、琥珀《こはく》色の目で冷ややかにこちらを見つめているのは、雌ドラゴンだった。

ドラゴンのかたわらに木製の玉座《ぎょくざ》が運ばれてきて、モシュシュ王子が腰をおろした。それを合図のように、王の妻とおぼしき数名の年配の女性たちがあらわれた。

ケフェンツェがうやうやしく頭をさげて、飛行士たちを捕まえてここまで連れてきたいきさつを王に語りはじめた。エラスムス夫人が内容をかいつまんでローレンスに説明し、捕虜たちのためにいくつかの点において反論するという勇気を見せた。

ケフェンツェはこう言っていた。この男とその一味は、王のために栽培されている薬キノコを盗んだ。おまけに、その侵犯行為に、〝みずからの尊き祖《そ》となりしもの〟――ケフェンツェたちにとっては英国航空隊のドラゴンも、人間の〝尊き祖先〟であるらしかった――を伴っていた。さらには、わが一族の子どもたちを盗んだ者と手を結んでいた。その証拠に一味のなかにひとり、ルンダ人が交じっていた。人さらいとして悪名高きルンダの男が――。

エラスムス夫人が説明を中断し、取り乱したようすでささやいた。「わたしの夫のことを言っているのです」

夫人は通訳をつづけられなくなり、しばらくは顔に装束のひだを押し当てていた。ケフェンツェが心配そうに顔を近づけ、なだめるように声をかけ、夫人の腕を支えたローレンスをシュッと威嚇した。

「その薬キノコがどうしても必要だったのです――わたしたちのドラゴンが疫病《えきびょう》に

罹《かか》ったので。あのキノコが栽培されていたことも知りませんでした」と、ローレンスは言った。これよりほかに釈明のしようがなかった。ドラゴンを帯同した点については、それが領有権拡大の主張と受け取られてもしかたがないことは一軍人として理解できる。ただし、アフリカに根をおろしたオランダ人や英国人は、ドラゴン編隊が飛来するまで、自分たちの入植地の存在が軽く無視され、なおかつ気づかぬうちに侵犯されていたことに目を剝くのではないだろうか。

もちろん、奴隷貿易を正当化するつもりはない。すべての白人を同一視する考え方には納得しないが、奴隷貿易が白人の命令のもとに行われていることは否定できない。

「当然ながら、わたしたちがあの薬キノコを食べることはありません」ローレンスは言った。だがこれ以上は、なにも言いようがなかった。折《お》り悪しくローレンスの頭をよぎったのは、保険金目当てに百人以上の奴隷が船から海に投げこまれた、忌《い》まわしき〈ゾング号事件〉のことだった。同じ英国人の卑劣な所業を恥じる気持ちから思わず赤面した。が、かえって嘘をついたと思わせてしまったかもしれない。もちろん、とっくのとうに、嘘つきの烙印《らくいん》を押されているかもしれないのだが。

ローレンスには、自分は奴隷所有者でもなければ奴隷商人でもないと繰り返すことしかできなかった。驚くに値《あたい》しないが、相手の胸に響くところはなにもなかったようだ。エラスムス夫人が、夫の無実を訴えても同様で、竜王らの論拠は個人の事情をはるかに超えたところにあるようだった。治療薬をさがすもとになった竜疫《りゅうえき》の蔓延《まんえん》についても、まったく同情されず、むしろ当然の報《むく》いだと思われていた――なぜなら、そのドラゴンたちは英国軍に協力したのだから。ローレンスが釈明すればするほど、竜王らの考えはかえって凝《こ》り固まっていくようだった。

竜王がローレンスのほうを向き、しっぽの先で部屋の後方を示した。ローレンスはその指示に応えて壁際まで退《しりぞ》いた。そこには巨大なテーブルが置かれていた。高さはローレンスの膝までぐらいしかないが、長さが優に十二フィートはある。テーブルにかぶせられた木製の覆いを年配の女性たちが取りのぞくと、深さ一フィートほどの空洞があらわれた。陳列ケースのような巨大な箱に、アフリカ大陸の形をした奇妙な立体が横たわっていた。

みごとな立体地図だった。地形の高低差が浮き彫りにされ、砂漠が金粉で、山脈がブロンズで、森が宝石のかけらで、川が銀であらわされていた。ローレンスは、あの巨大な滝が羽毛でかたちづくられているのに気づいた。巨大な滝は、ケープタウンのあるアフリカ大陸南端と、〝アフリカの角〟と呼ばれる大陸東端のほぼ中間に位置していた。まさかここまで大陸の奥深くまで連れてこられていたとは思いおよばなかった。

長く見ていることは許されず、ローレンスはテーブルのもう一方の端まで引っ立てられた。立体地図のそちらの端は、近頃、延長された部分であるらしい。底板は木の地色のままで、蠟《ろう》を塗り固めた上に、絵の具で地形が描かれているだけだった。

最初はそれがなんなのかわからなかった。それでもアフリカ大陸との位置関係から見れば、アフリカ大陸上方にある青い楕円《だえん》の水域は地中海にちがいなかった。それならさらに上に描かれたものはヨーロッパ大陸だろう、とローレンスは想像した。スペインとポルトガルとイタリアは形がゆがみ、大陸全体が妙に縮んでいた。英国は箱の片隅に散らばった蠟の白っぽい固まりにすぎない。アルプス山脈、ピレネー山脈はつまみあげられたように盛りあがり、おおよそ正しく位置していたが、ライン川とヴォルガ川が異様に曲がりくねって、ローレンスが地図で見なれたよりも流れが短くなっていた。

「あなたにこれを正しく描き直してほしいそうです」エラスムス夫人が言い、王子のお付きの者が鉄筆《てっぴつ》をローレンスに差し出した。ローレンスはそれを突き返した。男は彼の言語で噛んで含めるように、ローレンスが呑みこみの悪い子どもであるかのように指示を繰り返し、鉄筆をもう一度押しつけた。

「それには応じかねる」ローレンスは、片手を横に振り動かして言った。男が声を荒らげ、いきなりローレンスの横っ面を張った。ローレンスは、はらわたが煮えくり返ったものの、唇を結んで無言を通した。エラスムス夫人がケフェンツェのほうを振り向き、なにかをしきりに訴えた。ドラゴンは首を横に振った。

ローレンスは言った。「わたしは捕虜にされたのですから、これを戦争行為と見なすしかありません。そのような状況下では、いかなる要求にも応じかねる」

モシュシュ王子がかぶりを振った。一方、竜王は頭をおろし、怒りに眼をぎらぎらさせ、ローレンスをにらんだ。頭部が間近に迫ると、ケフェンツェと同じように牙だと思っていたものが、実は装身具の一種だとわかった。黄金を埋めこんだ象牙のリングが、耳飾りのように、竜の上唇に装着されていた。

竜王は、熱い息をローレンスの顔めがけてシューッと吐いた。のこぎり状の歯が剝き出しになった。だが、いつもテメレアといるローレンスにそんな脅しは効かなかった。竜王は怒りに目を鋭く細め、頭を引いた。

そして、冷ややかに言った。「おまえは、盗人《ぬすっと》であり、人さらいであり、われらが国でいまや囚われの身となり果てている。ならば、こちらの求めに応じるのが筋というものだろう。応じるつもりがないなら――」エラスムス夫人がしばし口をつぐんでから言った。「キャプテン、あなたは鞭打たれることになります」

「暴虐《ぼうぎゃく》をもってわたしの決意は変えられない」ローレンスは返した。「エラスムス夫人、あなたまで目撃を強いられるとしたら、申し訳なく思います」

ローレンスの返事が竜王の怒りに油を注いだ。モシュシュ王子が竜王の前足に手をかけ、声を潜めて話しかけたが、竜王は低いうなりとともに怒りの言葉を吐き、エラスムス夫人がそれを少しずつどうにか訳していった。「〝暴虐〟という言葉をおまえから聞くとはな、人さらいにして侵略者よ。言われたとおりにしなければ、おまえたちをすべて狩り出し、おまえたちの〝尊き祖先〟の卵を破壊しつくしてやる」

竜王はしっぽでバシッと床を打ち、命令した。ケフェンツェが前足をエラスムス夫人に伸ばした。夫人は連れ去られる前に、深い憂慮《ゆうりょ》のまなざしをローレンスに向けた。それが夫人の取り越し苦労であったらどんなによかったか――。しかしローレンスは両側から腕をつかまれ、上着の背中のまんなかをシャツもろともナイフで裂かれ、床に膝をつかされた。服の切れ端は肩からぶらさがったままだった。

ローレンスはアーチ門の外に視線を据《す》えた。そこには見たこともない美しい光景があった。昇って間もない太陽が、湧きおこる霧の雲を透かして、滝の上空で淡く輝いていた。ほとばしる滝の水流は泡だって純白となり、そのとどろきが谷に響きわたった。断崖に根を張る木々が誘われるように緑濃い枝々を滝に伸ばし、薄絹《うすぎぬ》を透かして見るような虹が視界の端にかかっていた。ローレンスは肩が痛くなるほど、無理やり体を反《そ》らされた。

何人かの男が革の鞭を手にしているのが見えた。彼らはひと言も発しなかった。鞭が振り下ろされるたび、ローレンスはかつて自分が下した命令によって鞭打たれた水兵たちを思い出して耐えた。しかし、それも十回を数えるまでだった。そのあとは思考が飛んで、一匹のけもののように吠《ほ》えた。そうやって耐えるほかなかった。痛みは途切れることがなく、少し引いてはまた満ちるだけだった。一度だけ鞭がはずれ、鞭の先がローレンスの右腕をつかんでいた男の甲に当たった。男が毒づき、まともに鞭を振りおろせないお人よしの鞭使いに文句を言った。鞭は皮膚を裂くことはなかったが、そのうちにみみず腫《ば》れが破れ、血が脇腹をしたたり落ちた。

ケフェンツェではない別のドラゴンによって洞窟に戻されるとき、ローレンスにはまだうっすらと意識があった。喉はひりつき、声は嗄《か》れきっていた。もっと意識が鮮明なら、喉が嗄れたことに感謝していただろう。そうでなければ、両手をつかまれて洞窟の地面にうつ伏せにされたとき、またもやみっともない悲鳴をあげていたにちがいない。傷だらけの背中に直接触れられたわけではないが、痛みによって全神経が覚《かく》醒《せい》していた。だが頭には霧がかかり、なにも考えられなかった。時間の経過とともに霧が少しずつ濃くなり、ついに意識を失った。

唇《くちびる》のあいだから水が入ってきた。ドーセットの医師らしい毅然《きぜん》とした声が、飲むようにと命令した。長年の命令に従う習慣がその苦しい仕事をローレンスにやり遂《と》げさせた。水を飲み終え、ふたたび意識が遠のいた。熱にうなされ、薄闇のなかをさまよった。何度か水を飲まされた。またあるときは、口のなかにしょっぱい血が満ちる夢を見た。咽《む》せたせいで意識が少し戻ると、ドーセットが布に浸した冷たいスープを口に注いでいるのがわかった。ふたたび闇が訪れ、高熱がもたらす怪《あや》しげな夢のなかをさまよった。

「ローレンス、ローレンス」霧の向こうからテメレアが呼びかけていた。奇妙にうつろな声だった。耳もとでフェリスのささやく声がした。「キャプテン、起きてください。起きてくださらないと、彼はあなたが死んでいると思って――」その声があまりに恐ろしげだったので、ローレンスはなんとか副キャプテンを安心させてやりたいと思ったが、言葉が喉につかえて出てこなかった。だがつぎの瞬間、すさまじい咆吼によって、夢の名残《なごり》が吹き飛んだ。地面が揺れていた。が、それもすぐにぴたりと止んで、ローレンスはふたたび安楽の闇に呑みこまれていった。

12 惨禍《さんか》

ふたたび意識が戻ったとき、ローレンスが最初に見たのは、エミリー・ローランドが差し出す一杯のカップだった。カップには澄んだ水が入っていた。ドーセットがかたわらに膝をつき、抱き起こすようにローレンスの体を支えていた。どうにかカップに手を添えて口まで運んだが、水が少しこぼれた。体が麻痺し、震え、ひどく年をとったような気がした。藁《わら》を集めてシャツでくるんだ布団の上に、上半身は裸で腹這いに寝かされていた。ひどく空腹だった。

「少々お待ちを」ドーセットが冷えた粥をだんごに丸めて口に運んでくれた。ひとつ食べると、またつぎが来た。食べるあいだは体を横向きに寝かされていた。

「テメレアは？」本能のままに冷めた粥のだんごをむさぼりながら、ローレンスは尋ねた。あれは夢だったのか……。両腕が思うように動かず、少しでも無理に腕を伸ばすと、背中の傷のかさぶたが割れて血がしたたった。

ドーセットはすぐには答えなかった。「テメレアがここへ?」ローレンスはふたたび鋭く尋ねた。

「ねえ、ローレンス」と、かたわらに膝をついたキャサリン・ハーコートが言った。「いまは心配しないで。あなたは一週間も臥《ふ》せってたのよ。テメレアは確かにここに来たわ。でも……追い払われてしまった。だいじょうぶよ、怪我もないと思うわ、おそらく」

「話はそこまで。とにかく、いまは眠ってください」ドーセットが言った。すべての気力を掻き集めたところで、その指示に逆らうのは無理だった。ローレンスはまたたく間に眠りに落ちた。

ふたたび目覚めたとき、外には昼の日差しが注ぎ、洞窟には見習い生のローランドとダイアーとトゥックしかいなかった。「ほかの人たちは労働に連れ出されてるんです。放牧場に行ってます」エミリー・ローランドが言った。見習い生三人に世話されて、ローレンスは少しだけ水を飲んだ。それから三人に手を貸すように命令し、不承《ふしょう》不承《ぶしょう》ながら従った彼らに支えられ、洞窟の入口まで足をひきずっていき、外を眺めた。

渓谷の対岸の岩壁がひび割れ、地層が縞目をなす断崖に、ドラゴンの血とおぼしき、熾火《おきび》のように赤黒い染みがついていた。「キャプテン、あれはテメレアの血じゃありません。全部が全部というわけでは……」不安そうな目でエミリーがローレンスを見あげた。

エミリーの説明ですべてが明らかになったわけではなく、彼女にもわからないことがいくつかあった。テメレアがどうやってここを突きとめたのか。単独で来たのかどうか。テメレアはいまどうしているのか。テメレアとは会話する時間もろくになかったという。この渓谷には多くのドラゴンが四六時中飛び交っており、テメレアは束の間だけその群れにまぎれこむのに成功した。が、その大きさと特異な体色は見逃されるはずもなく、テメレアが飛行士たちの洞窟に首を突っこんだときには警報が発令されていた。

テメレアがここまで深く潜入できたのは、捕獲者たちがまさかこの奥深い土地にある彼らの砦《とりで》までドラゴンが入りこんでくることはあるまいと高をくくっていたからだ。だがいまは、飛行士たちの洞窟の上に見張りが常駐している。ローレンスが痛む首を精いっぱいひねって上を見あげると、断崖のてっぺんから竜のしっぽが垂れているのが見えた。

「それはつまり、テメレアがうまく逃げたってことさ」その日の午後遅く、捕虜たち全員が洞窟にそろったとき、チェネリーが慰《なぐさ》めるように言った。「テメレアは英国航空隊のドラゴンのなかで、飛行速度は平均以上だ。ローレンス、請け合おう、彼ならやつらを振り切ったはずだ」

ローレンスはその言葉を信じたかった。意識を取り戻してから三日がたっている。もし、テメレアがうまく逃げおおせたとしたら、おそらくは、どんな妨害にも屈せず、再度の侵入を試みているはずだ。もしそうなら、誰の目にも触れないところで迎撃され、怪我を負って……いや、もっと悪い結末も頭をよぎる。

ローレンスは翌朝も、労働に連れ出されなかった。ほかの飛行士たちは、連日、大勢の捕虜とともに、象の放牧場で糞を乾かす仕事を課せられていた。この作業を担当する土地の娘たちは、助っ人が来たことを大いに喜んでいた。

「甘く見ないで。あれくらいの労働でまいってちゃ、赤っ恥よ」キャサリンが言った。「あの若い娘たちがみんなやってることだわ。なかには大きなお腹《なか》の娘だっている。余計な気遣いはけっこう。まるでわたしがこれまで仕事をしてこなかったみたいじゃないの。わたしは、いたって健康よ。前より体調がいいくらい。でもね、ローレンス、あなたは顔色が悪いわ。ドーセット先生の言うことをよく聞いて、ここで寝ていて」

キャサリン・ハーコートも竜医のドーセットも、頑《がん》として譲らなかった。が、彼らが労働に出ていって一時間もしないうちに新たなドラゴンがあらわれた。乗り手の男は居丈高《いたけだか》に、来い、と身ぶりで命令した。ローランドとダイアーがローレンスを洞窟の奥へ連れていこうとしたが、伝令竜より小柄なドラゴンはやすやすと洞窟に入ってきた。ローレンスはどうにか立ちあがり、すでに見られた姿ではないとしても、紳士としての品位を保つため、藁をくるんでいた血と汗に染まったシャツの一枚を身につけた。

こうしてふたたび、鞭打たれたときと同じ大広間に連れていかれた。だがそこに、竜王モカカーンの姿はなかった。大広間ではモシュシュ王子の指揮のもと、鋳造《ちゅうぞう》作業が大車輪で進められていた。鋳物師《いものし》たちが溶かした金属を鋳型《いがた》に流しこんでおり、そのかたわらで火噴きドラゴンが炉の石炭に細い火焔を噴きつづけている。床には、前に見たよりもさらに多くのマスケット銃が積みあげられ、なかには指の形に血の染みがついた銃も何挺か交じっていた。二頭の小型竜が大きな扇《おうぎ》で風を送っているが、大広間は汗だくになるほど暑かった。しかし、モシュシュ王子はいたくご満悦《まんえつ》のようすだった。

ローレンスは王子に促され、例の地図にふたたび近づいた。地図は前よりいくらか改善され、西の領域が新たに描き加えられていた。大西洋と見られる大きな空隙《くうげき》の先に、アメリカ大陸がほぼ正しく描かれている。ただし、いちばん大きく顕著な港はリオであり、西インド諸島が北に寄りすぎていた。これではとても、実際の航行には使えまい。

しかし、安心はできなかった。この渓谷に連れてこられるまで、ローレンスは捕獲者たちを、英国植民地をおびやかす存在としか見ていなかった。しかし、この土地にあふれるおびただしい数のドラゴンを見ていると、それだけで片づけてしまうのは危険だと思えてくる。

エラスムス夫人も大広間に呼ばれていた。さらなる拷問が待ち受けているのだろうか。怪我を負っている今回は、前と同じ痛みではすまないだろうと覚悟した。しかし、モシュシュ王子は、竜王と同じことを求めず、暴力をふるうこともなかった。それどころか、王子のお付きの者が、ローレンスに飲み物を運んできた。果汁と水とココナッツミルクを混ぜ合わせたような甘い飲み物だった。

王子は交易について質問を繰り出した。英国の工場で織られたにちがいない白い木綿のひと巻きと、不快で安っぽい匂いから英国産ではないとわかるウイスキーのボトルの幾本かをローレンスに示して尋ねた。「おまえたちは、このような品々をルンダ人に売った。これもか？」マスケット銃を指差して尋ねる。

「最近、この国の人たちはルンダ人と戦争をしたのです」エラスムス夫人が、通訳の最後に小声で付け加えた。「戦いは滝から二日の飛行距離にある土地で起こり、この国が勝利した。夫人は「たぶん、北西でしょう」と言い、モシュシュ王子の許しを得て、場所を地図で示してみせた。そこは滝の北西で、かなり内陸だったが、ルアンダとベンゲラの港からは数日の飛行距離だった。

「お言葉ながら」と、ローレンスはモシュシュ王子に言った。「ルンダ人と呼ばれる人々がいることを、わたしは二週間前まで知りませんでした。ですが、そのルンダ人たちは、これらの品々を海沿いのどこかで、ポルトガル商人から買い入れたにちがいありません」

「おまえたちは、働く囚人がほしいだけなのか。それとも、ほかの品々も取引したいのか。たとえば、おまえたちが盗んだ薬キノコや、たとえば――」そう言うと、モシュシュ王子は女性たちに手で合図した。

女性たちのひとりが、インドの王族もうらやむような豪華な宝石箱をかかえて戻ってきた。金銀細工の箱のなかに、大粒のエメラルドとダイヤモンドがぎっしり詰まっていた。つぎは別の女性が、風変わりな縦長の壺を運んできた。壺の表面には、ビーズがちりばめられ、繊細な抽象模様の金線細工がほどこされていた。さらに別の女性が、自分の身の丈ほどもある巨大な仮面を運んできた。黒い色味の木から彫り出した仮面で、象牙と宝石が象嵌《ぞうがん》されていた。

拷問では無理と見て、懐柔策《かいじゅう》に出たのだろうか……。「こんなみごとな品々を取引できる商人はさぞやあなたに感謝するでしょう」ローレンスは言った。「わたしは商人ではありませんが、あなたが望むような物々交換で、あの薬キノコの代金を払いたいと考えています。もちろん、事情がわかっていたら、とっくにそうしていました」

モシュシュ王子がうなずき、数々の宝物《ほうもつ》は運び去られた。「大砲と引き替えでもか?」王子は英語で言った。どうにか聞きとれる発音だった。「大きな海を渡るおまえたちの船と引き替えでもか?」

先ほど見せられた宝石箱なら商船団をまかなえるほどの価値があるだろう。しかし、英国政府はこんな取引が勝手に進められるのを喜ぶはずがなく、ローレンスは慎重に返答した。「船は建造するのがむずかしく、たいそう値が張ります。しかも、操れる水夫がいなければ価値がありません。もちろん、水夫は見つかるでしょうし、あなたのもとで働きたい者もいるでしょう。仕事の契約も結べるはずです。ただし、それは貴国とわが英国とのあいだに友好関係が保たれていればの話です」

ローレンスにとっては、これが正義に背《そむ》かず自分にできるぎりぎりの譲歩であり、外交術だった。モシュシュ王子がこの助言に立腹しないよう胸の内で願った。王子の意図は明白だった。王子は竜王以上に、近代兵器——それも竜ではなく人間がたやすく扱えるマスケット銃のような火器を導入したいと、そして、そのような武器の入手経路を開拓したいと考えている。これは、憂《うれ》うべき事態だ。

王子は大地図のテーブルに片手を突いて、地図全体を眺めわたし、長く沈黙したあとに言った。「おまえは、人間の売り買いには関わりがないと言う。だが現に、おまえの仲間たちはやっている。おまえなら、それが誰で、どこにいるのか、わからぬはずはないだろう」

「残念ながら、そのような取引に関わる人間はたくさんいます。ひとりひとり名も特徴もあげられないほど、多くの人間が関わっています」ローレンスは苦い思いを噛みしめた。奴隷貿易などとうの昔に禁止されたと、嘘ではなく、真実として言えたらどんなによかったか……。奴隷貿易のことには触れず、あなたが求めるような商人はすぐに見つかるだろうし、あなたの期待どおりの結果が得られるだろうと答えた。

「おまえたちの取引は、いずれ、われらがやめさせる」王子は言った。脅迫めいたところがみじんもないのが、かえって不気味だった。「しかし、それだけでは、われらの〝尊き祖先〟が満足しない。おまえはケフェンツェの囚われ人。ケフェンツェは、彼の一族の〝さらわれた人々〟とおまえの身柄を交換したがっている。おまえは、そのような交換の交渉を差配できるだろうか。リサボは無理だと言ったが」

「わたしは、もう見つからないでしょうと言ったのです」エラスムス夫人が声を潜めてローレンスに言った。「――あれから二十年近くになりますから」

「生存者が見つからないとはかぎりませんよ」ローレンスは言ったが、確信はなかった。「売り渡し証書が残っているはずです。最初は何人かまとめて同じ農園に売られたのではありませんか?」

夫人が一瞬とまどったのちに答えた。「わたしは屋敷に売られました。でも、農園に売られた人たちは長く生きられませんでした。売られてから数年か、せいぜい十年の命でした。老いるまで生きられる奴隷などそう多くはいません」

ローレンスには返す言葉がなかった。エラスムス夫人は、ローレンスに語ったことをモシュシュ王子には伝えなかったようだ。おそらくは、これ以上王子の怒りを掻き立てたくないのだろう。しかし、無理だということだけはしっかりと伝えたらしく、王子は不満そうにかぶりを振った。

「しかしながら」と、ローレンスはわずかな希望に賭けて言った。「わたしたちの解放を金で買えるのなら、喜んで取引に応じましょう。あなたがケープタウンにいるわたしたちの仲間と交渉し、わたしたちが英国に戻る際、外交使節を立ててわが国とのあいだに和平関係を結ぶつもりがあるのなら、わたしは、あらゆる手を尽くすと約束します。ケフェンツェの親族を見つけ出し——」

「いいや」と、モシュシュ王子は言った。「もはや、それですむ問題ではない。〝尊き祖先〟たちの怒りはすさまじい。一族の人間を奪われたのはケフェンツェだけではないのだ。一族の民をまだ奪われてはいない〝尊き祖先〟たちも怒りをたぎらせている。父、竜王は、人間であったときから激しい気性の持ち主だった。しかし竜に転生してから、さらに激しやすくなった。おそらく竜王は、あれのあと、さらに……」〝あれ〟がなにかをはっきりさせないまま、王子はお付きのドラゴンに命令した。ローレンスは発言する機会を与えられず、ドラゴンにかぎ爪でつかまれ、その場から連れ去られた。

しかし、そのドラゴンは、捕虜の洞窟には戻らなかった。滝に近づくと、滝をさかのぼるように上昇し、ジグザグ渓谷から抜けて、大河がとうとうと流れる広大な台地に出た。ローレンスは、かぎ爪がつくる丸いかごに懸命にしがみついていた。

ドラゴンは大河の岸沿いに飛び、前に見たものとは異なる象の放牧場の上空を一瞬にして通過した。速すぎて、労働に駆り出された仲間がそこにいるのかどうかも確かめられなかった。やがて、滝のとどろきが聞こえない場所まで来た。振り返ると、その永遠の存在を知らしめるように、白い水煙が立ちのぼっていた。眼下に道はないが、ところどころに石を積みあげた空き地があり、なにかの道しるべになっているようだった。台地を十分ほど飛びつづけると、目の前に円形競技場のような巨大な建造物が姿をあらわした。

まさにローマのコロッセオだ。見たところ漆喰《しっくい》を使わず、切り出した石だけを密に積み重ねて築かれている。外周は楕円形《だえんけい》で、英国のストーンヘンジのような、巨石を積んだ門らしきものが何か所かにあった。草原のなかに忽然《こつぜん》とあらわれた建造物を見たとき、ローレンスは捨ておかれた古代遺跡ではないかと想像した。かつて人々がたどったと見られる道が、まだうっすらと形をとどめていた。その多くは川から建物の入口につづいていた。川の岸辺に杭が突き出し、簡素な舟が何艘《そう》か繋《つな》がれている。

しかし、ドラゴンが外壁を越えて内側に入ると、もうそこに捨て置かれた古代遺跡という印象はなかった。外壁と同じように漆喰を使わず石を積み重ねて、大きさも形もさまざまな趣向を凝らしたバルコニー席がつくられていた。すべてが一様な階段席ではなく、いくつもの階段と通路が、観覧席のそれぞれの区画を分けている。木製の長椅子やベンチが並ぶボックス席は人間が使うのだろう。それより外側には、みごとな彫刻がほどこされた大きな露台《ろだい》があり、ドラゴン用だと思われた。それよりさらに外側の上層部は簡素な造りで、広い空間がロープで仕切られているだけだった。

そして、このようなすべての観覧席に囲まれた中心に、楕円形の広い草地があった。草地には、三つの巨大な長方形の石舞台があった。そのいちばん遠い端の石舞台の上で、囚われの身となった一頭のドラゴンがうなだれていた。テメレアだった。

ローレンスは、テメレアの近くにおろされた。いつものごとく乱暴に地面に放り出されて、肩をしたたかに打った。痛みに思わずうめくと、テメレアが抗議のうなりをあげた。喉の奥から絞り出すような、息苦しそうな声だった。

テメレアは鉄の口輪をはめられており、口輪は頭に幾重にも渡した厚い革帯で固定されていた。顎がわずかしか開かず、咆吼することもできないようだ。喉もとには鉄の首輪がはめられ、そこから三本の灰色の太いロープが伸びていた。目を凝らせば、それはただのロープではなく、金属を編んだワイヤーロープで、先端が地面から突き出た鉄輪に固定されていた。三つの鉄輪はテメレアの動きを封じるように正三角形をかたちづくっている。

「ローレンス! ローレンス!」テメレアが呼びかけ、ワイヤーが許すぎりぎりまで首を伸ばそうとした。ローレンスはさらに近寄ろうとして、同行のドラゴンに前足で行く手をはばまれた。

「愛しいテメレア、自分を傷めるようなことはやめてくれ。ほら、わたしはこのとおり元気だ」ローレンスは無理して背筋を伸ばした。テメレアが力ずくで首輪を引っ張り、怪我をしないかと心配だった。首輪が肉に食いこんでいるように見える。「きみこそ苦しいんじゃないのか？」

「ふふん、平気さ」テメレアは言ったが、その言葉を裏切るように苦しそうなあえぎが洩れた。「ほんと、平気さ。だって、あなたに会えたんだもの。だけど、動けないし、誰とも話せないから、なにがどうなってるのか、あなたが無事かどうかさえ、さっぱりわからなかった。ようやく出会ったあなたは、ものすごく体調が悪そうだったから」

テメレアがそっと身を引き、元の位置に腰を落として深く息をつき、引き綱に繋がれた馬のように首を小さく振った。「これがあると、食べるのがむずかしいんだ……うん、ちょっとだけね」と、けなげにも付け加える。「それに、ここの水は錆《さび》の味がする。たいしたことじゃないけどね。あなたこそ、ほんとに元気？　あまり元気そうには見えないね」

「わたしもきみに会えてうれしい」ローレンスは、足が立っていられないほど痛むことを押し隠して言った。「まったく驚いた。見つけ出してくれるとは思っていなかった」

「サットンは、アフリカ大陸を闇雲にさがしまわったところで、ぜったいに見つかるわけないって言った」テメレアの低い声には怒りがこもっていた。「だから、いったんケープタウンに戻るべきだって。だけど、ぼくは言ってやったよ。笑止千万《しょうしせんばん》、奥地をさがしても見つからないって言うけど、ケープタウンにいたらよけいに見つからないじゃないかって。それで、ぼくはどっちに行ったのか尋ねて――」

「尋ねた？　誰に……？」ローレンスはとまどった。

テメレアが尋ねた相手は、土地のドラゴンたちだった。奴隷狩りの被害をまだ受けていない内陸の土地だったので、テメレアは外敵とは見なされなかったのだ。「とびきり旨い牛を何頭か贈り物にしたけど、ごめんね、ローレンス、牛はみんな入植地から黙って取ってきた。ぼくたちがケープタウンに戻ってから代金を払うしかないね」

自分たちがケープタウンに戻れることになんの疑いもいだいていない口ぶりだった。

「最初は、彼らに言いたいことを伝えるのに苦労したよ。でも、コーサ語を話すドラゴンもいた。コーサ語なら、ディメーンとサイフォから少し教わってたからね。そんなにむずかしくない。ドゥルザグ語とかなり似てるんだ」

「ここまで来てくれたのは感謝に堪《た》えないが……でも」ローレンスには気になることがあった。「キノコはどうなった？　薬キノコの……あの追加分は……」

「キノコは全部フィオナ号に届けたよ。それでも足りなければ、元気になったメッソリアとイモルタリスが残りを運べばいいさ。ぼくらがいなくても、ちゃんとやれる」テメレアは憤然《ふんぜん》と言った。「だから、ぼくらがケープタウンにはもう戻らないと言ったって、サットンには文句を言う筋合いなんかないね。命令にはもううんざりだ！」ローレンスは、ここで意見するのを控えた。テメレアにこれ以上心痛を与えたくなかったし、テメレアの軍務不服従は、この渓谷を見つけ出すという信じられない快挙によって、充分に償《つぐな》われている。この件に関して、誰かの非難を聞きたいとは思わなかった。危険を顧みない冒険の結末は、勝利か破滅かのどちらかだが、ときには、瞬発性と生意気さが吉《きち》と出ることもある。「では、リリーとドゥルシアはどこに？」

「隠れてるよ。この平原のどこかに」テメレアが答えた。「まずは、ぼくひとりで侵入するってことで話がまとまった。体が大きいぼくなら、あなたたち全員を運べるからね。それに、ぼくがまずい事態に陥ったとき、リリーとドゥルシアがまだいるのは心強いって思ったんだ」苛立ちとも不安ともつかない表情で、しっぽを地面にバシンと打ちつけた。「ま、そう決めたときは、心強いと思った。でもね、気づかなかったよ。まずい事態に陥ったとき、じゃあどうするかっていう相談にぼくが加われないっことを」憂い顔で付け加えた。「リリーとドゥルシアがどうするつもりなのか、わからない。なにか考えてるとは思うんだけど……」いくぶん、それを疑っているようにも見える。それもわからないでもない。

テメレアと話しているあいだに、土地のドラゴンが一団となってやってきた。ドラゴンたちは、大勢の人間を乗せており、観覧席につぎつぎに舞いおりて、背中や装着した大きなかごから人間をおろした。男も女も子どももいた。ドラゴンと人間の数の多さは、ローレンスの想像をはるかに超えていた。人間がどこにすわるかは、社会的階層によって振り分けられているらしく、舞台に近い席にすわった人々は、贅《ぜい》を凝らした装いに、みごとな毛皮や宝石を身につけていた。

ドラゴンは体格も体形もさまざまだったが、竜種を分けるこれといった特徴はなかった。強いて言うなら、並んですわるドラゴンどうしは、体色や模様がいくぶんは似かよっていた。だがどんなドラゴンも、ローレンスとテメレアを敵意のまなざしで見おろしているという点では同じだった。テメレアは、口輪を固定する頭の革帯にじゃまされながらも、精いっぱい冠翼《かんよく》を逆立てた。「あんな目で見つめなくてもいいのに。そもそも、ぼくを縛りつけておくのが、臆病者の証拠じゃないか」

戦士たちも、ぞくぞくとやってきた。戦士を乗せるドラゴンたちは、盛装というより戦時のいでたちで、鎧《よろい》や武具には血の染みがついていた。手入れを怠っているのではなく、わざと血の痕《あと》を残して誇示しているようだ。エラスムス夫人が言っていた最近の戦争から直接ここへ戻ってきたかのように、血の染みはどれも真新しかった。

戦闘竜たちは、円形競技場の底のへりに、等間隔で位置をとった。中央の石舞台を召使いたちがライオンや豹の毛皮で覆い、玉座にも同じように毛皮をかけた。いくつもの太鼓が運びこまれ、打ち鳴らされた。するとようやく、突き刺さるような竜と人間の視線がローレンスたちから離れていった。竜王モカカーンとモシュシュ王子が到着したのだ。

戦士たちは短い槍を盾に打ちつけ、ドラゴンたちは咆吼して、竜王と王子を歓迎した。さまざまな音と声が雷鳴のように響きわたるなか、竜王と王子は中央の石舞台に落ちついた。それを見とどけると、毛皮のしっぽがずらりとぶらさがった奇妙な首飾りをつけた小さなドラゴンが、石舞台のかたわらから立ちあがった。

小さなドラゴンは咳払いひとつで、観衆を黙らせた。突然訪れた静寂のなか、小さなドラゴンが深く息を吸いこむ音がした。そこからはじまったのは、物語とも歌ともつかない不思議な詠唱《えいしょう》だった。旋律はきわめて単調で抑揚がなく、太鼓の小さな音だけが拍子をとっていた。

テメレアは言葉を聞きとろうと首を傾けた。が、ローレンスのほうを向いてなにかしゃべろうとすると、見張りのドラゴンから恐ろしい形相でにらみつけられ、とまどったように沈黙した。やがて日没とともに詠唱は終わり、ふたたび大喝采《かっさい》が起こり、石舞台を囲むたいまつに火が灯された。テメレアが聴きとったところによると、小さなドラゴンは、竜王と〝尊き祖先〟と会場に集まったすべての一族の長い歩みと繁栄の物語をつむいでいた。それは口承されてきた、彼らの七代にわたる物語だった。

ローレンスは、この集会の目的はいったいなんなのかと怪しまずにはいられなかった。開会の儀式が終わると、ドラゴンたちがつぎつぎに舞台にあがり、怒りの演説を行った。どの演説も激しい賛同をもって迎えられ、槍を盾に打ちつける音が会場に響いた。

「ぜんぜんちがうよ、それは」演説のなかのいくつかの言葉をテメレアが聞きとって、憤慨《ふんがい》のつぶやきを洩らした。高い地位にあると思われる黒と灰色のまだらの中型ドラゴンが、トラの毛皮と黄金を編んだ首輪をつけて登場し、テメレアと向き合うように座し、テメレアを示しながら、なにかを語った。「おまえの仲間なんか乗せるもんか。ぼくにはぼくのクルーがいるんだからな」テメレアがぶつぶつ言った。テメレアもローレンスも、外敵の脅威とその重大性を示す、一目瞭然《いちもくりょうぜん》の証拠と見なされているにちがいなかった。

つぎは、両眼が白濁した老いたドラゴンが、翼を引きずって登場した。いかめしい顔つきの男たちが介助役を務めていた。その男たちには家族がいないのか、彼らがいた低い層のテラスはすべて空席になっている。老ドラゴンは石舞台に這いのぼると、そこに坐し、消え入りそうな細い声で、哀悼《あいとう》の唄らしきものを謡《うた》いはじめた。場内は水を打ったように静まり、母親たちは子どもを引き寄せ、竜たちはそばにいる一族の民を守るようにしっぽで囲いをつくった。老ドラゴンを介助する男のひとりが、片手で顔を覆って静かに泣きはじめ、周囲の男たちは礼節を保って気づかないふりをした。謡い終えると、老ドラゴンはゆっくりと自分の席に戻った。今度は幾人かの軍人が舞台にあらわれ、ローレンスたちを告発した。将官とおぼしき胸板の厚い男は、舞台にあがると肩にはおった豹の毛皮をじれったそうに脱ぎ捨てた。活力にあふれ、汗のにじんだ肌がたいまつの明かりに輝いていた。男はいちばん遠い上層の席まで届く、朗々《ろうろう》たる声で語った。遠くに坐す人々に手ぶりをつけて訴えるのも忘れず、こぶしを手のひらに叩きつけ、時折りテメレアを指差した。激しい糾弾《きゅうだん》はつづき、聴衆は男の演説に沸きたち、ときには苦々しい顔つきで賛同のうなずきを送った。もしここで行動を起こさなければ、外地のドラゴンがさらに押し寄せてくるだろうと警告したにちがいない。

夜になっても、糾弾はやまなかった。長い夜になった。子どもらはみなくたびれて眠り、一部の女性とドラゴンが会場から連れ去った。残った者たちは、下層の空席におりてきて議論を続行した。議論する声は徐々にかすれていった。ローレンスは疲労のあまり恐怖をさほど感じなくてすんだ。人々は石を投げたり、暴力を振るったりしなかった。ただひたすら非難の言葉を浴びせかけてきた。ローレンスの背中は熱を持って、ずきずきと痛み、一部がむずがゆくなった。恐ろしいほど体力が衰えていた。言葉の壁によって非難の内容が理解できないことは救いだったが、もはや立って晒《さら》し者になっていることだけでも我慢がならなくなっていた。

ローレンスは精いっぱい背筋を伸ばして、自分を奮《ふる》い立たせ、観覧席の上部を見つめつづけた。とはいえ、視線の焦点が定まっていなかったので、最初はそこにまぎれこんでいる異質な存在に気づかなかった。が、向こうから活発な合図を送っているのにはっとし、それがドゥルシアだと気づいた。

ドゥルシアは空っぽになった観客席の最上部にいた。小柄で、緑のまだら模様は珍しくないため、この土地のドラゴンのなかにうまく溶けこんでいる。ドラゴンたちの関心がひたすら演説者に向かっていることも幸いした。ドゥルシアは、ローレンスの視線をとらえたのに気づくと、後ろ足で立ちあがり、両前足で灰色のぼろぼろのシーツを広げてみせた。すぐにはわからなかったが、よくよく見れば、その灰色のものは象の皮で、いかにも苦心したようすが見てとれる三個の穴があいていた。それは信号旗だった。〝明日〟——読み取れるメッセージはそれだけだ。ローレンスが了解のうなずきを返すと、ドゥルシアはすぐに飛び立ち、闇に消え去った。

「ふふん。ドゥルシアとリリーが、ぼくを真っ先に解放することを思いついてくれたらいいんだけどね」ローレンスから話を聞かされると、テメレアは救出作戦に自分の意見を差しはさめないもどかしさをにじませた。「すごくたくさんドラゴンがいるからなあ。早まったことをしてくれないよう祈るよ」

「テメレアに同感！」事の次第を聞かされたキャサリン・ハーコートが不安そうに言った。ローレンスは、糾弾と罵倒をさんざん浴びせられたあげく、テメレアをその場に残して、捕虜の洞窟に戻された。ハーコートは説明を受けると、すぐに洞窟の入口まで行って、崖の上の見張りドラゴンを見あげた。見張りドラゴンは頂で頭を落としてうずくまっていた。遠くからは太鼓の音が聞こえてくる。どこかで夜を徹して祭りがつづいているようだ。

飛行士たちは、救出作戦に備えて水分をたっぷり摂《と》り、洗濯と沐浴《もくよく》をすませるというありきたりな準備しかしなかった。しかし、栄養不足の体は、それだけでいつも以上に体力を要した。「いまいましい。また移動だわ」ハーコートが言った。濡れた髪を絞り、片手を腰にあてがって撫でさする。彼女の腹部は日に日に目立ちはじめている。近頃では半ズボンの脇を留めていられず、開きっぱなしになった脇を、ここまで来るとき拘束に使われていた樹皮の紐でつなぎ合わせ、上からシャツをかぶせて、なんとかごまかしていた。「ああ、どうか、どうか女の子でありますように！　こんな不注意は、二度とおかしませんから」

その日は誰もがぐっすり眠った。削岩工事の石工たちは休日を与えられたらしく、夜明けから騒音に叩き起こされずにすんだ。毎朝、捕虜たちを放牧地の労働に連行するドラゴンもやってこなかった。その代わり、粥も配給されず、胃が空っぽの状態で救出を待つことになった。日中はかなりの数のドラゴンが渓谷を行き交っていたが、日没とともに活動はゆるやかになり、女たちは洗濯物を入れたかごを頭に載せ、それぞれのねぐらに帰っていった。

当然ながら、救出作戦は夜間に決行されるだろうと誰もが思っていた。しかしそう思いながらも、一日じゅう緊張し、不安に駆られていた。余計な警戒心をいだかせるだけとわかっていながら、洞窟の入口から外が見たくなり、その衝動と闘いつづけた。夕暮れになると、緊張は頂点に達した。神経が極度に張りつめ、だれもが押し黙った。そしてついに、とっぷりと日が暮れたあと、静寂のなかにかすかな羽ばたきが聞こえた。丈夫な帆《ほ》が風にひるがえるような、リリーの巨大な翼の音だった。

全員が耳を澄まして待った。羽ばたきの音が近づき、リリーが洞窟の入口から頭を突っこむのを待った。だが、そうはならなかった。聞こえたのは、くしゃみの音だった。一回……また一回……そして三回目。最後はゴホゴホという咳の音がして、それを最後に翼の音はふたたび遠ざかっていった。ローレンスは途方に暮れてキャサリンのほうを見た。

だが、彼女は洞窟の入口にじりじり向かうと、ローレンスとチェネリーを手招きした。かすかな音が聞こえる。熱いフライパンでベーコンを焼くような音だ。音とともに、酸の臭いが鼻孔を突いた。洞窟入口の岩床《がんしょう》に小さなへこみがいくつかできて、泡立っていた。

「見て」キャサリンが声を潜めて言った。「リリーが断崖に、手と足をかけられるくぼみをつくってくれた」断崖から身を乗り出し、目を凝らすと、彼女が指し示す岩肌から細い煙があがっているのがかろうじて見えた。

「ははあ。ここから這いおりろってわけか。だけど、下におりてどうする?」チェネリーが、ローレンスの気分よりはるかに楽観的な態度で尋ねた。

ロッホ・ラガン基地でトレーニング・マスターのケレリタスから、ロック・クライミングの訓練を課せられた記憶が、ローレンスの頭によみがえった。多くの飛行士は二十年以上のロック・クライミング歴を持ち、竜の背に軽々とのぼることができる。しかし、中途で航空隊に移籍したローレンスが思い出すのは、手脚を同時に動かして昆虫よろしく岩を這いのぼる過酷さと、こむら返りを起こした苦い経験だけだった。

ただし、あのときは命綱をつけていた。

「滝から遠ざかるように、渓流《けいりゅう》に沿って歩いていきましょう。そのうち、彼らの領土から抜け出せる」キャサリンが言った。「それぐらいまで行けば、リリーたちが見つけてくれるわ」

洞窟にいる全員が、リリーの噴いた強酸が岩肌を充分に溶かすのを待ちつづけた。責め苦のように時の歩みは遅かった。夜空を見通せるなら南十字星の位置を確認できるが、洞窟内で時間を計る手立ては、ごみの山から救出した十五分用砂時計だけだった。ローレンスはターナーが時計を返し忘れるのではないかと気が気ではなく、彼のほうを二度も見た。二度とも、もう少しで砂が落ち切る寸前だった。それからは意思の力で見たくなる衝動を抑えつけ、目をつむり、体温を逃がさないように両手を組んで手のひらを両脇に押しつけていた。六月の第一週に入り、夜間は肌寒くなっていた。

「キャプテン、九時になりました」ターナーが小声で言った。酸が岩を溶かす音は止んでいた。小枝を入口近くのくぼみに突っこむと、二インチほどの深さがあり、小枝の先が汚れ、煙はほとんど出なかった。

「キャプテン、やつのしっぽが動きません」見習い生のダイアーが、洞窟から頭を突き出して頂の見張りドラゴンを観察し、小声で報告した。

「いまがチャンスのようね」キャサリンが、ぼろ布をつかんだ手で岩肌の穴を慎重に手探りして言った。「ミスタ・フェリス、あなたから行って。ではみなさん、これからは口を閉じましょう。呼びかけるのも、ささやくのもいっさいなしってことで」

フェリスがブーツを脱ぎ、下降のじゃまにならぬよう左右の靴紐《くつひも》を結び合わせて肩からぶらさげた。洞窟の床から藁を何度もつかんでズボンのなかにたくしこみ、入口から片手を下に伸ばし、注意深く手探りする。顔をあげて仲間を見やり、うなずきを送ると、宙に足を出した。一瞬にして彼は消えた。ローレンスが入口のへりから見おろすと、すでに十五フィートほど降下し、闇のなかのひときわ黒い影になっていた。若さゆえの機敏さだった。

下からは手を振る合図も呼びかけもなかったが、全員が耳を澄まして待った。ターナーが砂時計を見守った。十五分……そして二十分が経過した。それでも、叫びも物音も聞こえなかった。そこでつぎは、チェネリーのチームの副キャプテン、リブリーが洞窟のへりから外に出た。そのあとは士官見習いと空尉候補生たちが一度に二、三人ずつ、迅速につづいた。リリーが岩壁全体に強酸を噴きつけていたので、手足をかけられる箇所は広範囲に散らばっていた。

チェネリーが出て、キャサリンが彼女のチームの空尉候補生ドルーといっしょに出た。若い飛行士たちの大半がすでに洞窟にいなかった。「キャプテン、ぼくが先に行って、案内します」マーティンが小声でささやいた。黄色い髪を目立たせないように泥と水で黒っぽく汚している。「ブーツをぼくに」ローレンスは無言でうなずき、ブーツを手渡した。マーティンはそれを自分のブーツと縛り合わせて、肩から垂らした。

下から伸びたマーティンの片手が、ローレンスのかかとをつかんで、狭い足場のひとつに誘導した。足がかかったのは、爪先《つまさき》がかろうじて引っかかる程度の、岩の表面にあいた浅い穴だった。同じように右足も別のくぼみをとらえた。ローレンスは深く息をつき、洞窟のへりから片手を離し、岩肌をさぐった。足もとは見えない。岩肌を照らす星影を自分の体がさえぎっていた。手と爪先の感触しか頼るものはない。頬が当たる岩肌は冷たく、自分の息遣いが水中にいるかのように耳の奥で奇妙に増幅した。ここでは視覚も聴覚も役に立たない。ローレンスは自分の身体をぴったりと岩肌に押しつけ、つぎの指示を待った。

ふたたびマーティンの手がかかとにかかった。彼は、ローレンスが片足を足場から離すのを待っていた。ローレンスの背筋を戦慄《せんりつ》が駆け抜けた。マーティンの支援に自分は応えられないのではないかという思いが心をよぎった。意を決して動こうとしたが、動けない。そこでもう一度深呼吸し、なんとか片足を足場から離した。マーティンの手がそれをゆっくりと下に導いた。爪先が岩肌を軽くかすめ、ようやく新たな足場に到達した。

さらに、もう片方の足。今度は手。さらにもう片方の手。心を無にして動いた。動きはじめると、動きつづけているほうが楽になった。ふたたび同じ姿勢のまま固まったら、心が折れてしまいそうだった。両肩とふとももが痛くなり、指先がひりひりした。まだ残っている酸のせいだろうと思ったが、努めて考えないようにした。いったん手を離して、腰からさげたぼろ布で指をぬぐうだけの技量が自分にあるとは思えないからだ。携行したぼろ布もこれでは役に立ちそうもない。

ドゥルシアのハーネス担当、ベイルズが、ローレンスから近い、わずかに低い位置にいた。彼のような地上クルーは戦闘に参加しないため、クライミングの訓練を受けてはいない。ベイルズが突然、奇妙な低いうめき声をあげ、片手を岩から離した。

ローレンスがななめ下を見やると、驚愕《きょうがく》の表情を浮かべたベイルズが、大きく開いた口を岩に押しつけ、叫ぶのをこらえているのが見えた。ベイルズは喉を絞められたような声を洩らし、必死に岩肌をつかもうとし、つかもうとしては滑った。ずたずたになった指先の骨が剝き出しになる。つぎの瞬間、ベイルズは大きく腕を振り動かし、落下した。闇のなかに一瞬、食いしばった白い歯が光った。

バキバキと枝の折れる音がした。ローレンスの足に添えられたマーティンの指先が、そこにとどまったまま震えていた。気づかれただろうか。ローレンスは頂を見あげたくなるのをこらえた。ただ岩壁にしがみつき、呼吸を整えた。落ちつけ、落ちつけ。取り乱して声をあげれば一巻の終わりだ。見張りドラゴンがすぐにやってきて、岩肌にしがみつく者たちを叩き落とすだろう。

ようやくみなが動きはじめ、下降を再開した。ローレンスは透き通った岩がうっすらと輝いているのを視界の端でとらえた。水晶の鉱脈があり、強酸が吸収されずに表面に溜まっているのだろう。

しばらくあと——と言っても永遠のように感じられたが——一頭のドラゴンが、闇を切り裂いて頭上を通過した。ローレンスは羽ばたきの風圧と音でそれを察知した。

手は冷えきり、赤剝けになり、麻痺していた。それでも手探りする指先が、岩肌に草が生えているのを感じとった。さらに数歩、ほぼ垂直に近い崖を下った。ふいに、かかとが木の根っこをとらえた。ふもとは近い。足が土を感じ、体が灌木の枝に触れた。マーティンにかかとを軽く叩かれ、体を返すと、尻で斜面を滑りおりた。

こうしてようやく、土の地面に立つことができた。さらに下のほうで早瀬の音がした。そこはジャングルだった。シュロの葉や蔓が垂れさがり、からみつき、淀んでいない水と湿った土の匂いがした。葉に水滴がびっしりとついて震えていた。シャツがたちまち湿って、肌寒くなった。茶色と黄土色しかない断崖の上の世界とは、似ても似つかない別世界だ。

みなで顔を見合わせてうなずき、これ以上待つべき者がいないのを確認した。これより先は、敵に見つかっても何人かは逃れられるように、少人数の集団に分かれて進むことにした。少し先でうずくまっていたローレンス配下のハーネス担当、ウィンストンが立ちあがった。少年のアレンが落ちつかないようすで親指の爪を齧《かじ》っていた。彼の仲間の士官候補生、ハーレーも近くにいた。こうして五人でひと固まりになり、断崖づたいに歩いた。

地面はやわらかく、植物はみずみずしく、よくしなった。ときどき蔓に足をとられそうになった。それでも灌木の茂みを押し分けて進むよりはるかにましだった。アレンはしょっちゅうつまずいた。最近めきめきと身長が伸びて、ひょろ長い手足をもて余している。足音がたつのは避けようがなかった。行く手の草木を断ち落とすわけにはいかないが、蔓を掻き分けようとすれば、蔓がからみついた木がぎしぎしと鳴った。

「う……」ハーレーが息を呑み、硬直した。五人が見つめる先に、こちらを見返す眼があった。猫族の瞳孔を持つ鮮やかなグリーンの目。おそらくは豹だろう。豹のほうも人間の存在を認めているにちがいなく、微動だにしなかった。だがふいに、豹は首をめぐらし、静かに、何事もなかったかのように歩み去った。

五人は少し足を速め、渓流沿いに歩きつづけた。ジャングルの木々がしだいにまばらになり、湿気が遠のき、川がふた手に分かれるところまで来た。ジャングルの最後の木立を透かして前方を見やったローレンスは、川の分岐点となる土手に、テメレアとリリーの姿を発見した。二頭は小声でなにやら言い合っていた。

「でも、失敗してたら?」テメレアが非難がましく言った。「きみ、洞窟の入口やクルーの誰かにまで噴きかけていないだろうね」

リリーが苛立ち、オレンジ色の眼を燃え立たせた。「ちゃんとやったわ。岩壁をまるごと壊すほうがかんたんだったけど」きっぱりと返したあと、首をぐっと突き出し、ジャングルのほうを見た。湿った斜面をよろよろとリリーのほうに近づいてくるキャサリン・ハーコートの姿を見つけたのだった。「キャサリン、キャサリン！　元気？　卵はだいじょうぶ？」

「卵なんて知らない」キャサリンが言い返し、リリーの鼻づらに頭を押しつけた。「嘘。ちょっと厄介だけど、ちゃんとここにあるわよ、かわいい子。あなたに会えてすごくうれしい。なんて賢い子かしら」

「でしょ？」リリーが悦《えつ》に入《い》って答えた。「思ってたよりずっと簡単だった。誰も警戒してないんだもの。崖の上に見張りのドラゴンがいたけど、眠ってたし」

テメレアも、口論をぴたりとやめて、ローレンスに鼻先をこすりつけてきた。首に太い鉄の首輪がはまり、ワイヤーロープが中途半端な長さで垂れさがっているのが、いかにも不本意なようすだ。ワイヤーロープの先端は黒ずんでぼろぼろになり、リリーの酸で弱らせて引きちぎったことがうかがえた。「しかし、エラスムス夫人を残して立ち去るわけにはいかないな」ローレンスがそう言ったまさにそのとき、ドゥルシアが空から舞いおりた。その背にはハーネスにしがみついたエラスムス夫人が乗っていた。

慎重に、しかしスピードを上げて、ケープタウンに向かって飛びつづけた。田舎《いなか》の豊かな恵みが、道中の食糧をもたらした。テメレアが何頭かの象をすばやく群れから引き離すと、放牧を仕事とする小型ドラゴンたちが抗議の叫びをあげた。だがテメレアが吼えると、それ以上は追ってこなかった。あるときは、通りかかった村から突如、重量級ドラゴンが頭をもたげて吼えかかった。リリーがさっと身をひるがえし、大きく枝を張ったバオバブの木を狙って酸を噴きつけた。木はドラゴンの肩めがけて倒れ、ドラゴンは飛びすさったものの、追撃するのは賢明でないと判断したようだ。おそらくはそのドラゴンがさっさとその木を片づけて終わりになったことだろう。

飛行士たちは、草を編んだロープで体を竜ハーネスに縛りつけたり、ハーネスの革帯に手足をはさみこんだりして、搭乗ベルトの代わりにした。水の補給のために地上におり立つと、地面に倒れこみ、手足を叩いて、いきなり血がめぐりはじめる痛みをやわらげた。砂漠を越えるときは、ほとんど休憩をとらなかった。淡い色合いの岩々と黄色い砂が果てしなくつづく大地にドラゴンが影を落とすと、小動物たちが流れゆく雲かと勘違いし、雨の気配をさぐるように巣穴から頭を突き出した。

テメレアは、チェネリーだけでなく、彼が騎乗するドゥルシアのチームの全員と、リリーのクルーの一部を乗せていた。テメレア、ドゥルシア、リリーの三頭は期待以上の速度で飛行し、六日目の夜明けの一時間ほど前に、山脈を越えて入植地が点在する海岸地方に到達した。そして全員が、ケープタウンの方角に火の手があがり、砲音がとどろくのを聞いたのだった。

ケープタウンの街を目指し、強風に追われるようにテーブル湾を渡った。街から細い煙が幾すじもあがり、テーブル・マウンテンの斜面に流れていた。街のいたるところが燃えていた。幾隻もの船が風に向かって、帆を詰め開きにして港から出ていこうとしている。海岸沿いの城砦、キャッスル・オブ・グッドホープの大砲が絶え間なくとどろき、湾に停泊したアリージャンス号の舷側からも雷鳴のような砲音があがっていた。甲板からすす混じりの灰色の煙があがり、風で舷側からこぼれ、水面をどこまでも流れていく。

マクシムスが、アリージャンス号の上空で戦っていた。まだ肋骨が浮き出るほど痩《や》せた体だが、敵ドラゴンは、マクシムスの突撃を警戒し、一定の距離をあけていた。メッソリアとイモルタリスがマクシムスの横につけ、その三頭に守られるようにニチドゥスが下にいて、瞬発的な速攻を繰り返し、逃れようとする敵を苦しめていた。これまでのところ、この四頭の竜がアリージャンス号を守っていたようだ。だが、戦況は厳しくなりつつあり、彼らだけで救える船にも人間にも限度があった。港にはあまたの船やボートがひしめき、アリージャンス号を盾にしようと、それらがぞくぞくと近づいてきた。

マクシムスの背からキャプテン・バークリーが信号を送ってきた。〝ここは守る、城の仲間を救え〟。それを受けて、テメレアの一行はアリージャンス号のかたわらを通過し、浜辺に急行した。城砦は敵に包囲されていた。屈強な槍兵たちが、牛革や鉄の盾を構えて城壁の下にうずくまっている。城の広場には、大砲で吹き飛ばされた、あるいはマスケット銃で撃たれた敵兵の死体が転がっていた。濠《ほり》に浮かぶいくつもの死体は、城壁をのぼろうとして落ちた兵士にちがいない。

だが、生き延びた大半の兵士は、いったん瓦礫《がれき》と化した街の一部まで退却し、身を潜めて、城壁に突破口があくのを待っていた。

閲兵場には一頭の敵ドラゴンの死体が長々と横たわっていた。体色が黄と茶色で、体の半分を吹き飛ばされ、濁った目で虚空を見すえている。脇腹に大砲の一撃を受けた穴があき、ちぎれた表皮が離れた草地に散っていた。上空には三十頭以上の敵ドラゴンがいた。彼らはいまは高度を上げて飛び交い、爆弾ではなく、鋭利な鉄の刃を大量に落としている。刃は平らな三角形で、その鋭い先端は石をも貫く破壊力を持っていた。城の広場に降下するテメレアの背から、ローレンスは、無数の鉄の刃が石敷きの広場に歯列のように突き刺さっているのを目撃した。そして高台にも大勢の兵士の死体があった。

竜王モカカーンが、大砲の射程を避けて、テーブル・マウンテンのふもとの斜面に陣取っていた。厳しいまなざしで戦況を見守り、味方のドラゴンや戦士が攻撃を受けると、翼を広げ、いまにも飛び立ちそうなしぐさを見せた。この竜王と呼ばれる雌ドラゴンは明らかにまだ若く、その闘争本能がすぐにも戦いに飛びこむことを訴えているにちがいなかった。モカカーンのそばには王を護衛する兵士の一団がおり、ほかの兵士らは伝令として城壁の前に集結した味方とのあいだを行き来していた。ローレンスの視力では、モカカーンのそばにモシュシュ王子がいるかどうかまでは確認できなかった。

敵の攻撃は城砦に集中していた。もはや街に人影はなく、街角には巨岩がいくつも転がっている。巨岩が転がったとおぼしきあとに煉瓦《れんが》のかけらが散り、建物の壁には黄色いペンキが剝がれて煉瓦の赤色があらわになったところもあった。英国陸軍兵士らが城壁の上で大砲を放ち、銃を撃ち、懸命に城砦を守っていた。大勢の入植者が男も女も子どももいっしょくたになって海に臨む兵舎で身を寄せ合い、避難用のボートが引き返してくるのを待ちわびている。

テメレアが城砦内に舞いおりると、エラスムス夫人が転げ落ちるように地上におりた。一行を出迎えに出たグレイ中将が、そばを無言で駆け抜けていった夫人を驚きの目で見つめた。

「子どもたちのところへ行ったのでしょう」そう言いながら、ローレンスもテメレアの背からおりた。「即刻、あなたもここからお連れします。アリージャンス号はそう長く港を守れません」

「しかし、彼女は、いったいどこの誰で……?」グレイ中将が言った。民族衣装に身を包んだエラスムス夫人が誰かわからなかったのだ。「それにしても、あのけだものども。あんな高いところにいては、胡椒砲《こしょうほう》でも撃てやしない。いずれ城壁は破壊されるだろう。ここまでドラゴンに攻撃されてはひとたまりもない。いったい、こんな大量のドラゴンがどこからやってきたんだ？」

ローレンスはすでにグレイに背を向け、命令をつぎつぎに下していた。部下たちが撤退を助けるために奔走《ほんそう》している。砲兵たちは大砲から離れる前に、火門をふさいで使用不能とし、火薬の樽を濠に投げ捨てた。

ハーネス匠《しょう》のミスタ・フェローズは地上クルーを率いて、ドラゴンの戦闘用ハーネスや武具をさがしにいった。それは幸い、城の鍛冶場に保管されていた。彼らはドラゴン用の腹側ネットと予備の搭乗ハーネスをすべてかかえて戻ってきた。

「キャプテン、鎧は、テメレア自身が行って取ってこないと、動かしようがありません」フェローズは息を乱して言い、さっそくテメレアに腹側ネットを装着する作業を開始した。それが終われば、つぎはリリーの番だった。ドゥルシアはふたたび空にいた。彼女に搭乗する射撃手《ライフルマン》が胡椒銃を構えていた。これでしばらくは敵ドラゴンを牽《けん》制《せい》することができるだろう。

「鎧はなくてもいい」ローレンスは言った。長期戦にはならないだろうから、いまは迅速な行動こそ重要だ。まだ避難を待っている人々が大勢いる。敵は銃を使用しないのだから、この状況で必要とされるのは、鎧による防御ではなく、むしろすばやさだ。

テメレアは身を低くし、最初の兵士の一団がネットによじのぼるのに協力した。兵士たちは恐怖で蒼ざめ、汗だくになり、将校たちに急き《せ》立てられて、よろめきながらネットに向かった。轟音と硝煙に眩暈《めまい》を起こす者もいた。ローレンスはいまさらながら、中国から英国に戻ったとき、中国式絹製搭乗ハーネスをつくるようフェローズに命じておけばよかったと後悔した。中国式の搭乗ハーネスさえあったら通常以上の人数を避難させられる。ふつうなら重量級のドラゴンに乗せられるのは三十人前後だが、中国式を採用すれば、テメレアなら二百人以上を運ぶことができたはずだ。

しかし、それでも今回は五十人以上をネットに収容した。短時間の飛行なら、ネットはもちこたえてくれるだろう。「わたしたちはすぐに――」と、ローレンスが言いかけたとき、上空でドゥルシアが警告の叫びをあげた。すぐに戻ってくる、と言うつもりだったが、言いきらないうちに、テメレアが勢いよく飛び立った。

敵ドラゴン三頭が金属製のネットで象ほどもある巨岩を運び、それを上空から投げ落としていた。巨岩は城壁の鐘楼《しょうろう》に当たり、調子っぱずれな鐘《かね》の音を響かせ、煉瓦や石の壁を破壊しながら短い入口通路を転がり、城門の落とし格子《ごうし》に激突した。落とし格子はめりめりと地面に倒れた。

テメレアはアリージャンス号に急行し、ドラゴン甲板に兵士たちをおろし、急いで海岸に引き返した。槍兵たちが破壊された門を乗り越え、狭い通路から城のなかに押し寄せていた。グレイ中将の指揮のもと、マスケット銃が火を噴くが、槍兵たちはものともせず、雄叫びをあげて突撃した。目指すは大砲で、まだ砲兵たちが残っている砲架をつぎつぎに取り囲み、槍の一撃で砲兵を突き殺していった。ひとつ、またひとつと大砲が静かになった。上空では敵ドラゴンたちが不吉なカラスのように、生き残った者たちの息の根を止めるべく降下のチャンスを狙っていた。

テメレアは屋根の上に後ろ足立ちになり、歯を剝き出してうなり、前足で押し寄せる敵兵をなぎ払った。「テメレア!」ローレンスは叫んだ。「大砲だ。敵が奪った大砲を叩きつぶせ!」

敵は、火門をふさがれていない大砲をすでに三門奪い、そのうちの一門を内庭に向けて、テメレアとリリーを狙おうとしていた。テメレアは前足を振りあげ、大砲もろとも、敵兵六人を胸壁まで突き飛ばした。大砲は胸壁を突き破って濠に落下し、すさまじい水しぶきをあげた。それでも敵兵たちは不屈の闘志を見せて水面に浮上した。折りしも、新たな避難者を運ぶために内庭におり立ったリリーが強酸を噴いた。敵に奪われた別の大砲がジュッと音をたて、煙をあげた。木製の砲架が金属の砲身よりも先に融け、砲身が地面にズンッと落ち、敵兵をなぎ倒し強酸を撒き散らしながら転がりはじめた。煉瓦や土がシューシューと煙を噴いた。

ふいに地面が激しく揺れて、テメレアがよろめき、前足を地面についた。またしても上空から巨岩が落とされたのだ。巨岩は城壁の一部を——内庭の端の守りの薄い部分を破壊し、そこから敵兵が波のように押し寄せてきた。グレイ中将の配下にある英国陸軍兵士らが応戦した。テメレアの背後から射撃手《ライフルマン》たちが、ふくれあがる敵兵に向かって散発的に発砲した。が、それでも敵の槍兵は内庭になだれこみ、槍と銃剣による白兵戦がはじまった。

あたりは奇妙な静けさに包まれていた。もはや砲音は響かず、時折りマスケット銃かピストルの発砲音が聞こえるだけで、あとはひたすら低いあえぎと荒い息遣いと、負傷した兵士や死に逝く兵士らのうめき声がつづくばかりだった。

内庭は壮絶な混乱状態にあった。もはや退却路がどこかも前線がどこかもはっきりしない。敵も味方も右往左往《うおうさおう》し、逃げまどう者、戦いを挑む者が入り乱れ、そこに怯えて鳴きつづける馬、牛、羊が交じっていた。それらは籠城戦《ろうじょうせん》に備えて城砦の小さな内庭で飼育されていた家畜だった。戦闘の音と飛び交うドラゴンに興奮して囲いを飛び出し、雌鶏《めんどり》の群れが騒がしく鳴きたてるなか、狂乱の末に脚や首を折るか、あるいは偶然出口を見つけて城外に飛び出すまで駆けまわるのをやめようとしなかった。

この混乱のさなか、ローレンスはディメーンの姿を見つけてぎょっとした。ディメーンは、彼が受け取るはずの若い牝牛の首輪に必死にしがみついていた。が、ディメーンの軽い体重では、興奮して鳴き叫び、走りまわる牛を押さえこむのは不可能だった。牝牛は彼を乱闘の渦中に引っ張りこみ、そのあとを仔牛が鳴きながら追いかけていた。彼の弟の幼いサイフォが、ふたつの内庭をつなぐアーチ道からそのようすをおろおろと見つめ、恐怖に顔をゆがめて小さなこぶしを齧っている。しかし突然、サイフォは意を決したように兄のほうに駆け出し、牝牛が地面に引きずっていた引き綱を片手でつかもうとした。

まさにその瞬間、牛の通り過ぎるかたわらで、二名の英国軍兵士が敵兵ひとりに銃剣で襲いかかり、残忍に殺害した。兵士のひとりが背を伸ばして顔の血糊《ちのり》をぬぐい、息を乱してサイフォに叫んだ。「このガキ、薄汚い盗人め。おれたちが死ぬのも待てずに盗みを――」

それを見たディメーンが牛の首輪を放し、宙に身を躍らせて、弟の上に覆いかぶさった。銃剣がきらめき、兄弟を突き刺した。やめろと叫ぶ間もなかった。英国軍兵士は戦闘から撤退しはじめており、兵士らが引きあげたあとに兄弟の細い体が折り重なって倒れているのが見えた。牝牛は瓦礫を乗り越え、城壁の割れ目から外に逃げ出した。仔牛がとことことそのあとを追った。

「ミスタ・マーティン」ローレンスは低い声で指示した。マーティンがうなずき、士官見習いのハーレーの肩を叩いた。マーティンとハーレーはテメレアの背からおり、内庭を横切って兄弟のもとへ向かうと、ふたりを担いで戻ってきて、そのままテメレアの腹側ネットに押しこんだ。ディメーンはぐったりし、兄の血をかぶったサイフォはハーレーの肩ですすり泣いていた。

一方、避難を待つ人々が集まった兵舎に敵兵数名が突入したことで、そこは阿鼻叫喚《あびきょうかん》の地獄絵図と化していた。突撃のじゃまになる女と子どもたちが壁際に突き飛ばされ、男たちは容赦なくその場で殺害され、槍兵の足もとに転がった。入植者たちはマスケット銃やライフルを、もはや友と敵の見境もなく撃ちまくった。空《から》のボートが何艘か戻ってきたが、舵手《だしゅ》が大声でわめいても、オールを持った水夫たちは怯えて接岸するのをためらった。舵手たちの罵声が水を渡って聞こえてきた。

「ミスタ・フェリス！」ローレンスは叫んだ。「ミスタ・リグズとともに、敵兵を追い払い、乗船する兵士を掩護してくれ」そしてみずからも、フェリスのそばで撤退する兵士らの乗船を監督すべく地上におり立った。誰かの手が伸びて、一挺のピストルと弾薬入れが差し出された。弾薬入れはそれを所持しながら死んだ兵士の血でべとついていた。ローレンスはそれをすばやく肩から吊るすと、火薬の詰まった紙薬包を噛み切った。ピストルに弾を込め、腰から剣を引き抜いた。ひとりの槍兵が襲いかかってきたが、発砲する余裕はなく、いち早く危機を察したテメレアが、ローレンスの名を叫びながら、敵兵をかぎ爪で引き裂いた。その勢いで、テメレアの腹側ネットにおっかなびっくりでのぼろうとしていた兵士三人が振り落とされた。

ローレンスは奥歯を嚙みしめ、やむなく地上クルーのつくる壁の奥に身を隠した。ピストルをミスタ・フェローズに渡し、テメレアに搭乗する兵士たちを急がせた。撤退する兵士たちはいまや必死の形相で、あらゆる方向から腹側ネットに入りこんできた。そのせいでネットが目いっぱい伸びきっている。

テメレアほど人を乗せられないリリーは、すでに兵士らを乗せて飛び立ち、城壁の壊れた箇所から煙が渦巻き死体が山なす通路になだれこもうとする敵兵に強酸を噴いた。しかし、リリーは船まで避難者たちを送り届けなければならなかった。敵兵の生き残りが城壁を打ち壊し、その瓦礫で地面に広がった酸を覆った。

「キャプテン！」息を切らして戻ってきたフェリスが叫んだ。片手をベルトに突っこんでいるのは、腕の長さにわたる傷を負ったためで、シャツごと切り裂かれた傷口から淡紅色の肉がのぞいていた。「乗船完了です。残っていた入植者はすべてボートに乗りこみました」

内庭に味方の姿はもうほとんどなかった。テメレアはいっそう獰猛《どうもう》に、大砲を占拠していた敵兵に襲いかかった。まだ数門の大砲が味方の少数の砲兵たちの手にあり、散発的に弾を撃って敵ドラゴンを遠ざけていた。避難者を乗せたボートはすでに岸から離れている。水夫たちが懸命にオールを漕いでいた。兵舎は血の海だった。浜辺では折り重なったおびただしい白人と黒人の遺体に波が寄せては返し、波の泡をピンクに染めていた。

「グレイ中将にご搭乗願うように」ローレンスは言った。「〝全員退却〟を信号旗で知らせてくれたまえ、ミスタ・ターナー」そして、エラスムス夫人のほうを向き、搭乗を助けようと片手を差し出した。フェリスが彼女の護衛として後ろについた。泥とすすで汚れたエプロンドレスを着た幼い娘ふたりが夫人のスカートにしがみついていた。

「いいえ、キャプテン、けっこうです」エラスムス夫人が言った。ローレンスは虚《きょ》を突かれ、ぽかんとした。夫人は怪我をしているのだろうかといぶかった。あるいは、ボートがあらかた出ていってしまったことに気づいていないのだろうか。

エラスムス夫人は首を横に振った。「もうすぐ、ケフェンツェがここに来ます。わたしはケフェンツェに娘たちをさがしてくると言ったのです。娘たちを見つけたら、城で待っているからと。それを条件に、ケフェンツェはわたしを解放しました」

ローレンスは驚きに打たれて言った。「ケフェンツェにはわれわれを追ってくることはできません。海に出てしまえば、そう長い距離は追ってこられません。もしや、ふたたび囚われの身になるのを恐れておられるのなら――」

「いいえ」エラスムス夫人は短く答えた。「わたしと娘はここにとどまります。心配しないで」一拍おいて言い添えた。「戦士たちがわたしたちを襲うことはありません。

槍を女の血で汚すのは不名誉なことですから。まもなく、ケフェンツェがやってきます」

アリージャンス号はすでに錨《いかり》をあげはじめ、出航を知らせる号砲が響きわたった。城の胸壁の大砲を最後まで守っていた砲兵たちがついに持ち場を捨てて、テメレアのほうへ、最後に待つボートのほうに駆けてきた。

「ローレンス、ぼくらも行かなくちゃ」テメレアがよく響く低い声で言い、首を伸ばして、あたりの状況を確かめた。冠翼が大きく立ちあがっており、地上にいてもすぐに咆吼できるように胸をふくらませ、深い呼吸をつづけていた。「敵ドラゴンが押し寄せてきたら、リリーだけじゃ守りきれないよ。助けにいかなくちゃ」リリーの強酸の破壊力を間近で見た敵ドラゴンたちは警戒して近づこうとしないが、多勢で一気に襲いかかる可能性は充分にあった。あるいはリリーをはるか上空に誘いこみ、そのあいだに地上にいて応戦不可能なテメレアを急襲することもできる。

内庭には崩れた城壁から新たな槍兵が入りこんできたが、テメレアの前足が届かない距離を保って壁際に半円に広がり、ようすをうかがっていた。それぞれの兵士はたいした脅威ではない。しかし一斉に槍で襲いかかってこられたら、テメレアはすぐに飛び立つしかないだろう。ローレンスは空を見あげた。リリーの周囲を飛び交うドラゴンたちが徐々に降下し、近づいてくるテメレアに低空でかぎ爪の一撃を加えようと待ちかまえている。もうこれ以上、エラスムス夫人の説得に費やしている時間はない。夫人がそうそう簡単に説得に応じないだろうことは、彼女の表情からも察しがついた。

「エラスムス夫人」ローレンスは言った。「あなたのご主人は――」

「わたしの夫は死にました」夫人はきっぱりと言った。「わたしは、自分が生まれ育ったツワナの地で、子どもたちを誇り高く育てたいのです。英国で情けにすがる物乞いになるのではなく」

ローレンスは絶句した。彼女に無理強いすることはできない。夫を亡くした彼女の身の振り方を決するのは、もはや彼女自身しかいないのだから。ローレンスは、彼女にしがみついている子どもたちを見つめた。子どもたちは、恐怖の極限状態のなかで疲れ果て、頬がげっそりとこけていた。「キャプテン、全員の搭乗が完了しました」フェリスが案ずるようにローレンスとエラスムス夫人を見やって言った。

エラスムス夫人は無言のローレンスに会釈《えしゃく》して別れを告げ、幼いほうの娘を腰に抱きあげた。そして姉のほうの肩に手を添えて、総督邸の屋根付きポーチに導いた。戦闘が残した血まみれの瓦礫のなかで、そこだけが静かな気品をたたえてまだ残っていた。夫人はゆるいカーブを描く前階段に散らばる死体をよけながら、ポーチにあがっていった。

「お元気で」ローレンスは夫人の背中に声をかけ、テメレアに乗りこんだ。テメレアは前足をあげて背を伸ばし、咆吼とともに飛び立った。テメレアが〝神の風《ディヴァインズ・ウィンド》〟を見舞う以前に、その咆吼だけで敵ドラゴンが驚いて飛びすさり、苦痛の甲高い叫びをあげながら、散りぢりになった。リリーとドゥルシアがテメレアに合流し、三頭で海洋に向かって大きく白い帆を広げたアリージャンス号を目指した。アリージャンス号はすでに港を出て、大西洋に向けて航行している。

城砦の内庭に敵ドラゴンがつぎつぎに降下し、駆けまわる牛に襲いかかっているのが見えた。エラスムス夫人が幼い娘を腕に抱き、背筋を伸ばして階段の上に立っていた。母親も娘たちも空を仰いでいた。ケフェンツェがすでに湾を渡り、歓喜の叫びをあげて、彼女らのほうに向かっていた。

第三部

13　フランス船団との遭遇

「ちょっといいですか？」ライリー艦長が気まずそうに言った。ノックをしなかったのは、そこにドアがなかったからだ。アリージャンス号にはケープ植民地からの避難民として多くの女性が乗りこんでいるので、ご婦人がたが少しでも快適に過ごせるように、飛行士たちは船室の隔壁《かくへき》を取り払い、空間の節約に努めていた。したがって目下両隣に寝起きするチェネリー、バークリーとローレンスを隔てるものは、天井から吊るした古い帆布一枚きりしかない。「ドラゴン甲板に来てもらえますか？」

ライリーとはすでに、乗艦の数時間後に、必要に迫られて言葉を交わしていた。海軍と航空隊は、七頭のドラゴン、泣き叫ぶ子ども、負傷者、数百人の避難民をそれぞれの場所に落ちつかせ、一等艦の三倍もある巨艦アリージャンス号を、激しい向かい風を突いて出航させるために一致団結した。そして、いつ風下に流され沿岸に座礁するかもわからない状況で、想定しうるあらゆる困難と闘った。そのとき甲板にはまだ、敵が投下した鉄やら石やらがごろごろと転がっていた。

しかしそんな混乱のさなか、ライリーが艦《ふね》に乗りこむ者たちを不安そうに見わたしているのにローレンスは気づいた。ライリーの表情は、キャサリン・ハーコートが部下に命令を下している姿を見つけて、ようやくやわらいだ。が、キャサリンのほうをちらちら見るうちに、ライリーの表情が安堵から困惑へと変化した。明らかに、ひとつの疑いが彼の心に生まれていた。そしてとうとう、ライリーはドラゴン甲板までやってきた。あと少し艦尾をさげるためにドラゴンの位置替えを要請するというのを訪問の口実とし、彼は直近でキャサリンが身重であることを確認した。

ローレンスがライリーの訪問の目的を正しく理解していたのは幸いだった。なぜなら、ライリーがドラゴンたちに与えた指示は、艦首にマクシムスを据え、その背中にリリーを寄せ、左舷の手すり沿いにテメレアを長々と寝かせる、というでたらめぶりだったからだ。まともに請け合っていたら、ドラゴンの半分が水に浸かり、艦はぐるぐると同じ場所を回りつづけることになっていただろう。

「いいとも」ローレンスはライリーの誘いを受け入れ、ドラゴン甲板に向かった。通路が狭くなっており、一列になって進むしかないので、そのあいだはお互いに黙っていた。梯子《はしご》をのぼり、甲板に出た。船室に詰めこまれた乗客たちの日光浴と運動のために後甲板を解放しており、いまは艦首側にあるドラゴン甲板が艦のどこよりも人に聞かれたくない話ができる場所になっていた。もちろん、ドラゴンが聞き耳を立てることがあるのはしかたないとしても。

だが、このときのドラゴンたちには聞き耳を立てるほどの元気もなかった。テメレアとリリーとドゥルシアは、長い飛行とその後の戦闘で疲れきって眠っていた。マクシムスも大いびきを掻き、その共鳴で前檣前支索《フォアステー》が低くうなっていた。ドラゴンたちが疲労困憊《ひろうこんぱい》で食事もせずに眠っているのは、かえってよかったかもしれない。食糧が底を突きかけて、つぎの寄港地での補給がひたすら待たれる状態だった。もし目覚めてしまったら、彼らは自力で魚を獲りにいくしかないだろう。

「あいにくながら」と、沈黙を破って、ライリーが気まずそうに言った。ふたりはドラゴン甲板の手すり沿いを行ったり来たりしていた。「ベンゲラで水を補給しなくてはなりません。あなたにご心痛を与えることになり恐縮です。なんなら、ベンゲラではなく、セント・ヘレナ島に寄ることもできますが……」

セント・ヘレナ島はベンゲラのような奴隷貿易港ではないが、予定の航路からはかなり外れている。この提案にライリーの謝罪の念を汲みとって、ローレンスはすぐに答えた。「セント・ヘレナ島に寄るのは勧められないな。貿易風に流されて、気づいたらリオまで行ってたなんてことにもなりかねない。竜疫《りゅうえき》の治療法と、ケープ植民地陥落についての報告は、われわれの帰国より早く本国に届くだろうが、ドラゴン編隊が早急に必要とされていることに変わりはないのだから」

ライリーも感謝して、ローレンスの考えを受け入れた。そこからようやく、打ち解けた雰囲気が生まれた。「もちろん、時間を無駄にはできません」と、ライリーが言う。「わたし個人としても、一刻も早く帰国したい事情があります。いや、あったと言うべきですね――彼女から結婚の申し込みをはねつけられたわけですから。でも、ローレンス、本音を言うなら、こんな状態なら、永遠に向かい風が吹いて、英国にたどり着けなければいいとさえ考えてしまいます」

ライリー艦長がキャサリン・ハーコートに求婚したことは、すでに飛行士たちのあいだで、騎士気どりだのドン・キホーテだのと揶揄《やゆ》されていた。チェネリーはこう言ったものだ。「ハーコートを困らせるのをやめないんなら、誰かが言ってやるしかない。だが、あの海軍の石頭野郎をどうやってあきらめさせたものかな」

ローレンスはむしろライリーに同情的で、ライリーがここまで態度を鮮明にしているというのに、結婚を拒みつづけるキャサリンに困惑した。エラスムス師が生きていたら、持ち前の温情と説得力で、彼女に結婚を勧めてくれたのではないかと思わずにいられない。アリージャンス号の英国海軍付きの牧師ミスタ・ブリテンは、誰かに道徳や倫理を説けるような人物ではなく、そもそも、結婚式のあいだ素面《しらふ》でいられるかどうかさえ怪しいものだった。

「それでも、ミスタ・ブリテンは牧師ですよ」と、ライリーは言った。「結婚式を挙げるなら、彼で問題ありません。法にも適《かな》っています。しかし、彼女が聞く耳を持たないんです。ろくにしゃべってもくれない」ライリーは悄然《しょうぜん》と言った。「それもこれも、わたしが悪いんだ。こういうことになる前に、彼女にきちんと話しておかなかったから。彼女ときたらまるでわたしが……その、父親じゃないみたいな――」言い過ぎたと思ったのか、ライリーはあわてて言葉を切り、哀れっぽく締めくくった。「どう切り出せばいいかわからなかった。ローレンス、彼女には家族がいないんですか？彼女を説得してくれるような家族は――」

「いない。キャサリンは天涯孤独《てんがいこどく》の身だ」ローレンスは答えた。「ところで、トム。

きみは、彼女が軍務から離れるのはぜったい無理だってわかっているんだろうな。リリーを担えるのは彼女しかいないんだから」

「ええ、まあ」ライリーはしぶしぶ言った。「あのけだものをほかに誰も引き受けられないなら、しかたありません」ローレンスはいまここでライリーの言葉遣いを正そうとは思わなかった。「だけど、それでもかまわない。わたしは、そんなことぐらいで彼女をあきらめるような半端《はんぱ》な男じゃありません。それに、グレイ中将からうかがったのですが、中将夫人が彼女の後見人を務めてもいいと心よくおっしゃったとか。身に余る光栄です。英国に戻ったら、彼女のことは、中将夫妻がうまく取りはからってくださるでしょう。ご夫妻は上流社会に顔が広い。でももちろんこれは、彼女と結婚できたらの話です。いまはわたしの話を聞こうともしてくれない」

「彼女は、きみのご家族が反対すると思っているのかもしれない」ローレンスはそうは言ったが、慰めにすぎず、確信があるわけでもなかった。むしろキャサリンはライリーの家族の感情まで思いおよんでいないだろうし、これからもそうだろう。たとえ結婚を承諾したとしても同じだと思われた。

「両親にはきちんと説明すると、彼女に約束しました。わたしの両親はこういうことは適正に判断できる人たちです。もちろん、期待されていたような結婚相手ではないかもしれませんが、わたしには資産があり、自分の意思で結婚を決める権利がありま す。それに、生まれてくるのが男の子なら、父は細かいことなんか気にしないでしょう。わたしの兄夫婦の子どもは女の子ばかりで、この四年間はひとりも生まれていないんです。男の子ならまず世襲相続人になれるというのに」ライリーは、両手を振りあげんばかりにして、話を締めくくった。

「ああ、ローレンス、やってられないわ」ローレンスがキャサリンのところに行くと、彼女もまた憤然として言った。「彼はわたしが除隊するのを期待してる」

「いや、だから」と、ローレンスは言った。「それは無理だと、わたしからライリーに伝えた。彼も、それはわかっていると認めた。だから、きみも理解してやってはどうかな。世襲財産をめぐる一族の問題というのも、けっしておろそかにはできないことで――」

「わからないわ、ぜんぜん」キャサリンは答えた。「彼のお父さんの土地や財産がなんだって言うの？ それって、わたしや生まれてくる子と関係あること？ 彼にはお兄さんがいたんじゃない？ お兄さんには子どもだっているはずでしょう？」

家督や世襲財産について熟知しているわけではないローレンスも、キャサリンをまじまじと見返さずにいられなかった。それからかいつまんで、家督と財産が男子の血統に受け継がれること、もしキャサリンが男子を産めば、その子がライリーの兄の財産を相続することを説明した。「つまり、きみが結婚を拒むのは、きみから生まれる男子に与えられるはずの家督と財産を拒むことでもあるんだ。かなり大きな財産が遠縁の男に行ってしまうし、その男はおそらく、ライリーの姪っ子たちの暮らし向きなどにはなんの気遣いもしないだろう」

「愚かなしきたりね」キャサリンは言った。「でも、よくわかった。確かに、かわいそうだわ。このお腹の子が男の子で、大きくなって自分が相続したかもしれない財産があったと知るなんて。だけど、わたしがほしいのは男の子じゃなくて、女の子なの。女の子で、彼になんかいいことある？　そもそも、わたしと結婚して、彼にいいことなんかある？」キャサリンはため息をつき、手の甲をひたいにあてがってしばらく考え、ついに結論を出した。「ああ、めんどうくさい。結婚するけど、彼はいつでもわたしを離縁してくれていい。でもね、もしお腹の子が女の子なら、この子にはぜったい、ハーコートを名のらせるわよ」

結婚式は、祝宴にふさわしい食材が手に入るまで、すなわちつぎの補給が終わるまでおあずけになった。これまで何度か上陸を見合わせたのは、アフリカ大陸南部には、アリージャンス号のような巨艦が安全に入港できる港がないからだった。海岸沿いに進んでいたが、ライリー艦長は慎重に二十マイルは艦を岸から遠ざけていた。そこでドラゴンたちがロープでつないだ大樽をぶらさげ、毎日陸まで二十マイルを飛んで、海に注ぎこむ名もなき川をさがし、水を汲んできた。

ベンゲラ港に向かう途中、見るも無惨《むざん》な二隻の船に遭遇した。六月十五日だった。どちらの船も舷側がすすで汚れ、海賊さえ恥じ入りそうな汚れた間に合わせの帆を張っていた。おそらくは同じくケープ植民地からの避難者で、西に針路をとりセント・ヘレナ島を目指すつもりなのだろうと誰もが考えた。

アリージャンス号は、あえて二隻に近づこうとはしなかった。一時停船を求めたところで、分け与えられるような水も食糧もなかったからだ。無理もないことだが、アリージャンス号に比べて小さな二隻は、必需品や水夫を奪われるのではないかと恐れるように、早々と逃げ去った。

「腕利きの船乗りなら十名ぐらいは提供できたのに」

水平線に消えようとする二隻を見つめながら、ライリー艦長は悪びれることなく言ったが、飲料水をどれくらい融通できるかについては口を閉ざしていた。水の配給は通常の半分に減らされ、ドラゴンたちは帆についた朝露を舐《な》めるようになっていた。

最初に見えたのは空に立ちのぼる煙で、そのときはまだかなり距離があった。湿った薪《まき》をくべた巨大な焚き火のように、煙はいつまでも消えなかった。港に近づくにつれて、その煙は浜にある何隻もの船から出ていることがわかった。浜まで強引に引きずられたらしく、打ちあげられて死んだ海獣のあばらのように、頑丈な竜骨《キール》と肋材《ろくざい》が燃え残っていた。オランダ人たちが仕切る商館や城砦は瓦礫と化していた。

生存者はいそうになかった。アリージャンス号がすべての砲門を開いて臨戦態勢をとり、ドラゴンたちが空からどんな警報も見逃さないように待機するなか、艦載艇《かんさいてい》が飲料水補給用の空《から》の大樽を満載して岸に向かった。しばらくのち、重い荷を積んでいるにもかかわらず、艦載艇は行きよりも速力をあげて戻ってきた。ライリー艦長の船室で、ウェルズ海尉が昂ぶったようすで報告した。「一週間以上はたっているはずです。家々の食糧は腐り、残された要塞に人けはありません。港の裏で新しい大きな墓を見つけました。埋められた遺体はおそらく百体にのぼるかと」

「ケープタウンでわれわれを襲った一味のしわざとは考えられないな」報告を聞き終えて、ライリー艦長が言った。「ありえない。ドラゴンたちがここまでそんなに速く飛べるものだろうか」

「一週間足らずで千四百マイル？　ありえないわ。それだけの距離を飛んで、攻撃を仕掛けるなんて」椅子にすわっているキャサリンが、指で地図上の距離を測って言った。ライリーはこの艦尾にある自分の大きな船室をキャサリンに明け渡そうとしたのだが、すげなく断られてしまった。「だけど、あの一味がここまで来る必要はないんじゃない？　滝の渓谷にはいくらでもドラゴンがいた。ケープタウンを襲ったのと同じ規模の襲撃隊を、あと十隊はつくれるはずよ」

「いまいましい。たちの悪いカラスみたいだ」チェネリーが言った。「それにしても解《げ》せないのは、なぜベンゲラ港なんだ？　ここまで来られるなら、むしろルアンダ港を襲うとは思わないか？」

　そして翌日、アリージャンス号は、アフリカ西海岸のもうひとつの港、ルアンダ港まで飛行可能な距離に近づいた。ドゥルシアとニチドゥスが飛び立ち、追い風によって速力をあげ、およそ八時間後、闇のなかに高く掲げた導灯を目印にアリージャンス号に戻ってきた。

「焼け落ちていた――街のどこもかしこも」ドゥルシアのキャプテン、チェネリーが言い、手渡されたグロッグ酒をひと息にあおった。「街はもぬけの殻だ。生存者はいない。井戸という井戸がドラゴンのくそで埋ま――おっと、失礼」

こうして甚大《じんだい》な被害が明らかになってきた。ケープタウンのみならず、アフリカの他の大きな港も壊滅した。もし敵の目的が港の支配権を得ることなら、港に進むまでの広大な土地も征服しなければならない。しかし、壊滅させることだけが望みなら、そんな手間のかかる戦略をとる必要はない。対空戦力を持たない土地なら、地上にどれだけ兵力が集結していようが、ドラゴン軍団はその上空をやすやすと通過し、攻撃目標に到達できる。軽歩兵隊はドラゴンに載せて運び、狙われた哀れな街ですべての戦力を展開し、ただ破壊しつくすのみだ。

「大砲や銃のたぐいはすべて消えていた」ウォーレンが冷静に報告した。「砲弾も弾丸もだ。弾薬庫は空っぽだった。火薬も奪っていったのだろう。なにひとつ残っていなかった」

英国を目指してアフリカ西海岸沿いに北上するあいだ、幾度となく破壊された街の煙が目撃された。その前触れとなるのはいつも、避難者を満載し安全な港を求めて海をさまよう焼け焦げた船団だった。アリージャンス号は二度と港には入らず、水の補給は、ドラゴンたちが短い飛行で陸から水を汲んでくるのに頼った。

こうしておよそ二週間が過ぎ、ケープ・コーストに近づいた。ライリー艦長は、この英国領の港では、せめて死者を数えるのが義務だと考えた。また、ほかの港よりもはるかに堅牢な歴史ある城砦に、わずかでも生存者がいないかと期待した。港の本部として使用されていた石造りのケープ・コースト城は、あちこちに穴があき、屋根は黒焦げになっていたが、形はとどめていた。しかし、防戦にはなんの役にも立たなかったにちがいない海に向かって固定された大砲も、内庭に山をなしていたはずの砲弾も、すべて消えていた。風と潮流に影響されるアリージャンス号は、ドラゴンの飛行のように一定速度を保てない。そのために、敵の襲撃の拡大よりも遅い速度で進んでいたのだろう。ケープ・コーストが襲撃されてから、どう見ても三週間はたっていた。

ライリーは乗組員を組織して、巨大な墓穴を掘り返して遺体を数える仕事にあたらせた。一方、ローレンスと仲間のキャプテンはドラゴンに乗って、豊かな森の広がる北の台地と破壊された街の周辺に狩りに出た。肉が著しく不足していた。アリージャンス号に貯蔵された塩漬け豚肉が乏しくなり、ドラゴンたちはいつも腹をすかせていた。魚で満足していたテメレアまで、肉への渇望を語るようになった。

「アンテロープのやわらかな肉があったら、味覚に変化がつくのになあ。象なら最高だね。一頭でもいいよ。まったく象肉の味わい深さったら」

結局、テメレアは小さめの赤毛のバッファローを二頭狩って、その場で腹を満たした。射撃手《ライフルマン》たちも何頭か仕留め、それをテメレアが両前足のかぎ爪でつかんで、アリージャンス号まで持ち帰ることにした。「少し臭うけど、悪くないよ。ゴン・スーが、ドライ・フルーツと煮こんでくれるよ、きっと」テメレアは料理の仕上がりを想像するようにうっとりと言うと、バッファローの角をバリバリと噛み砕き、その骨片で歯の隙間の肉くずをせせるというきわどい作法を見せ、顔をしかめて骨を地面に投げ捨てた。そのとき、冠翼がぴくりと立ちあがった。「誰か来たみたいだ」

「あなたがた、白人ですか?」森から控えめな呼びかけが聞こえ、ほどなく数名の薄汚れ、疲れ果てた男たちがあらわれた。彼らは哀れを誘うほど、これで救われたという顔になり、空っぽの水筒を差し出してグロッグ酒やブランデーを受け取った。「ライフルの音が聞こえたときは、もしや助かるのではと一縷《いちる》の望みをつなぎましたよ」男たちの隊長、リヴァプール出身のミスタ・ジョージ・ケースが言った。彼の仲間のデーヴィッド・マイルズは、数名の部下とともにケープ・コーストの襲撃に遭遇し、逃げ遅れてしまったと説明した。

「怪物どもが舞いおりてきたとき、われわれは森に隠れていました」マイルズが言った。「怪物どもは、遅れをとった船をつぎつぎにつかんで、叩き壊し、火を放って、去っていきました。わたしたちは森にいて難を逃れましたが、銃弾も底をつき、もうだめかと思いましたよ。あと一週間で、あいつらは餓死していたでしょう」

ローレンスにはなんのことかわからなかった。しかし、森のなかに案内されると、そこには木々に隠された急ごしらえの囲いがあり、彼らの最後の積荷だったという二百人あまりの奴隷が閉じこめられていた。「ここまで連れてきて、支払いもすませ、翌日には船に積みこむはずだったんですがね」マイルズが言った。痩せ衰えて唇がひび割れた奴隷が、囲いのなかから水をくれと拝むようなしぐさで訴えたが、彼はうんざりしたようすで地面に唾を吐き捨てるだけだった。

すさまじい汚臭がした。奴隷たちは、衰弱する前に、囲いのなかに排泄用の小さな穴を掘っていたが、奴隷どうしで足枷《あしかせ》をつながれているため、ろくに身動きできなかったようだ。囲いから少し離れたところに海に注ぎこむ川があり、ケースもその仲間も水や食糧に困っているようには見えなかった。囲いのすぐ近くに転がった焼き串にアンテロープの肉が残っていた。

ケースが言った。「もし、あなたがたの船に乗せてくださるなら、運賃はマデイラ島でお支払いしましょう」そして、いかにも寛大な申し出だと言わんばかりに付け加えた。「なんなら、いまここで買い取ってくださってもかまいませんよ。もちろん、お値段のほうは大まけしておきます」

ローレンスは返す言葉もなく、ただこの男を殴りつけたい衝動と闘った。テメレアのほうはそんな心の葛藤とは縁がなく、ひと言も発せず囲いの扉をかぎ爪でつかむと、バキバキとむしり取り、地面に叩きつけ、喉からシャーッと音を出して威嚇した。

「ミスタ・ブライズ」ローレンスは苦々しさを噛みしめて言った。「足枷《あしかせ》を叩き壊してくれたまえ」

「イエッサー」武具師のブライズが答え、道具を手に取った。

奴隷商人たちは仰天した。「おい、なんのつもりだ⁉」とマイルズが叫び、ケースは訴えてやる、ぜったいに訴えてやると怒鳴りつづけた。しかしそれも、ローレンスが彼らのほうを振り向くまでだった。

ローレンスは低い冷ややかな声で言った。「きみたちをここに捨て置いてやろうか？　そして、こちらの方々と、今後の身の振り方について、じっくり話し合ってはいかがなものか」奴隷商人たちはぴたりと口を閉ざした。作業は難航した。奴隷たちは鉄の足枷でつながれ、首にもロープがかかり、四人ずつひとまとめにされていた。足首を棒に縛りつけられた者もいて、立つことさえできなかった。

彼らはブライズによって足枷をはずされた。そのあいだテメレアが話しかけてみたが、言葉がまるで通じず、恐怖に首をすくめて縮みあがるばかりだった。ツワナ人とはべつの地方の出身で、ツワナ人のような竜との共生関係もないようだ。

「彼らにあの肉を」ローレンスは小さな声でフェローズに命じた。そのときのしぐさで、言葉はわからずとも、彼らにもすぐに察しがついた。さっきまで囚われていた者たちのなかから、まだ動ける元気な者が焚き火の準備をはじめ、動けない仲間を助け起こした。エミリーとダイアーがサイフォの手を借りて乾パンを配ると、動ける者は動けない仲間に食べさせた。

奴隷たちの多くは、ひどく衰弱している者でさえ、すぐに自由になりたがった。肉が焼き串に刺されるころには、彼らの半数近くが森に消えていた。なんとかして故郷に帰り着きたいのだろうが、どんなに遠くまで連れてこられたか、どの方角に向かえばよいのか、彼らに理解できているかどうかはわからない。

奴隷商人たちが乗りこんでくるとき、テメレアは不快そうに体をこわばらせた。背中の上でまだぶつぶつ文句を言う彼らを振り返り、歯を剝き、感情の爆発を抑えた不穏な声で言った。「ローレンスに二度とあんな口をきくな。今度やったら、放り出してやるからな。もののわからない愚か者なら、せめて口を閉ざしてろ」クルーたちの態度もテメレアと変わらず、革細工師のベルは彼らのために間に合わせの搭乗ベルトをつくりながら、「ウジ虫ども」と吐き捨てた。

アリージャンス号のドラゴン甲板まで戻って奴隷商人をテメレアからおろすと、ローレンスは気がせいせいした。奴隷商人たちはすぐに避難者たちのなかにまぎれてしまった。ほどなく、仲間のドラゴンたちが狩りの獲物をかかえて戻ってきた。マクシムスは意気揚々《いきようよう》と甲板に小さめの象を二頭投げ出し、すでに三頭を腹におさめたが、実にうまかったと吹聴《ふいちょう》した。甲板の二頭はただちに結婚式の祝宴用に持っていかれ、テメレアが小さくため息をついた。ふたりの立場もあって誰も口には出さなかったが、結婚式をこれ以上延期すると、花嫁が揺れる甲板の上を歩けなくなってしまいそうだった。

結婚式の準備があわただしくはじまった。いつものことながら遠慮のないチェネリーが、結婚式前夜、牧師のミスタ・ブリテンを捕まえて、無理やりドラゴン甲板に連れ出し、どこにも行かないようにドゥルシアに見張らせた。翌朝、酒がすっかり抜けた牧師は縮みあがっていた。ハーコート配下の見習い生が、朝食と洗いたてのシャツをドラゴン甲板まで届け、上着の汚れをブラシで払い落とした。かくしてミスタ・ブリテンは、へべれけになるチャンスをいっさい与えられることなく結婚式に臨んだ。

だが一方、キャサリンは結婚式で自分がドレスを着るなどとは考えおよばす、ライリーのほうは、まさか彼女が一着のドレスも持っていないとは考えおよばなかった。結果として、花嫁は飛行士の上着にズボンで牧師の前に立つことになった。このなんとも珍妙な結婚式の光景は、グレイ中将夫人はじめ、式に参列したケープタウンの名士のご夫人がたを赤面させた。ミスタ・ブリテンは肝をつぶし、いつもならラム酒がもたらしてくれる心地よい霞《かすみ》もなく、ほぼ最初から最後までつっかえながら式辞を述べた。そして最後にお決まりとして、この結婚に異議のある者は申し出よと会衆に呼びかけると——事前にキャサリンからさんざん説明されたにもかかわらず——リリーがドラゴン甲板からむっくりと頭をもたげ、参列者たちをぎょっとさせた。「あたしから、ひと言よろしいかしら?」

「よろしいわけないわよ!」キャサリンが叫び返し、リリーは憤懣《ふんまん》やるかたないため息をつき、ライリーをオレンジ色の目でにらみつけて言った。「しかたない。認めてあげる。でもね、キャサリンを苦しめるようなことをしたら、あんたを海に投げこんでやるから」

いささか波瀾《はらん》を予感させなくもない滑り出しだったが、キャサリン・ハーコートとトム・ライリーは晴れて夫婦となり、招かれた客たちはとびきり旨い象肉に舌鼓を打った。

八月十日、見張りがリザード岬の灯台を目視し、アリージャンス号はついにイギリス海峡に入った。左舷艦首の方角に目をやれば、闇のなかに黒々と横たわる英国本土が見えた。と同時に、ローレンスは、東に向かってアリージャンス号の前方を通過していく、いくつかの灯火を確認した。海上封鎖《ふうさ》に携わる英国艦隊ではないだろう。ライリー艦長が艦の灯火を消すよう命令し、海図で入念に検討して、南東に針路を変えた。

こうして夜が明けると、艦の全員が期待と痛痒《つうよう》の入り交じる複雑な感情にとらわれた。というのも、アリージャンス号は予想どおりに、八隻から成る、ル・アーブル港に向かうにちがいない敵国の商船団の真後ろにつけていたからだ。商船が六隻、護衛のフリゲート艦が二隻。どれもみな合法的に拿捕《だほ》の対象となりうる船だった。もっと近ければ、直進して船団のどれかにぶつかる可能性もあったろう。しかし、船団とアリージャンス号は優に六十マイルは離れており、船団のほうもアリージャンス号を認めたにちがいなく、あわただしく帆を掛け増して、逃げ去ろうとした。

ローレンスは、ライリーとともに甲板の柵から身を乗り出し、無念の思いで船団の遁走《とんそう》を見つめた。アリージャンス号は英国を発って以来船底の汚れを落としておらず、喫水線《きっすいせん》から下には船足を落とす牡蛎殻《かきがら》やフジツボがびっしり張りついている。どうあがいても、アリージャンス号の速度は八ノット。一方、船団の最後尾にいるフリゲート艦でさえも十一ノットは出していると思われた。テメレアが冠翼を震わせ、背筋をあ伸ばして船団を見つめて言った。「ぼくらなら、捕まえられるのにね。ぜったい、あそこまで行き着けるよ。正午までには」

「補助帆《スタンスル》を張っていますね」ライリー艦長が望遠鏡を使いながら言った。さっきまでのろのろ進んでいるように見えた敵のフリゲート艦がぐんぐんと速度をあげている。これまでは護衛する商船が先に逃げるのを待っていただけなのだろう。

「この凪じゃ無理だな」ローレンスはテメレアに答えて言った。「きみなら行けるとしても、みんながついていけない。それに、いまは鎧もない。とにかく、あの船団を拿捕するのは無理だ。きみだけ先に飛んでいったとしても、夕方には向こうからアリージャンス号が視認できなくなる。拿捕船回航員もいなければ、フランス船は夜のうちに逃げてしまうだろう」

テメレアがため息をつき、頭を両前足におろした。ライリー艦長が望遠鏡をたたんで言った。「ミスタ・ウェルズ、北北西に針路をとりたまえ」

「アイ・サー」ウェルズ海尉が残念そうに答え、差配を開始した。そのとき突然、船団の先頭に位置したフリゲート艦が速度を落とし、南に鋭く艦首を切り返した。甲板のあわてふためきぶりが望遠鏡越しに見てとれた。目的地を変更し、グランヴィル港に向かおうとしているのだろうか。英領のジャージー島を通過するつもりなのか。そのほうが危険が少ないとでも考えたのだろうか？

ローレンスには船団が針路変更を試みようとする意図がまったく読めなかった。もちろん、海上封鎖の軍艦を発見したというなら話は別だ。しかし、海上封鎖の艦隊が強風に追われてイギリス海峡を北上するようなことでもないかぎり、英国艦の帆影を見ることなどありえないと思っていた。

アリージャンス号はいまや、船団のあとにつづくのではなく、船団の行く手をはばむチャンスを握っていた。ライリー艦長が言った。「いましばらく、あの船団からは目を離さないほうがいいですね」意識して落ちつき払い、船団に近づくよう命令する。乗組員たちは、口にこそ出さなかったが、見るからにこの命令に満足していた。まだ見えない味方の軍艦がいるなら、その艦に充分な速力があることを祈るのみだ。速力さえあれば、たった一隻のフリゲート艦でもかまわない。アリージャンス号の接近と威圧感がこの状況に充分な効果を発揮するだろう。そして、この追撃の最終局面で水平線に隠れない位置にさえいれば、アリージャンス号は戦利品の分け前を得ることになる。

それぞれが望遠鏡を手に、逸《はや》る思いで海原を眺めわたしたが、それらしい英国艦は見えてこなかった。だがとうとう、何度も空中に舞いあがっていたニチドゥスが、息を弾ませて言った。「軍艦じゃない、ドラゴン戦隊だ!」

みなが躍起になって見ようとしたが、空の彼方のゴマ粒はすぐに雲間に隠れてしまった。それでも、ドラゴンたちは距離を詰めているにちがいなく、一時間とたたないうちに、船団はさらにまた針路を変えた。今度は、フランスの海岸沿いに位置する砲台の射程に入ろうという算段らしい。そのためには風下にある海岸に打ちつけられるかもしれない危険も覚悟のようだ。アリージャンス号は、船団までほぼ三十マイルの距離に近づいていた。

「ねえ、そろそろ出撃しない?」テメレアが言い、周囲を見まわした。いまやドラゴン甲板の全ドラゴンが完全に目覚め、操舵《そうだ》のじゃまにならないよう身を縮めながらも、追撃の行方が気になるために首だけ長く高く伸ばしている。

ローレンスは望遠鏡をたたみ、後ろを振り向いて言った。「ミスタ・フェリス、戦闘クルーを搭乗させてくれ」エミリー・ローランドが望遠鏡を受け取り、持ち去ろうとした。ローレンスはエミリーを見おろして言った。「ローランド、それを片づけたら、ダイアーとともにフェリス空尉の指示に従うように。きみとダイアーに見張りを担当してもらう」

「イエッサー！」エミリーが息もつけないほど興奮して甲高い声で叫び、大あわてで望遠鏡をしまいにいった。キャロウェイが彼女とダイアーに一挺ずつピストルを渡し、フェローズは急いで搭乗しようとするふたりを引き留め、搭乗ベルトにゆるみがないかを点検してやった。

「なんで、よりによっておれが最後なんだ？」マクシムスがぶつぶつと言った。テメレアとリリーのクルーたちが搭乗を急いでおり、ドゥルシアとニチドゥスはすでに舞いあがっている。メッソリアとイモルタリスは飛び立つ準備が整っていた。

「おまえの図体がどでかいせいさ。ドラゴン甲板が空っぽにならなきゃ、装具を付けることもできやしない」バークリーが言った。「まあ、おとなしく待ってろ。みんなすぐに出ていくから」

「おれが行くまで、戦闘を終わらせるなよ！」マクシムスは飛び立っていくドラゴンたちに叫んだ。しかし、その深くよく響く声もすぐに羽ばたきの音に掻き消され、テメレアたちの耳には届かなくなった。テメレアは翼を大きく広げ、速力をあげて仲間たちから抜きん出た。が、ローレンスはあえてそれを抑えなかった。今回のように仲間の支援が間近にあれば、テメレアの速力の利を存分に引き出せる。求められているのは、標的にいち早く到達し、仲間が結集して集中攻撃を仕掛けるまで、いましばらく船団を引き留めておくことだ。

ところが、テメレアが船団に到達するや、先頭のフリゲート艦上空を覆っていた雲が、突然、砲火のような火焔を浴びて吹き飛んだ。紅蓮《ぐれん》の炎をかいくぐって急降下してきたのは、なんとイスキエルカだった。背中に並んだ突起から煙と蒸気が長い帯のように噴き出し、宙にたなびいている。

イスキエルカは、フリゲート艦の艦首に向かって、逆巻く火焔を浴びせかけた。そこにアルカディと仲間の野生ドラゴンたちが野良猫のけんかのような奇声を発してつづき、船団の先頭から後尾までの上空をものすごいスピードで行ったり来たりしはじめた。無謀にも艦砲の射程に入り、はやしたて、わめきたて、浮かれているように見えるが、その実、速さゆえに狙い定められないことを承知している。ドラゴンたちの羽ばたきでフリゲート艦の帆が激しく波打った。

「ふふん」テメレアは、自分の横を大騒ぎでかすめていったドラゴンたちを見おろすと、お手並み拝見とばかりに空中停止《ホバリング》をはじめた。イスキエルカが、フリゲート艦の上空で円を描きながら、早くやっつけて、やっつけてと、アルカディたちをけしかけ、さもないと焼き尽くすから、やらないと思ったら大間違いだから、とわめきたてている。それを強調するかのように火を噴くと、海がゴボゴボと沸きたち、巨大な蒸気の柱があがった。

フリゲート艦のフランス国旗があわただしくおろされ、船団の残りの船もおとなしくそれにならった。拿捕船回航員がいないと面倒ではないかというのはローレンスの杞憂《きゆう》にすぎず、アルカディたちはただちに、羊の群れを駆り集める牧羊犬なみに手際よく、戦利品となる船をまとめにかかった。操舵手をどやしつけ、舳先《へさき》を小突き、英国のほうへ船首が向かうように仕向けている。ガーニやレスターのように小柄なドラゴンたちは甲板に舞いおりて、水夫たちを死ぬほど震えあがらせていた。

「なにもかも、イスキエルカの計略なんです」イスキエルカに乗ってアリージャンス号におり立ったグランビーが、ローレンスに握手を求め、声を潜めて言った。フランス船団を拿捕したあと、彼らはアリージャンス号に乗ってドーヴァーまでいっしょに行くことになった。「あの子は海軍の封鎖艦隊がつぎつぎにフランス船を拿捕することに我慢ならなかったんでしょう。野生ドラゴンたちをそそのかし、夜な夜なこっそりと、イギリス海峡まで偵察飛行に送り出していたようです。そうやって、彼らに拿捕できそうな船をさがさせていたのに、あの子ときたら、ぼくにはまるでとっさの思いつきのように、どこそこに行こうなんて言い出してたわけです。それにしても、野生ドラゴンたち、拿捕船回航員なみに奪った船団をうまくまとめましたね。あいつらが甲板におり立つだけで、水夫たちはしおしおとおとなしくなりました」

野生ドラゴンたちはアリージャンス号の上空を飛びながら奇声を発し、故郷の歌を歌い、浮かれ騒いでいる。しかし、イスキエルカはドラゴン甲板の竜のなかにもぐりこもうとし、それもよりによって、テメレアにとってお気に入りの昼寝の場所、右舷手すり沿いに割りこんできた。彼女はもう小さなおまけではなかった。離れていた数か月間で成竜に育ち、いまやテメレアに劣らぬ長い体でのうのうと寝そべっている。じゃまするものに巻きつき、周囲の竜にとっては迷惑このうえない存在になっている。

「ひとりでそんなに場所をとるなよ」テメレアは迷惑そうに言い、背中にのしかかるイスキエルカを押しのけ、それでもまだ片足に巻きつくしっぽを振りほどいた。「きみはドーヴァー基地まで飛んでいけばいいじゃないか」

「きみこそ、ドーヴァー基地まで飛んでいけば?」イスキエルカが生意気にもしっぽの先をピシリと鳴らした。「あたし、朝からずっと飛びっぱなしだったの。それに、自分が拿捕した船といっしょにいるのは当然でしょ? ほら、見てよ、あんなにたくさん」勝ち誇って付け加える。

「あれは、みんなのものだ」テメレアが言った。

「あら、そういうのが決まりなら、分けてあげてもいいわ」イスキエルカは恩着せがましく言った。「遅れてやってきて、見物してただけでも」テメレアは反論することなく、むしろ理を認めたように、むっつりと黙ってうずくまった。

イスキエルカがテメレアをそっと小突いて言った。「ねえ、見て。あたしのキャプテンのすてきなこと」イスキエルカの思いがけない言葉にグランビーがうろたえた。確かに、グランビーの上着には金ボタンが並び、指には金の指輪、腰に吊るした剣のつかも金と、滑稽なほどに金ずくめになっている。おまけに、剣のつか頭《がしら》には大きなダイアモンドが嵌《は》めこまれ、グランビーはそれをあわてて手で隠そうとした。

「身につけないと、この子が何日も文句たらたらで……。敵船を拿捕するたびに、毎回、そうなんです」グランビーは耳まで真っ赤になった。

「いったい、何回、拿捕したんだ?」ローレンスはまだ疑わしい気分で尋ねた。

「えっと、五回です。あの子に、やたら熱が入ってからですね。何度かは、今回のような船団でした。イスキエルカがちょっと火を噴くだけで、すぐに敵が降服するんです。ほとんど戦闘はありません。ただし残念ながら、ぼくたちだけでは、とても海上封鎖の艦隊を守りきれません」

グランビーの発言に周囲がざわめいた。「フランスの哨戒ドラゴン隊の動きが活発化しています」彼はつづけて言った。「なぜかはともかく、事実です。フランス沿岸に、本来配備されているはずの数より百頭は多いドラゴンがいます。そいつらが、ぼくらが飛び去るのを待って出動し、海上封鎖の英国艦隊を爆弾で攻撃するんです。ぼくらもドラゴンの数が不足しているから、四六時中海に出て艦隊を守るわけにもいきません。やつらを撃退するには、英国海軍が艦隊を強化するしかありませんね。あなたがたが戻ってきてくださって、ほんとうによかった」

「五回の拿捕……」テメレアがいつになく低い声で言った。その後、ドーヴァー基地に着いても、テメレアの機嫌は直らなかった。それどころか、ドーヴァーの断崖のてっぺんにイスキエルカが石造りの大きなドラゴン舎を建てているのを知って、なおさら心おだやかではなくなった。ドラゴン舎の石壁はイスキエルカが背中から噴出するすすと熱とで黒ずみ、夏になれば内部の暑さは相当なものだろうと思われた。しかしテメレアは憤慨をもって、それを見つめていた。ことに、イスキエルカが鮮やかな赤と紫の体が黒壁によく映えることを知っているかのように、ドラゴン舎の入口で気どってとぐろを巻き、きみの宿営の寝心地が悪いなら、こっちに来てもかまわないから、と言ったときは、怒り心頭に発したようだ。

テメレアは憤然として、冷ややかに言った。「お断り」こうして自分の宿営に引っこんだものの、胸当てを磨くという憂さ晴らしも今回は効き目がなかったようで、片方の翼の下に頭を突っこみ、すねるばかりだった。

14 新入り見習い生たち

ケープ植民地の惨劇
死者数千名！　ケープ・コースト壊滅！
ルアンダ、ベンゲラも火の海に！

甚大なる被害の全容が明らかになるのは、いましばらく待たねばならないが、英国全土に散らばる植民地に係《かか》る人々の親族および債権者の不安は頂点に達している。被害者には、植民地崩壊によって事業の破産に追いこまれた幾多の英国市民も含まれている。現地の果敢なる入植者、崇高なる宣教師においては、いかなる運命に巻きこまれたのか、いまもって定かならず、憂慮の念に堪《た》えない。領土問題をかかえ、フランスとの戦争に伴って近年わが国と敵対するオランダに対してさえも、イギリス海峡を越えて同情の声が寄せられている。ケープ植民地のオランダ人入植者のなかにはすべての近親者を殺された者もいたという。この残虐非道なる襲撃を野蛮なけだものに教唆《きょうさ》し、扇動《せんどう》した現地人には、おそらくキリスト教に改宗した勤勉なる労働者の受ける報酬に対する妬《ねた》みがあり……

ローレンスは、ブリストル発行の新聞をたたむと、記事に添えられた不愉快な風刺画が目に入らないようコーヒーポットの脇に伏せて置いた。風刺画のなかの「アフリカ」と添え書きされた醜い乱杭歯《らんぐいば》の生きものは、どうやらドラゴンらしかった。裸で歯を剝き出した黒い顔の原住民らが槍で女子《おんなこ》どもを突いて、その巨大な生きものの口に追いこんでいる。哀れな犠牲者の口から出た吹き出しのなかには「不憫《ふびん》とおぼしめせ」の文字があった。

「これからジェーンに会ってくる」ローレンスは外に出てテメレアに言った。「きょうの午後、彼女といっしょにロンドンまで行くことになるが、きみは疲れていないか？」

テメレアはまだ最後の一頭の牡牛をもてあそんでいた。食べたいのかそうでないのかはっきりしない。食糧不足の旅から戻り、テメレアはすでに三頭の牡牛を平らげていた。「飛ぶのはぜんぜん平気だよ。少し早く行って、ぼくらのドラゴン舎がどうなっているか見てみようよ。もう隔離場に行っちゃいけない理由はなくなったんだからね」

アフリカの動乱について祖国に最初の報をもたらしたのはアリージャンス号ではなく、先に到着した何隻かの快速船だった。しかし正確さという点ではローレンスたちがもたらした情報に勝るものはなかった。アリージャンス号が帰り着くまで、アフリカの海岸をごく短期間で制覇《せいは》した凶猛《きょうもう》なる敵の正体を知る国民はひとりもいなかったのだ。

ローレンスとハーコートとチェネリーは、アフリカ大陸で見聞したすべてを書き記し、最初はシエラレオネ沖で、つぎはマデイラ島で、それぞれ別のフリゲート艦に急送文書として託した。だが結局、それらの艦が帰国したのはアリージャンス号のわずか数日前だった。そして、海上の一か月間を費やした長い報告書も、この動乱をより包括的《ほうかつ》にとらえたいと考える政府当局を満足させることはなかったようだ。

ジェーンは、報告書と同じ内容を飛行士たちに繰り返させて時間を無駄にするようなことはしなかった。「この件については、海軍省委員会諸卿《しょきょう》の前でたっぷり証言してもらうことになるわ。あなたがたふたりと、それからチェネリーもいっしょに。でも、ハーコート、あなたは抜けてもかまわない。なにしろ、そんな状態では」

「いいえ、かまいません」キャサリンが頬を紅潮させ、ジェーンに答えた。「特別扱いしないでください」

「とんでもない。しっかりと特別扱いさせてもらうわ。せめて椅子は用意させなきゃ。見るからに具合が悪そうよ」

ジェーン自身は、ローレンスが英国を発つ前に会ったときよりも健康そうだった。白髪《しらが》が増えたものの、心労が軽減されたおかげで顔にふくらみが戻っている。風焼けした頬の赤みやいくぶん荒れた唇は、ドラゴンにふたたび騎乗するようになった証《あかし》だろう。

ジェーンは眉をひそめてキャサリンを見た。キャサリンの顔はまだ日焼けが抜けずロブスターのように赤いが、両目の下にはくすんだくまがはっきり見てとれる。「まだ、つわりが？」

「いいえ、しょっちゅうってわけじゃ」キャサリンの答えは真実ではない。彼女がアリージャンス号の手すりぎわの常連だったことをローレンスも仲間もよく知っていた。

「陸にいれば、よくなるはずです」

どうかしらと言わんばかりにジェーンが首を振った。「わたしは妊娠七か月でも、いつもどおりぴんぴんしてたわよ。もっと肥《ふと》らなきゃ、ハーコート。それが妊婦のお約束ってものよ。とにかく体調を取り戻してもらわないと」

「トムがわたしをロンドンのお医者に診せると言ってます」キャサリンが言った。

「やめときなさい」と、ジェーン。「あなたに必要なのは信用のおける助産婦よ。わたしの子を取りあげてくれた助産婦がドーヴァーにいて、まだ現役だから、連絡をつけてあげる。彼女、すごくよくやってくれたわ。なにしろ陣痛が二十九時間もつづいて」みずからの輝かしい戦功を振り返るときのように言った。

「まあ、たいへん……」キャサリンが言う。

「で、あなたは、どうなの？ 体のほうは……」ジェーンの話が具体性を帯びないうちに、ローレンスは席を立ち、会話を努めて耳に入れないよう、ジェーンの机に広げられたイギリス海峡の地図に意識を向けた。

地図は女性たちの生々しい打ち明け話ほどにはローレンスの心を乱さなかった。が、そんな感覚は間違っているのかもしれない。なぜなら、地図には予想していたとおり、深刻な戦況が記されていたからだ。イギリス海峡に臨むフランス海岸沿いに無数のしるしが散らばっている。青は歩兵中隊、白はひとつでドラゴン一頭を示している。ブレストに少なくとも五万人の兵、シェルブールにも五万人、カレーにはその半数。そして、これら三つの港のあいだに、およそ二百頭のドラゴンが配置されていた。

「これは正確な数字なんだろうか？」女性ふたりの親密な会話が終わったころを見計らい、ふたたびテーブルに戻って、ローレンスは尋ねた。

「いいえ、残念だけど――」と、ジェーンが答える。「実際は、もっと多いはず。少なくとも、ドラゴンに関しては、もっといてもおかしくないわね。これは上層部が発表した、ただの見積もりにすぎないわ。ポーイス空将は、英国が海上封鎖をしてるのに、こんなに大量のドラゴンを限定された地域に集めて食糧を供給できるわけがないと言う。でも、わたしにはそうは思えないの。フランスの海岸線に異様にドラゴンが増えているという報告が、偵察竜から何度も寄せられている。近頃、海軍は魚が手に入らなくて、自分たちで漁をするしかないそうよ。そして海峡の対岸では食肉の値段が上がりつづけてきた。どうやら、わが英国の漁師たちがフランスまで行き、獲れた魚を売っているようね。

でも、これだけは喜んで。こんな切迫した状況でなきゃ、あなたがたは一か月ぐらいは中央官庁街に留め置かれ、今回のアフリカの動乱について、みっちりと審問《しんもん》されることになったでしょうね。なんとか一日か二日の苦役で終わるようにしてあげられそうよ」

キャサリンが辞去したあとも、ローレンスはジェーンの執務室にとどまった。ジェーンがグラスにお代わりを注いでくれた。「いまのあなたを見るかぎり、一か月ぐらいの休養が必要そうね。とんでもない目に遭ったようね、ローレンス。今夜は夕食をいっしょにどう?」

「申し訳ない。テメレアが日が落ちないうちにロンドンに着きたがっていて」ローレンスは暇《いとま》を告げる頃合いだと思ったが、このままジェーンと話していたかった。まだ話したいことがあり、それを切り出すには、漫然《まんぜん》と立っているだけではだめだということもわかっていた。

ところが、チャンスがジェーンのほうからめぐってきた。「ところで、エミリーを高く評価してくれて、ありがとう。航空隊司令部のポーイス空将宛《あ》てに、エミリーとダイアーを士官候補生に昇格する件について承認を求める手紙を送っておいたわ。こういうことはきちんとしないと。でも、今回はすんなり通ると思う。あのふたりの後釜に誰を据えるか、あなたのほうで目星をつけてる子はいる？」

「それなら、いる」ローレンスは意を決して言った。「アフリカから連れてきた少年たちだ」

ケープタウンを逃れたあと、ディメーンは数週間、意識混濁《こんだく》の状態がつづいた。銃剣で刺された脇腹の傷は、奥に膿《うみ》がたまっているらしく、小さなかさぶたを押しあげるようにひどく腫《は》れていた。サイフォは口もきけないほど打ちひしがれ、水と粥を受け取りにいくとき以外はディメーンの病床を離れず、辛抱《しんぼう》強く粥をひと匙《さじ》ひと匙、兄の口に運んだ。

そのあいだもアフリカ南部の海岸は右舷を流れ去り、兄弟が家族のもとに帰れる可能性はますます遠のいた。ほどなく、アリージャンス号の船医が、あの少年は回復するだろうとローレンスに告げた。「あなたのおかげです」ローレンスは船医にそう答えながら、あの少年たちをこれからどうしたものかと考えた。アリージャンス号はすでにベンゲラを過ぎており、引き返すことは不可能だった。

「いやいや」船医のミスタ・ラクレフが返した。「ああいった急所の傷は死ぬのがふつう。死んで当たり前だった。なにもしませんでしたよ。ただ、安静にさせておいただけです」船医は自分の死亡宣告が覆《くつがえ》されことにまだぶつぶつと文句を言いながら立ち去った。

ディメーンはその後も船医の診断を裏切りつづけ、若さゆえの回復力を見せつけた。負傷後に失った体重がほどなく戻り、上乗せされた。アリージャンス号が赤道を越える前に、弟とともに病室から追い出され、艦尾にある乗客たちの居住区の粗末なカーテンで仕切られた狭い一角に移された。そこには兄弟が眠るための小さなハンモックがやっとひとつ吊るせるだけの空間しかなかったが、警戒心の強いディメーンはふたりいっしょに眠るのを拒み、一方が眠るときは一方が見張りにつくというやり方を頑《かたく》なに守ろうとした。

ケープ植民地からの避難民にディメーンが神経を尖らせるのは無理もなかった。彼らは、この兄弟が自分たちの街を破壊した〝アフリカ人〟の代表であるかのように見なし、爆発寸前の怒りをかかえていた。ディメーンもサイフォも彼らを攻撃した敵とは異なる民族の出身なのだといくら説明されようが、聞く耳をもたず、とりわけ狭さを強いられた年配の商店主や農場労働者のあいだに、兄弟が自分たちの居住区に割りこんできたことへの憤りが渦巻いた。

やはりというか、その後何度か、入植者の息子たちとディメーンとのけんか騒ぎが起こった。しかし、勝負はあっという間についた。病《や》みあがりとはいえ、狩猟の腕一本で生きてきた、夕食のためにライオンやハイエナと戦うこともあった少年にとって、校庭のけんかしか知らない街の少年たちなど、敵の内に入らなかった。

こうして、けんかに負けた少年たちが、年下の子どもたちをいじめて憂さを晴らすようになった。おとなたちが見ていないところでつねったり小突いたり、ハンモックに残飯や汚物を置いたり、あるいは乾パンに沸くゾウムシを使ったいたずらも仕掛けられた。ローレンスは、三度目に兄弟がドラゴン甲板でテメレアの脇腹にもたれて眠っているのを見つけたとき、もう彼らを艦内の小さな仕切りのなかに戻そうとは思わなかった。兄弟にとってはテメレアが唯一心を許せる、自分たちの言葉を分かち合える存在になっていた。

テメレアも兄弟への警戒心をすぐに解き、いじめから逃れるために兄弟たちがそばに居つくようになると、ますます打ち解けた。兄弟はすぐにテメレアの背によじのぼって遊ぶようになり、少年期の士官見習いたちと同じくらいに足さばきがうまくなり、英語も少しずつ覚えていった。そして、アリージャンス号がケープ・コーストを離れてしばらくたったころ、ディメーンがとうとうローレンスのところにやってきた。質問する声はしっかりしていたが、艦の手すりをきつく握る指が、少年の緊張を伝えていた。「ぼくら、いま、あなたの奴隷か？」と、彼は尋ねた。

ローレンスは驚いて、少年を見返した。ディメーンはさらに言った。「サイフォ、売らないで。ぼくから、離さないで」強い口調だったが、自分には弟を過酷な運命から守る力がないという悔しさもにじんでいた。

「奴隷じゃない」人さらいだと思われていたことにショックを受け、ローレンスは即座に返した。「当然だろう。そんなわけがない。きみたちは――」言葉に詰まった。いったいこの兄弟の立場をなんと説明すればいいのか……。ぎこちなくだが、言葉を足した。「きみたちは、ぜったいに、奴隷じゃない。弟と引き離さないことも、約束する」だが、ディメーンが安心したようには見えなかった。

「当ったり前だよ、奴隷じゃないに決まってるよ」テメレアがあきれたように横から口をはさんで、念を押した。「きみたちは、ぼくのクルーなんだからさ」それはいかにもテメレアらしい独占欲から生じた発言だったが、ローレンスはそんな抜擢《ばってき》などありえないと思いつつ、同時に、それ以外にはありえないという気持ちも湧いた。この兄弟をテメレアのクルーに登用すれば、新しい世界で生き抜いていけるだけの社会的地位を与えられるのではないか。

ふたりは、紳士《ジェントルマン》になるための躾《しつけ》も教育も受けていなかった。すなおで聞き分けのよい弟のサイフォに比べ、兄のディメーンは孤立しやすく、彼の行儀作法を直そうとする者に、突っかかりはしないが、かなり意固地な態度を見せた。ローレンスは彼のそんな性向に気づき、残念に思っていた。

しかし、ここで困難をあげつらっていてもしょうがない。自分がふたりをここまで連れてきた。彼らの地元での足場を、これまで築いていた人間関係を奪ってしまった。生まれ故郷に帰すすべがないなら、彼らの今後に自分が全責任を負わなければならない。まだ彼らが村へ帰れるときに、英国航空隊のために、任務遂行のために、あえて彼らを引き留めてしまったのだから。

「誰を選ぶかはキャプテンに一任されてるわ。これまでもずっとそうだった」ジェーンが言った。「でも、その人事には横やりが入るかもしれないわね。わかるでしょ？官報で昇格が報じられるたびに、わたしに相談を持ちかける親が増えていく。そう、見習い生たちのよき見習い生を目指している子が何人もいるのよ。そして、あなたは見習い生たちのよき監督官であるという評判も得ている。子息を見習い生にしたい親は大勢いるわ――彼らが息子を重戦闘竜に乗せたいかどうかは別としてね。見習い生として実績をつくるのが、いずれ空尉に昇進するための第一歩。もちろん、それまでにドラゴンから落っこちてしまっては元も子もないけど」

「人事にあたっては、つねに英国航空隊に貢献《こうけん》できる人材であるかどうかを重視しているつもりだ。それに、彼らはすでにテメレアからクルーとして認められている」

「なるほど。でも、難癖《なんくせ》をつけたがる連中は、従僕《じゅうぼく》として雇えばいいじゃないかと言うでしょうね。あるいは、せめて地上クルーにとどめておけとか」ジェーンは言った。「だけど、ま、そんなのは言わせておけばいい。いいわ、あの子たちを見習い生にして。彼らの出自についてなにか言われたら、故国では王子だったと言えばいい。そんなのは確かめようがないんだから。ともあれ――」ジェーンは一拍おいて言った。「ふたりの名前をこっそり名簿に入れて、見逃されることを祈りましょう。そこでひとつ、わたしからもお願いがあるの。三人目の見習い生はいらない？　テメレアの定員だと、あと一名、余裕があるようだけど」

ローレンスは当然ながら譲歩し、ジェーンはうなずき返した。「では、ゴードン元空将のお孫さんをあなたにまかせる。これで彼もあなたに難癖をつけないし、むしろ支持者にまわるでしょうね。これでよしと。引退した空将ほど、手紙を書きまくったり横やりを入れたりする時間に事欠かない人たちはいないんだから」

兄弟を見習い生に登用するという知らせに、サイフォは心から喜んだ。ディメーンは疑わしそうに尋ねた。「ぼくら、伝言する？　ドラゴンに乗る？」

「それと、いろんな雑用をする」とローレンスは言い、雑用の中身をなんと説明したものかと考えた。テメレアが横から言った。「雑用ってのはね、こまごまとした退屈な仕事。みんながやりたがらないこと全部だよ」当然ながら、ディメーンの疑念は取り除けなかった。

「狩りの時間、あるか？」ディメーンが尋ねた。

「それは無理だろう」ローレンスはその質問に啞然《あぜん》としたが、短い言葉のやりとりで、ディメーンが衣類も食べ物も自分たちで調達するのだと考えているのに気づいた。見習い生は無給だが、ディメーンとサイフォには経済的に支える家族がいないので、それらの支出はローレンスが負担することになる。「きみたちを飢えさせるわけがない。

これまでだって食べさせてきただろう？　艦でなにを食べていたか思い出してごらん」

「ネズミ」と、ディメーンは簡潔に答えた。ローレンスは遅まきながら、今回の船旅でいつになくネズミが少なかった理由を納得した。船倉にしまわれた小麦粉を食い荒らし、粉まみれになっていることから、艦では〝粉屋〟という隠語《いんご》を持つこの生きものは、海尉候補生たちにとっては食糧不足のときの貴重なタンパク源であり、今回はその品不足が彼らを大いに嘆かせていた。「でも、いまは大きいネズミ、陸にいる。きのうの夜、二四、食べた」両手を使って長い耳をつくってみせる。

「まさか、ドーヴァー城の狩り場から？」基地の近辺にはドラゴンの臭いが漂っているため、ウサギはそうめったに見つからないはずだ。「二度とするんじゃないぞ。きみたちに狩り場荒らしで捕まってもらっては困る」

ディメーンが承知したかどうか心もとないところはあったが、それでもローレンスは胸の内で快哉《かいさい》を叫んだ。兄弟に見習い生の仕事を覚えさせるために、しばらくは、ローランドとダイアーに監督をまかせることにした。

隔離場までは短時間の飛行だった。ドラゴン舎はすでに完成し、風よけを優先したので見晴らしは犠牲になったが、谷間の土地に落ちついたたたずまいを見せていた。舎内には痩せて生気のないイエロー・リーパー種が二頭いて、まだときどき咳をしていた。疲れきったようすの小型のグレーリング種も一頭いたが、ヴォリーではなく、雌ドラゴンののケロキシアだった。ケロキシアに騎乗する逓信士《ていしんし》のキャプテン・ミークスがそばに付き添っていた。

「ヴォリーなら、ジブラルタル航路を飛んでいるんじゃないかな」ローレンスの質問にミークスが答えた。「あいつがまたぶっ倒れていなければの話だがね」声に苦々しさが交じった。「なに、あなたに文句を言ってるわけじゃないんだ、ローレンス。あなたがたは全力を尽くしてくれた。いや、それ以上の働きだった。しかし海軍省は、これで荷車に車輪が戻ったと考えてしまったらしい。以前の航路をすぐにまた飛べと、上からのお達しだ。わたしとケロキシアは、すぐにカナダ植民地のハリファックスまで往復させられた。途中、グリーンランドと、北緯五十度台の中ほどで錨をおろした輸送艦に立ち寄ったよ。氷水の波が舳先《へさき》を洗いつづけるような寒さだ。おかげで彼女は咳がぶり返してしまった」彼は小さなドラゴンの鼻づらを撫でた。哀れな雌ドラゴンがくしゃみをひとつした。

それでもドラゴン舎の床は快適だった。いくぶん薪がくすぶる臭いはするが、石の床がほどよく温められ、出入口を大きくあけた設計が臭気をうまく逃がしている。優雅でも豪華でもないが、簡素で実用的だ。ただ、テメレア級のドラゴンにとっては、眠れないことはないが、広々した空間とは言えない。案の定《じょう》、テメレアは落胆したようにドラゴン舎を見つめ、長居したくないようすで、クルーたちに地上におりるチャンスも与えず、ふたたび飛び立った。冠翼がぺたりとしおれていた。

ローレンスはテメレアを慰めようと、竜疫《りゅうえき》を患《わずら》うものたちがまだあのドラゴン舎に身を寄せていること、暑い季節でもあそこなら快適に過ごせることを指摘した。

「ジェーンから聞いたんだが、冬のあいだは、あそこに十頭ぐらい折り重なっていたそうだ。湿気が強く寒い冬だった。竜医も、あのドラゴン舎のおかげで十数頭の命が助かったと言っていた」

テメレアはぼそぼそと返した。「役に立ったなら、うれしいよ」自分が見たわけでもない、数か月前の達成には満足がいかないらしい。「醜《みにく》い変な小山だな。あっちにも、こっちにも」ふだんなら珍奇なものが好きで、ローレンスが見過ごすようなものにも眼を輝かせるテメレアが、眼下に広がる風変わりな光景に文句を言った。

確かに、その小山はどこか変だった。見慣れない丸い形で草に覆われており、上空を飛べば、いやでも目につくことになる。突然、前方の見張りについていたエミリーが「あっ」と声をあげた。エミリーも、テメレアの肩から首を伸ばし、眼下に広がる光景を見つめていたのだ。見張りの仕事を忘れて思わず声をあげてしまったことを恥じて、彼女はそのまま口をつぐんだ。テメレアの羽ばたきが急に遅くなった。「ふふん……」とテメレアも声を洩らした。

その谷には同じような小山が無数にあった。が、それらは自然にできた山ではなく、そこで絶命したドラゴンの亡骸《なきがら》に土を盛ったものだった。草のあちこちから、角や背中の棘が突き出ていた。土がわずかにくぼんで、白い顎の骨の湾曲が垣間見えるところもある。誰もひと言も発しなかった。沈黙のなか、アレンが自分の搭乗ベルトに留めつけた鈴に手を伸ばし、鳴りつづける音を止めた。人けのない緑の大地の上を、人も竜も無言で飛びつづけた。テメレアの影が、竜の亡骸の骨とくぼみが織りなす隆起《りゅうき》の上をさざ波のように通り過ぎていった。

ロンドン基地に到着しても、全員がまだ口を閉ざしていた。荷おろしが沈鬱《ちんうつ》に進められ、クルーたちが荷物を宿営まで運んで積みあげ、また引き返した。ハーネス係は、いつものように腹側ネットを誰が扱うかでにぎやかに言い争うこともなく、ウィンストンとポーターが黙々と作業した。「ミスタ・フェリス！」ローレンスはわざと声を張りあげた。「とくに問題もないようだ。緊急の任務が入らないかぎり、明日の夕食まで、全員休みをとってくれたまえ」

「イエッサー、ありがとうございます」フェリスも声を張りあげたつもりのようだが、そうはならなかった。それでも、いくぶん作業の効率があがった。ひと晩の酒盛りが乗組員たちの陰鬱《いんうつ》な空気を払ってくれるようにローレンスは心ひそかに願った。

テメレアのそばに行き、慰めるように鼻づらに手のひらを置いた。「ぼく、あのドラゴン舎が役に立ったことを心からうれしく思うよ」テメレアは低い声で言い、どさりと地面に身を沈めた。

「なにか食べたらどうだい？」ローレンスは言った。「とにかくお食べ。それから、本を読んであげよう」

哲学書や数学書の誘惑にも、テメレアは心を躍らせなかった。ついばむように食事をとっていたが、突然、冠翼をぴんと立て、自分の食べている牛を守るように両の前足で囲った。その直後、ヴォリーが宿営に急降下し、着陸のときに勢いあまってすさまじい土ぼこりを巻きあげた。

「テメレー！」ヴォリーはうれしそうに叫び、テメレアを肩でどんっと突くと、テメレアの牛にじいっと眼をやった。

「こらこら、そんな眼で見るな」逓信士《ていしんし》のジェームズがそう言って、ヴォリーの背からおりてきた。「十五分とたってないぞ。ハイドパークで郵便物の受け取りを待ってるとき、ちゃんと食べたじゃないか。実に旨そうな羊だったぞ。やあ、ローレンス、お元気ですか？　こりゃまた、ずいぶん日焼けしましたね。さあ、郵便ですよ」

ローレンスは、チームに届いた手紙の束をありがたく受け取った。いちばん上の手紙の宛名《あてな》はローレンスになっていた。「ミスタ・フェリス」と、副キャプテンを呼んで、手紙の束を預けた。「ありがとう、ジェームズ。あなたも元気そうだ」

キャプテン・ミークスから逓信竜《ていしんりゅう》の過酷な任務の話を聞いたばかりだったが、案じたほどヴォリーの体調は悪くなさそうだった。鼻孔《びこう》の周辺が荒れており、声もややかすれているが、ヴォリーはそんなことはおかまいなしに、楽しげにテメレアに近況を伝えている。近頃食べた羊と山羊の話。そのあとは、竜疫が広がる前に、〝卵の父さん〞になった、と誇らしげに語った。

「うわあ、すごい。卵はいつごろ孵《かえ》るんだろう？」テメレアが訊《き》いた。

「十一月っ！」ヴォリーが嬉々《きき》として答えた。

「と、この子は言うんですがね」ジェームズが口をはさむ。「竜医によれば、卵にそんな兆候はないそうです。硬化もまだぜんぜんで。第一、早すぎますよね。でもヴォリーのように神様に恵まれた子は、未来を予知することがときどきあるらしいんです。ですから、逓信士にふさわしい少年をさがしはじめてますよ」

彼らはインドに向かうということだった。「出発は明日か、いや、あさってかな。まあ、このまま天気がもてばですがね」ジェームズは快活に言った。

テメレアが首をかしげて尋ねた。「キャプテン・ジェームズ。ぼくの手紙を運んでもらえますか？　中国まで」

ジェームズが困惑したように頭を掻いた。ローレンスの知るかぎり、テメレアは英国航空隊のなかで唯一、文字を書くことができるドラゴンだった。実のところ、人間のクルーにも書き取りの怪しい者は少なくない。「ボンベイまでなら届けますよ」

ジェームズが答えた。「そのあとは、中国に向かう商船に託せばいい。ただし、港は広東《かんとん》にかぎられているが」

「いいですよ。中国の役人に渡せば、きっとうまくやってくれる」テメレアは、役人なら費用は皇帝持ちだと考えるはずだと請け合った。

「でも、個人的な所用のために、あなたの予定を遅らせることになっては恐縮です」ローレンスはいくぶん疚《やま》しさを感じて言った。キャプテン・ジェームズは日程管理にいささかルーズなところがある。

「いや、なんの。ご心配なく」ジェームズが答えた。「この子の胸からはまだいやな音がするし、竜医も同じように言う。でも、上層部はそんなことをいちいち気にかけたくないらしい。だから、こっちも日程のことなど気にかけないことにします。二、三日、この基地でのんびり過ごし、この子に腹いっぱい食わせて、眠らせてやるとしましょう」ジェームズはヴォリーの脇腹をぽんぽんと叩き、基地にあるほかの宿営へいざなった。小さなグレーリング種は忠実な猟犬のように——ただし大きさは象並みだが——逓信士のあとに従った。

ローレンスに来た手紙は母親からだった。ただし、それが着払いになっていないのは、ローレンスが先に書き送った手紙に母が返信することに、父がささやかだが喜ばしい承認を与えたからだろうと思われた。

アフリカから届いたあなたの手紙に、わたしたちは打ちのめされました。それは、あらゆる点で、新聞の報道を超えるものでした。破壊行為の犠牲となったキリスト教徒らの魂の癒されんことを祈ります。ただし、暴力を受けた憎悪が消えることはありません。犯した罪が、最後の審判の日まで持ち越されることなく、現世において罰を下されることもあるのです。アレンデール卿は、今回の動乱を、国会の議決の過ちに対する裁きであったと考えておられます。奴隷貿易禁止法さえ成立していれば——ツワナ、で間違いありませんね？——の人々の怒りも鎮《しず》められたであろうというあなたの意見に納得しておられました。今回の惨事がひとつの試練となることを、邪悪なる交易を禁じ、軛《くびき》につながれる人々を解放し、全《まった》き人間的な雇用契約へと変わるための道程《どうてい》となることを、ともに祈りましょう。

しかし、母の手紙の結びを読んで、ローレンスはがっくりと力が抜けた。

……ささやかな贈り物を同封しました。こういう可愛らしい物を買うのは好きなのですが、わたしが身につけるわけにもいきません。お父さまからうかがいましたが、あなたは近頃、小さな貴婦人《レディ》の教育にとても熱心だそうですね。その女の子にぴったりではないかと思えたのです。

それはガーネットの首飾りで、黄金の台座でしつらえてあった。ローレンスの母は三人の息子を育て、いまは五人の男児の孫もいるが、女児の孫はひとりしかいない。手紙の狭い行間に母の願望が詰めこまれているように思われた。

「とてもすてきだね」と、テメレアが、品定めするような、うらやましそうな目でペンダントをちらりと見た。だが、こんな小さなペンダントでは、テメレアのかぎ爪をひと巻きすることさえ無理だろう。

「そうだね」ローレンスは浮かない気分で答え、ペンダントを渡すためにエミリーを呼んだ。「わたしの母からきみに贈り物だ」

「ご親切にありがとうございます」エミリーは喜んで言った。少しとまどっていたが、贈り物をもらったうれしさを隠そうとはしなかった。受け取ったペンダントを感嘆のまなざしで見つめているうちに、ふとなにかを思いついた顔になり、ローレンスにおずおずと尋ねた。「お手紙で感謝を伝えたほうがいいですよね?」

「わたしの返信で、きみからの感謝を伝えておこう」ローレンスは言った。母がエミリーから手紙をもらうのを喜ばないはずはないのだが、そんなことをすれば、誤解をさらに補強することになる。一方、父は、エミリーの手紙を〝公認〟を求める意思表示と受けとめて、不快に感じるかもしれない。正式な婚姻から生まれた子でなければ責任を負う必要はない、というのがアレンデール卿の考え方だ。しかしそもそも、エミリーがローレンスの隠し子だなどと思いこむのが間違っている――だが、その誤解を解くのは容易ではなさそうだ。

ローレンスは、母にどう返信したものかと、ペンを持って思い悩んだ。礼節として贈り物のことに触れないわけにはいかないが、さらなる混乱を避けるためにはどうしたらいいのだろう。結局、真実しか書かないことにした。贈り物を受け取った、渡した、感謝の言葉を聞いた――。ここから母に伝わるのは、エミリーに会ったこと、返信の早さから、頻繁に会っているということだけだ。

ふと、母の誤解について、ジェーン・ローランドにどんなふうに説明しようかと考えた。そして漠然と、ジェーンのことだから、おもしろがりこそすれ、深刻には受けとめないだろうと想像し、後ろめたい気持ちが湧き、ペンが止まった。ジェーンは、誤解されることをまったく気にしないだろう。それは、彼女が未婚の母であり、いちいち体面を気にしながら生きてこなかったからだ。なぜ、ジェーンのことを母に紹介しないのか。その理由は、女性飛行士の存在が英国航空隊の機密事項であるから、というだけではない。ローレンスは、ようやくはっきりとそれを自覚した。

15　決断と覚悟

「ジェーン……結婚してもらえないだろうか？」

「ちょっと、まあ、なんと」椅子にすわってブーツを履こうとしていたジェーン・ローランドが驚いて顔をあげた。「夫に付き従いますなんて祭壇《さいだん》の前で誓ったら、あなたに命令しにくくならない？　それは困るけど……でも、プロポーズしてくれたことは、とってもうれしいわ」ジェーンはそう言って立ちあがると、ローレンスに心のこもったキスをし、上着をはおった。

控えめなノックの音がして、ローレンスはそれ以上なにも話せなくなった。ジェーンの配下の見習い生が、基地の門で馬車が待っていると告げにきた。「ああ、早くドーヴァー基地に戻りたい。ここはまるで沼地よ」小さな兵舎を出るとき、ジェーンは早くも袖口でひたいの汗をぬぐった。ロンドンは息苦しいほどじめじめと暑かった。暑さのせいで街全体にひどい汚臭が漂い、そこに小さな基地ゆえの、家畜小屋の臭いと溜まりに溜まったドラゴンの排泄物の臭いが混じり合っている。

ローレンスは暑さについて月並みなことをなにか言い、うわの空でジェーンに汗をぬぐうハンカチーフを差し出した。ああ。どうしてこんなことに……。熟慮の末ではなく、心の底から突きあげてきた衝動のままに求婚した。ほんとうは求婚するつもりではなかった――少なくともいまの段階で、こんなふうには。理性のたががはずれてしまったとしか思えない。あれではまるで、最初から断られるのを望んでいたかのようだ。しかし、ローレンスの心は、ジェーンの拒絶に少しも安堵していなかった。

「たぶん、夕食時間が過ぎるまで拘束されるわよ」ジェーンが言った。彼女は海軍省委員会の呼び出しの件について言っているのだが、ローレンスには、それでもまだ楽観的な見つもりであるように思われた。ナポレオンが本土急襲でもしないかぎり、海軍省委員会に数日間引き留められる可能性もないとは言えない。「出かける前に、エクシディウムのところに立ち寄らせてね。昨夜はぜんぜん、食べてくれなかった。きょうこそは、しっかり起こして、食べさせなきゃ」

「そんなにがみがみ言うな」エクシディウムが眼をつぶったまま、ジェーンにぶつぶつ言った。「ああ、もちろん、わたしはすこぶる空腹だ」しかし、ジェーンに揺さぶられて居眠りから目覚めたものの、まったく動こうとしない。エクシディウムは、当然ながら、ケープタウンからフリゲート艦が持ち帰った薬キノコを真っ先に処方されたドラゴンの一頭だった。にもかかわらず、いまだ病《やまい》が完治しないのは、治療法が見つかるまでに病状が相当進んでいたからだ。一年以上も臥《ふ》していた砂場から出るのを許されたのは、まだ数週間前のことだった。しかしそんな体調でも、エクシディウムは頑固に、ジェーンをロンドンまで運ぶのは自分の務めで、ローレンスといっしょにテメレアの背には乗せたくないと言い張った。その誇り高さの代償として、きのうの午後、テメレアとともにロンドン基地に疲労困憊で舞いおりると、あとはなにも喉を通らなくなり、こんこんと眠りつづけていた。

「わたしがここにいるあいだに、少しだけでも、食べてちょうだい。わたしを安心させるためだと思って」ジェーンはそう言うと、いちばん上等の上着と半ズボンが汚れないように、エクシディウムの宿営の端まで後退した。屠《ほふ》られたばかりの羊がロンドン基地の飼養係によってあわただしく運びこまれ、エクシディウムの目と鼻の先で叩き切られ、口のなかに放りこまれた。エクシディウムは肉をゆっくりと咀嚼《そしゃく》した。

ローレンスはついでに、隣の宿営にいるテメレアのようすを見にいった。早い時間にもかかわらず、テメレアは自分専用のふたつの砂盆を使って、熱心に手紙をしたためていた。竜疫《りゅうえき》とその治療法をまとめ、いつか中国で同じ病が流行したときのために、中国にいる母親に、外交官のミスタ・ハモンドを介して送るつもりでいるのだ。

「きみたちの書く〝龍〟という字は変な形だなあ」筆記係にしたエミリーとダイアーの仕事ぶりに、テメレアは厳しい眼を向けた。このふたりは、士官見習いに昇格しても学業からは解放されないと知って不満顔だった。そのうえ、いっしょに勉強することになったディメーンとサイフォが、少なくとも中国語の書き取りに関しては、ふたりに負けない上達ぶりを見せていた。

ローレンスはふと、きのう、ディメーンとサイフォの登用についてジェーンに打診したあとにも、プロポーズの機会はあったのではないかと考えた。あのときは一時間近くもジェーンとふたりきりでいた。ドーヴァー基地の彼女の執務室で個人的な話題を持ち出すことに気後《きおく》れはあったとしても、先刻よりもずっとプロポーズにふさわしい時刻だった。いや、それを言うなら、昨夜、ドラゴンたちが眠るのを見とどけて、ふたりで宿舎に入ったときでもよかった。いや、もっとよいのは、あと数週間待つことだった。帰国後のこの大騒動が一段落したあとなら、突然降って湧いたようなこの衝動をどう現実化していくかについて、もっと知恵が絞れたはずなのだ。

　ジェーンの拒絶はあまりにも早く、そっけなく、ふたたび同じ話題を持ち出す勇気をくじかれた。ふつうなら、これをふたりの関係の終わりだと考えたかもしれない。しかし、そのときの彼女にけっしてそんな雰囲気はなく、むしろちょっと気分を害したか、あるいはものわかりの悪い者に道理を説《と》くような調子だった。それにしても、この満たされなさはいったいなんなのか。キャサリンの周囲の人々がライリーとの結婚を支持するようになり、それを見るにつけ、はっきり意識したわけではないが、自分自身の心も結婚のほうに傾いていった、少なくとも、結婚をひとつの選択としてとらえるようになった。

　テメレアは書きかけの砂盆の上の一行を終えると、前足をあげて合図した。エミリーが慎重にもうひとつの砂盆と交換した。テメレアがローレンスに気づいて言った。

「もう行くの？　遅くなりそう？」

「そうだな」ローレンスが言うと、テメレアは頭を低くして、探るような眼で顔をのぞきこんできた。「気にしないでくれ、なんでもない」とローレンスは言い、片手を竜の鼻づらに置いた。「心配するな。あとで話すよ」

「行かないほうがいいような気がするな」

「そういうわけにもいかないんだ」ローレンスは言った。「ミスタ・ローランド。午後からは、エクシディウムのそばについて、彼が少しでも食べるように励ましてくれたまえ」

「イエッサー。子どもたちも連れていっていいですか？」十二歳のエミリーは年下のディメーンとサイフォを指して言ったのだが、当のふたりはむっとしたように顔をあげた。「きょうの午後は、この子たちに英語の読み書きを教えるつもりだったので」

エミリーは偉そうに付け加えたが、ローレンスは胸の内でその結果を案じた。エミリーの筆跡は、ときどき、もつれた糸にしか見えないことがある。

「いいだろう」ディメーンとサイフォを運命の手にゆだね、そう答えた。「テメレアが、ふたりを必要としていなければ」

「だいじょうぶ」テメレアが請け合った。「手紙はだいたい書き終わってるし、あとはダイアーにまかせるから。ねえ、ローレンス。薬キノコは余ってるかな。手紙に見本として同封したいんだけど」

「余裕はあると思う。ドーセットがなんとか栽培まで漕《こ》ぎつけたと教えてくれた。スコットランドの洞窟ですでに着手しているらしい。だから、もう将来に備えて蓄えておく必要はなくなったんだ」

馬車はおんぼろで、窮屈で暑苦しく、快適とは言いがたかった。そのうえ基地周辺の道の悪さもあって、車輪がすさまじい音をたて、激しく揺れた。こらえ性のないチェネリーが悪態をつき、むっつりと黙りこんだ。キャサリン・ハーコートが蒼ざめているのは不安からではなく、乗り心地の悪さのせいだ。とうとう途中で馬車を停めさせ、道端に嘔吐《おうと》した。

「これでましになったわ」ふたたび座席にもたれかかって、キャサリンは言った。それでも馬車からおりるときに少しよろけたが、英国海軍省の建物に入るまで玄関広場を歩くのに腕を貸そうというローレンスの申し出を断った。

「委員会室に行く前に、ワインを一杯もらってはどうかな?」ローレンスはやんわりと提案したが、彼女は首を横に振り、「いいえ、けっこう。ブランデーを持ってきたから」と言って、携行水筒《スキットル》を懐《ふところ》から取り出し、ぐびりとあおった。

飛行士たちが通された海軍省委員会室には、海軍大臣と海軍省委員会諸卿が顔をそろえていた。ローレンスたちが英国を離れているあいだに、カトリック解放問題などの紛糾《ふんきゅう》でまたも内閣が交替したが、トーリー党はあいかわらず政権についていた。新しい海軍大臣マルグレーヴ卿が上座にいて、頬肉が垂れた顔に厳しい表情を浮かべ、思案するように鼻先をしきりとつまんでいる。どんな状況下だろうが、保守的なトーリー党が航空隊をよく扱うはずがないのはわかりきっていた。

しかし、委員会室にはネルソン提督もいた。会議室に漂う冷ややかな空気をものともせず、ネルソンが椅子から立ちあがって飛行士たちを出迎えたので、ほかの紳士たちも提督に倣《なら》うしかなくなった。ネルソンは前に進み出て、洗練された物腰でローレンスと握手し、それぞれのキャプテンの紹介を求めた。

「いや、実に感服した」キャサリンの名があがると、彼は片脚を後ろに引いて丁重《ていちょう》に挨拶した。「キャプテン・ハーコート、あなたの報告書を読んで、我が身を恥じたほどだ。つまり――」にやりと笑ってつづけた。「称賛を浴びるのに慣れすぎ、いささかうぬぼれていやしないかと。それを誰よりも正直にここに告白しておこう！　あなたの剛毅《ごうき》なる作戦は、過去の軍務を振り返っても、類を見ないものだ。さあ、あなたをここに立たせておくわけにはいかない。なにか飲み物はいかがですか？」

「いえ、そんな……」キャサリンのそばかすの散った蒼白い顔が真っ赤になった。

「けっこうです、ありがとうございます。そんな……みんながしていることです……わたしの同僚の飛行士たちもみんな」飲み物を断っているのか称賛を打ち消しているのか、彼女自身でさえわからなくなっているようだ。

マルグレーヴ卿が自分の出鼻《でばな》をくじかれ、おもしろくなさそうな顔をした。キャサリンに椅子が勧められたので、ほかのキャプテンたちを立たせておくわけにもいかず、結局、ほかの四人にもすわることが許された。四人はテーブルの一方の端に肩を並べ、海軍省委員会諸卿と向き合ってすわったが、だからといって、対等にものを言うことを許されたわけではない。

まずは、もう一度起きたことのあらましを語るように求められ、それから三人のキャプテンの報告書における差異の調整がはじまった。チェネリーは、捕虜となって滝の洞窟に移されるまでの飛行を、十日と書いていた。ローレンスは十二日、キャサリンが十一日――。その照合におよそ一時間が費やされた。秘書官たちがいくつも地図を持ち出して、ルートを検証した。しかし、それらの地図はどれひとつ、アフリカの内陸が同じに描かれていなかった。

「ドラゴンたちのほうが正確につかんでいるはずです」ローレンスはついに、四番目に見せられた地図から顔をあげて言った。結局三人の記憶が一致するのは、途中に砂漠があったこと、九日以上は飛んだことの二点のみだった。「飛行距離がどれくらいだったかは、テメレアのほうがわかっています。われわれと同じ飛行コースを正確にたどったわけではありませんが、テメレアなら、われわれが横断した砂漠の境界がどのあたりで、川の大きさがどれくらいだったかは言えるはずです」

「ふむ」マルグレーヴ卿は、さして心を動かされたふうでもなく、目の前にある報告書を人差し指でつついた。「では、この件についてはよいとして、命令不服従の問題に移ろうか。わたしの理解が確かなら、アフリカ遠征隊のドラゴン三頭は、ケープタウンに戻れというキャプテン・サットンの命令に従わなかったということだが」

「それを命令不服従と呼べるでしょうか？」ジェーンが言った。「三頭は命令を聞いたうえで判断しました。キャプテンがさらわれたと知るや、すぐさま無軌道に内陸へ飛び立ったわけではありません。三頭ともきわめて正しい判断を下しました。あのような状況下において、わたしが期待する以上のものでした」

「それを、命令不服従以外にどう言えと？」パーマストン卿が端のほうから口をはさんだ。「直接の命令にそむいて――」

「そもそも」と、ジェーンが苛立たしげに手を振り、パーマストン卿をさえぎった。

「体重二十トンのドラゴンを譴責《けんせき》してなんになりますか？　言うことを聞かせたいなら、説得しか方法はありません。キャプテンのためなら軍の命令にもあえてそむきます。それほどキャプテンを重んじるドラゴンだからこそ、みずからのキャプテンの命令に従うのです。彼らに文句を言ってもはじまりません。風がなくて進まない戦列艦を反抗的だとなじるようなもの。艦《ふね》に命令できないのも、担い手以外の命令がドラゴンにとって絶対的でないのも同じです」

ローレンスはテーブルに目を伏せていた。中国で出会った多くのドラゴンは、キャプテンや担い手がいなくても、完璧な統制を保って行動していた。それを知っているだけに、ジェーンの弁明には同意しかねるところがある。ドラゴンたちがサットンの命令に従わなかったのは〝命令不服従〟以外のなにものでもないし、軽く見過ごされるべき問題ではないと、ローレンス自身は考えていた。

ドラゴンには分別がないかのように語るのは、ドラゴンをどこか見くびっているのではないだろうか。テメレアは己《おの》れの本分がなにかについて深い洞察を持っている。サットンの命令に頑《がん》として従わなかったのは、それに従いたくなかったからだ。釈明を求めるまでもなく、テメレアはそのとき、命令にそむいた行動のほうが理にかなった、適切な選択だと判断した。命令に従うべきだったと言ったら、むしろ驚くにちがいない。命令に従わなかったからといって、テメレアが己れの責任を放棄していたことにはならないのだ。

しかし、その点をいまここで指摘すれば、道理に合わない懲罰をドラゴンたちに科《か》すことにもなりかねない。ジェーンと見解は異なるものの、ここは黙っているほうが賢明だとローレンスは判断した。そのあいだも討議はつづき、問題はいっこうに片づかなかった。そしてついにジェーンが言った。「この件については、わたしがドラゴンたちにこんこんと言って聞かせます。それでよろしいですか？　それとも、ドラゴンたちを軍事法廷に引きずり出すほうをお望みですか？　それが、良識あるみなさまにとって、この状況における正しい時間の使い方であるとお考えならば、いたしかたないことですが」

「諸君《ジェントルメン》、ならば、わたしの考えを言おう」ネルソン提督が発言した。「勝利にまさる説得なし。もちろん、この席におられる方々なら、ごく当たり前に、この考えを受け入れてくださるはずだ。勝利に批判を浴びせるのは、いかがなものか。アフリカ遠征隊はしっかりと成果をあげたのだから」

「たいした成功ですな」ガンビア提督が皮肉たっぷりに言った。「きわめて重要な植民地を奪われたばかりか、壊滅させた。アフリカの主要な港はすべて敵の手に落ちた。いやあ、まことに称賛に値する」

「たった七頭のドラゴンで敵の大軍からアフリカを守りきれるなどとは、誰も考えないはずです」ジェーンが言った。「むしろ、同僚が奥地から生還し、持ち帰った情報をありがたく思っていますが」

ガンビア提督はジェーンに真っ向から反論しなかったが、鼻を鳴らし、ふたたび報告書に戻って、些末《さまつ》な質問をねちねちとつづけた。ガンビア提督、およびパーマストン卿の質問の傾向からしだいに明らかになったのは、彼らが捕虜となった飛行士たちに嫌疑《けんぎ》をかけていることだった。すなわち、飛行士たちが敵の植民地侵攻を煽動《せんどう》したのではないか。その事実を結託して隠蔽《いんぺい》しているのではないか。なぜそのような疑いを彼らが持つに至ったのか、経緯《いきさつ》も動機もはっきりとしなかった。

しかしついに、ガンビア提督が冷ややかな口調で言った。「もちろん、敵が叩きつぶそうとしたのは、奴隷貿易にちがいない。しかし、周知の事実だが、アフリカ人は太古の昔から、そう、ヨーロッパ人がアフリカの海岸にたどり着くはるか以前から、同じことを行ってきた。そのくせ、いまになって反対とは――。キャプテン・ローレンス、あなたは奴隷貿易について、かなり強固な意見をお持ちのようだ。もちろん、わたしが根拠もなく、このような発言を軽々しくするとは思われますまいな」

ローレンスは短く答えた。「ええ、思っておりません」それ以上言葉を費やすのを控えた。釈明に走るのは相手の思うつぼだと思ったからだ。

「これが、われわれにとって、早急に対処すべき問題でしょうか？」と、ジェーンが返した。「これが、長々と時間を費やして検証すべき疑いでしょうか？ 遠征隊の飛行士たちがみずから誘拐《ゆうかい》され、仲間が殺されるよう画策したと？ 言葉のまったく通じない異国で、ドラゴンを掻き集めて植民地に急襲をかけようと考えるほど、彼らが奴隷貿易に義憤《ぎふん》をかかえていたと？ そもそも、百頭ものドラゴン軍団を使う侵攻を一夜にしてまとめるのが、たやすいことだとお考えですか？」

微に入り細を穿《うが》つ質問がさらに一時間もつづいた。当然ながら、飛行士たちからどんな自白も引き出せなかった。この件は、ドラゴンを損失したわけではない以上、軍法会議にかける公的根拠を持たない。ケープ植民地の喪失について裁判を行うのなら、責任を問われるべきはグレイ中将だろう。しかし、彼を審問することに世論が同調するとは思えない。となると、海軍省のお歴々には、恨みつらみをアフリカ遠征隊の飛行士たちにぶつけるしか、飛行士たちにはそれを拝聴するしか、やり過ごしようがないのだった。

つぎに、海軍省側からいくつかの主要港をドラゴン戦隊によって奪還《だっかん》する計画が提案された。しかし成功の見込みはきわめて薄く、ジェーンが抑えきれない苛立ちをにじませて、組織的な飛行戦力を持つ土地を植民地化しようと計画し、失敗した過去の例を数えあげた。スペインの新大陸における失敗。アメリカのロアノーク植民地の完全なる消失。インド、マイソールの惨禍《さんか》。

「ケープ植民地を奪還し、城砦を使える状態に戻すまでの期間をもちこたえるためには、二十トンの砲弾を運ぶ艦隊と、ドラゴン戦隊が六隊は必要です。もちろん、これはキャッスル・オブ・グッドホープ城砦が瓦礫と化していなければの話ですが」

ジェーンは言った。「そして、たとえそれに成功しても、二隊のドラゴン戦隊を一等級艦分に相当する大砲とともにケープ植民地に残さなければならないでしょう。いったい、それにどれほどの陸軍兵士が必要ですか。彼らを養うために、どれほどの糧食が必要とされるでしょうか。もちろん、敵がケープ植民地のはるか北で補給艦を攻撃することを思いつかないはずがありません」

こうして、ケープ植民地奪還計画は勢いを失った。そこでまたネルソン提督が弁舌《べんぜつ》をふるった。「委員会諸卿のみなさん、すでにお気づきかとは思うが、わたしはローランド空将と数字を出し合って意見を戦わせるつもりはない。過去一世紀の数々の失敗にもかかわらず、わたし自身は、ケープ植民地奪還の見込みについて、それほど悲観的ではない。だが、ローランド空将より提示された戦力の半分さえもいまは容易に召集できず、どの港から出港し、アフリカのどの地を目指そうが、それを敵軍に気づかれずにすむわけがない。それぐらいは海軍の知識がなくともわかるだろう。この件に関しては断言できる。ぜったいに、不可能だと。

しかしながら、ケープ植民地を奪還できず、アフリカ大陸への足がかりを取り戻せないとしても、わが英国にとっての慰めは、他国にもそれが不可能だということだ。もちろん、フランスには到底無理だ。ナポレオンは、カレーから北京《ペキン》まで、彼が歩いていける土地ならば、世界のどこであろうが征服する勢いを持っている。しかし、ひとたび海に出たなら、ナポレオンなど、もはやわが英国海軍の敵ではない」

ネルソンはさらにつづけて言った。「さあ、先に進もうではないか。いわれなき襲撃と暴虐《ぼうぎゃく》によって失われた土地と人命に対する深い嘆きは消えないとしても、戦略的観点に立つなら、わたしはこう言ってみたい。ケープ植民地を所有する利便性は失ったものの、もうこれから先、かの地を保守する必要もないのだと。わたしはその点に心から満足する。諸君、この会議室において、われわれはさんざん話し合ってきた。そう、アフリカの広大な海岸線をフランスの襲撃から守るために、アフリカの幾多の要塞とその守りを強化するために、どれほど甚大な費用と労力が必要とされるかを。しかし、その甚大な費用と労力を、今後はわれわれの植民地を襲撃した敵が肩代わりすることになる」

ローレンスはおよそネルソンと議論したい気分ではなかったが、なぜこれほどまでに海軍省がアフリカ大陸へのフランスの侵攻を恐れるのかが不可解だった。フランスがケープ植民地に野心を示したことはこれまで一度もないはずだ。ケープタウンがきわめて有益な港だとしても、アフリカ東海岸沖のモーリシャス島を確保しているフランスにとって、ケープタウンは必要不可欠の存在ではない。モーリシャス島の守りは堅い。フランスにとっては、海上貿易における既得の拠点を守りきれば、それで充分であるはずなのだ。

鼻先をつまみながら沈黙していたマルグレーヴ卿が口を開いた。「ローランド空将」ジェーンの肩書きをいかにも不本意そうに口にした。「目下のイギリス海峡の空の守りについて、ご説明いただきたい」

「ファルマスからミドルズブラまでのイギリス海峡海岸線に、八十三頭の戦闘竜を配しています」ジェーンが答えた。「有事には、さらに二十頭の投入が可能です。そのうち十七頭が重戦闘竜、三頭がロングウィング種。このほかにカジリク種とセレスチャル種が一頭ずつ。ロッホ・ラガン基地で孵化した竜が十四頭訓練中ですが、いつでも送り出せるまでに成長しています。もちろん、北海沿岸に配されたドラゴンもいます。そこまで召集すると、戦闘が一日で終わらない場合、食糧の確保に苦労するでしょうが、援軍としては期待できます」

「では、あやつが、〈ドーヴァーの戦い〉のときのように、ふたたび飛行船を使って英国本土に侵攻を試みる可能性について、きみはどう見るだろう？」ネルソン提督が尋ねた。

「彼が、侵攻に用いる全飛行船の半数が海に沈むことを厭《いと》わなければ、残り半数は英国にたどり着くはずです。でも、わたしなら勧めませんね」ジェーンが答えた。「航空隊の迎撃をかいくぐって地上におり立ったとしても、在郷軍が即座に飛行船に火を放ちます。ええ、本土侵攻はありえません。こう言いきれるまで一年かかるかと思っていましたが、そこまで月日をかけず竜疫の治療薬を見つけ、この疫病を克服できました。いまならリリーもテメレアも戦力に組みこめます。こんな状況で、フランスが空から本土に攻め入る可能性は考えられません」

「そう。その竜疫の治療薬だが……」と、ネルソン提督が言った。「保管は万全だろうか？　つまり盗まれる可能性はないと言えるだろうか？　聞くところによると、最近、ある事件が――」

「どうか責めないでやってください」ジェーンがすかさず返した。「盗んだのは十四歳の少年ですし、彼の担うウィンチェスター種はひどく弱っていました。遺憾《いかん》ながら、治療薬が充分に行きわたらないのではないかという噂《うわさ》が流れていたのです。それというのも、ドラゴンの喉に流しこめるほどの量を確保できるまでは、少量でも効果があるかどうかを慎重に見きわめる必要があったからでした。もちろん、なんの被害も出ていません。治療が全頭に行きわたる旨《むね》をわたしから全キャプテンに告げたとき、本人みずから告白したのです。その後は、二度と誘惑に駆られる者が出ないよう保管庫に見張りをつけましたし、忍びこんだ者もいっさいいません」

「しかし、二度とないと言いきれるだろうか?」ネルソン提督が言う。「護衛を増やすか、あるいは、保管用の要塞を確保してはいかがなものか」

「英国と植民地すべてのドラゴンに配給したあとなので、あれをほしがる者がいたとしても、盗まれると言えるほどの量は残っていません」ジェーンは言った。「ただし、ロンドン王立協会の紳士の方々が、ロッホ・ラガン基地で栽培しているものを、どうしてもほしいと、引っこ抜いていかれたようです。そのような方々がまた出てくるなら、こちらもいささか荒っぽく歓迎してさしあげましょう」

「なるほど。というわけで、諸君」と、ネルソン提督がほかの海軍省委員会諸卿を見わたして言った。「どうやら、くだんの件をもって、事態は敵を窮地へ追いつめるほうに動いているようだ。われわれに必要なのは治療法の秘匿《ひとく》と管理だ。その点も、われわれが努力を傾けるかぎりは確実と言えよう」

「お尋ねしますが」ローレンスは、湧きあがる疑念に胸がつぶれる思いで尋ねた。「竜疫がヨーロッパ大陸にも広がるという根拠があるのでしょうか？　フランスのドラゴンがすでにあの病に罹っているのですか？」

「おそらくは」と、ネルソン提督が答える。「まだ確証は得ていない。しかし、あの捕虜としたプレンヴィット種の偵察竜を、二日前に送り返してやった。いずれ、フランスのドラゴンが疫病に感染したという情報が入るのではないかな」

「まさしく、禍《わざわい》を転じて福となす、ですな」ガンビア提督が言い、海軍省委員会諸卿から同意の声があがった。「あのコルシカ人め。やつのけだものたちが血の咳をするのを見るときの顔を想像するだけで、溜飲《りゅういん》がさがる」

「失礼ながら」ローレンスは声を絞り出した。隣ではキャサリンが手を口にあてがい、真っ青《さお》になっておののいている。「失礼ながら、それはひどすぎる」息が詰まりそうだった。フランス軍の小さな雌ドラゴン、ソーヴィニョンのことを思い出した。あの絶望に打ちひしがれた隔離場の長い一週間、ソーヴィニョンはテメレアとずっといっしょにいた。あのとき、テメレアがいまにも血の咳をはじめるのではないかという恐怖がローレンスの心を去ることはなかった。

「ひどすぎる、まったくです！」ジェーンが立ちあがって言った。「そういうことだったのね。あなたがたが、あの雌ドラゴンを、隔離場から近くもないイーストボーンに移送した理由が、やっとわかった。なんとおぞましい策略！　つぎは〝疫病船〟を敵の港に送りこむつもり？　それとも敵の穀物船団に毒を仕込む？　あなたがたこそ、人面獣心《じんめんじゅうしん》の――」

「言葉が過ぎますぞ」マルグレーヴ卿が憤然と言った。

「そもそも、今回の件は航空隊の失態から――」と、ガンビア提督も言い出した。

「なんですって？　ガンビア。言いたいことがあるなら、ここへ来て、言いなさい！」ジェーンが剣のつかに手をかけた。たちまち委員会室内は騒然として、怒号《どごう》の嵐が吹き荒れた。ドアの外に待機していた海兵隊員たちまで、おっかなびっくりでドアから首をのぞかせる。

「閣下、あなたの所業とは思えません」と、ローレンスはネルソン提督に言った。

「あなたはテメレアと会って、話もなさった。ドラゴンが思考する生きものであることを納得なさったはずだ。大量殺戮《さつりく》していい生きものでは――」

パーマストン卿が「なんと心やさしき愚昧《ぐまい》！」と横やりを入れ、ガンビア提督とウォード卿が「造反《ぞうはん》だ」と同時に叫んだとき、ネルソンが声を張りあげた。「われわれは、差し出されたチャンスを利用したまでのこと。わが英国の空軍力と敵のそれの均衡《きんこう》を確保したと考えればよい！」

海軍省委員会がこの策謀を狡猾《こうかつ》に水面下で推し進めたのは、反対者が出るだろうと予測し、それを回避するためだった。海軍省委員会諸卿は、作戦実行の事実を告げたあと、それについて熱弁をふるう気すらないようだった。ジェーンの声がふたたび大きくなったところで、彼らの我慢は限界に近づいていた。

「こんなふうに――」と、ジェーンが言った。「決行の二日後に、聞かされることになろうとは。今後なにが起きるかは、そこらの浜を這いまわる蟹にだってわかります。ナポレオンは、事態を把握したら、自国のドラゴンに疫病が広まりはじめたと知ったら、彼はただちに海峡を越えようと考えるでしょう。そう、ただちに攻めてくる。彼が口をあんぐりあけてなりゆきを見ている木偶《でく》の坊《ぼう》でないならば。そして、あなたはあわててわたしたちにドーヴァーへ行って戦えと命じる。二頭のロングウィングと一頭のセレスチャルを連れて――。そしていま、敵にとってイギリス海峡は、あのロットン通りのように無防備で見通しがよくなってるわ」マルグレーヴ卿が護衛に手で合図し、ドアをあけさせた。

「実に名残惜しいが――」マルグレーヴ卿は冷ややかに言い、ジェーンがなにか言い返すより早く、言葉を継いだ。「お引き取りください、マダム」そう言うついでに、イギリス海峡の防衛を命じる公式命令書をジェーンに突きつけた。しかしその命令書は、ジェーンが委員会室を出ていく前に、彼女の手のなかでくしゃくしゃになった。

蒼ざめたキャサリンは、嚙みしめた唇だけを赤く染め、チェネリーの腕にもたれかかるようにして退出した。ネルソン提督がローレンスを追いかけてきて、通路で腕に手をかけ、引き留めた。そして、長々としゃべりはじめたことに、ローレンスはまるでついていけなかった。目下、敵艦拿捕のための遠征を計画しており、コペンハーゲンまで行って、デンマークの艦隊を捕まえるつもりだ――ネルソンはそう説明した。

「ついては、キャプテン、きみとテメレアも来てくれないか。少なくとも一週間はかかるだろうか。もちろん、海峡の防衛をほかに代わらせる必要はあるが」

ローレンスは、ネルソンをまじまじと見つめた。その自信に裏打ちされた屈託《くったく》のなさを前に、ただただ情けなく、やるせない気持ちになった。ネルソン提督はテメレアに会った。テメレアと話をした。なにも知らなかったとは言わせない。今回の計画の首謀者ではないとしても、彼なら反対の立場もとれた。しかし、そうはしなかった。ネルソン提督の反対は、絶大な効力を持っていたはずだ。彼が反対しさえすれば、事態はまったく変わっていただろうに、そうはしなかった。

ローレンスの緊張をはらんだ沈黙は、提督の弁舌に不快な圧力となった。提督はいったん口をつぐんだあと、やや居丈高に言った。「きみも長旅から戻ったばかりだからな。長ったらしい質問の山には、わたしもうんざりした。最初から時間の無駄だと思っていた。また話そう。明朝、きみがドーヴァーに戻る前に、わたしがロンドン基地に出向いてもいい」

ローレンスは軍帽に指で触れて挨拶した。言葉はひと言も出てこなかった。

海軍省の建物から通りに出た。たまらなくみじめな気持ちで、ろくになにも見ていなかった。ふいに、肘《ひじ》に触れる者があり、どきりとした。みすぼらしいなりをした短《たん》軀《く》の男が隣に立っていた。ローレンスの表情は、心に渦巻く感情を映し出していたにちがいない。短軀の男は、安心してくれと言わんばかりに木製の義歯を剝き出して笑いをつくり、ローレンスの手に書類封筒を押しつけた。そして、無帽の頭の髪を引っ張って挨拶し、ひと言もなく立ち去った。

なにかに操られるように、ローレンスの手が勝手に封筒をあけた。なかには訴状が入っていた。奴隷二百六名分、ひとり頭五十ポンド、計一千三百ポンドになる損失を負わせたことへの告訴状だった。

テメレアは、遅い午後の日差しを浴びて眠っていた。傾いた日が木立越しにまだらになって地面に落ちている。ローレンスは起こすのをためらい、テメレアと向き合うように、松の木の大きく広がった枝の下に置かれた丸太のベンチに腰かけ、前屈みの姿勢をとった。先刻、ダイアーから手渡された巻紙を両手のなかで返してみた。上質紙に書かれた手紙にはすでにテメレアの赤い印も捺《お》されている。しかしおそらく、この手紙は中国まで届かないだろう。検閲を受ける機会が多すぎるし、たとえ中国まで届いても、リエンの協力者がまだ宮廷にいるなら、手紙は彼女のスパイによって奪われ、ふたたびヨーロッパに戻され、フランスのリエンのもとに行ってしまうかもしれない。

宿営はひっそりしていた。休暇のクルーたちは外出し、まだ戻っていない。木立の向こうの小さな鍛冶場《かじば》から、ブリスが搭乗ベルトのバックルをハンマーで叩く音だけが聞こえてくる。金属の甲高い響きは、アフリカの川岸に棲息していた奇妙な鳥たちの鳴き声を思い出させた。

ふいに、鼻腔《びこう》がほこりっぽい空気をとらえたような気がした。銅に似た血の臭い、土の臭いが、生々しくよみがえってくる。そして、あの吐瀉物《としゃぶつ》の臭い……。運搬用ネットのロープで頬をこすられる感触がまざまざとよみがえり、はっと頬に手をやって、何度もこすった。まだそこにロープがあるかのようだ。しかし、実際にはなにもない。顔に刻まれた小さなでこぼこは、ロープによる擦過傷《さっかしょう》の名残《なごり》だ。

しばらくすると、ジェーンがやってきた。上等な上着を脱いで、クラヴァットもはずしていた。ジェーンはローレンスと同じベンチに腰をおろすと、男のように両肘を膝頭に乗せて頬づえを突いた。髪はまだ後ろで三つ編みにしたままだが、顔にほつれ毛が落ちている。

「きみより一日遅れて帰ってもいいだろうか」ローレンスは尋ねた。「ロンドンで事務弁護士に会わねばならない用ができた。あまり長く放っておくわけにもいかなくて」

「一日――」ジェーンは、まだ寒い季節でもないのに、ぼんやりと両手を前でこすり合わせた。太陽が宿舎の屋根に沈もうとしている。「一日だけなら」

「きっと、あの雌ドラゴンは、フランスに戻ったら、隔離場に送られるだろう」ローレンスは声を落として言った。「彼女のキャプテンは、われわれの隔離場を目撃した。だから、自分のドラゴンが疫病に感染したことに気づかないはずがない。彼女を見たら、すぐにわかる。だからきっと、彼女をほかのドラゴンから隔離しようとする」

「その点も、あの人たちはちゃんと考えてたわ――ぬかりなく」ジェーンは言った。「たったいま、それに関する報告書を受け取ったの。あのキャプテンは船で本国に送り返されたそうよ。そして、雌ドラゴンには船が出ていくのを遠くから見送らせ、おまえのキャプテンはパリ郊外にある基地に送られるのだと吹きこんだ。その基地には逓信竜《ていしんりゅう》の発着場があるの。だからたぶん、自由になった雌ドラゴンは迷うことなく、自分の古巣に飛びこんでいく。ああ、なんて汚いやり口！　もうすでに感染が広がってるにちがいないわ。逓信竜はおおよそ十五分ごとに離発着してるのよ」

「ジェーン、ナポレオン軍の逓信竜は、ウィーンにも飛んでいるんだ。ロシアにも、スペインにも、プロイセン王国全土にも。プロシアには、あの戦乱の地に残してきた仲間が、プロイセン軍のドラゴンたちがいる。彼らはいまも、フランス軍の収容所に囚われている。ナポレオンの逓信竜たちは、イスタンブールにも飛んでいる。そこからまたさらに遠い土地へ……。いったい、あの疫病から逃れられる土地が、地球のどこにあるんだろう?」

「とても狡猾だわ」ジェーンの唇の端に薄ら笑いが浮かんだ。「計画には瑕疵《かし》がない。よく考えられてるわ。この一撃で、わが英国航空隊はヨーロッパにおいて、おそらくもっとも弱体化した空軍から最強の空軍に成り変わる」

「殺戮という手段によって」と、ローレンスは言った。「これがドラゴンの大量殺戮でなくて、なんだと言うんだ?」竜疫のもたらす荒廃がヨーロッパ大陸だけにとどまるという保証はどこにもない。中国から祖国に帰り着くまでの、あの半年間の旅で幾度となく開いたすべての地図が、ローレンスの頭のなかにつぎつぎと開かれていった。あの苦難多き旅の道程を、今度は疫病が逆にたどることになるのではないか。

軍事戦略上は、中国のドラゴン軍団が疫病で死滅することを〝勝利〟と呼ぶのかもしれない。空の戦力なくして、中国はその歩兵隊と騎兵隊だけで、とても英国の砲兵隊に太刀打ちできないだろう。インドには英国の支配が行きわたるだろうし、日本は鼻をへし折られて門戸を開くだろう。疫病に感染したドラゴンが、インカの地まで行き着く可能性もある。となれば、あの伝説的な幾多の黄金都市も、ついに陥落するときがやってくるのか。

「竜疫にもいつかご大層な名前がついて、歴史書に載るんだわ、きっと」ジェーンが言った。「結局、なんにつけ、ドラゴンなのよ。敵の港を焼き討《う》ちしようというときも、わたしたちはドラゴンにやらせることしか考えない。それを当たり前だと思ってる」

ローレンスはうなだれた。「それが、望ましい戦法だからさ」

「いいえ」ジェーンが疲れきった声で言う。「必勝法だからよ」両手を膝に置いて立ちあがった。「さてと、一泊するのは無理ね。すぐに伝令竜でドーヴァーに戻らなきゃ。わたしだけ先に行くことを、なんとかエクシディウムに納得してもらうわ。あなたも、明日の夜には戻ってきてね」ジェーンはローレンスの肩に軽く触れて、去っていった。

ローレンスは長いあいだ動けなかった。ようやく顔をあげたとき、いつからか目覚めていたテメレアと目が合った。細い縦長の瞳孔をもつテメレアの眼が、闇のなかでかすかに光っている。「なにがあったの?」テメレアが静かに尋ねた。

ローレンスは、静かに語りはじめた。

テメレアは、けっして怒らなかった。身を低くかがめたが、獰猛になるのではなく、むしろ神経を集中させて、ローレンスの話に聞き入った。話が終わると、ぽつりと言った。「ぼくたちはなにをすべきだろう?」

ローレンスは返事に詰まった。テメレアの意図が読めなかった。こんな反応を待っていたわけではない——少なくとも、これではない。それでも、ようやく言葉を返した。「わたしたちは、これからドーヴァーに行って——」だが、なぜかつづかなかった。

テメレアが頭をすっと後ろに引いた。「ちがうよ」奇妙におだやかな間《ま》をおいて言った。「ちがうよ、ぜんぜんそういうことじゃない、ぼくの言いたいのは」

ふたたび沈黙が訪れる。「もう……打つ手はないんだ。あの雌ドラゴンはもう放たれてしまった」ローレンスの舌がもつれた。「だからいまは、いつフランスが攻めてきてもおかしくない。だから、わたしたちはイギリス海峡の守りを固めるために——」

「ちがうよ!」テメレアの声には背筋をぞくりとさせる響きがあった。まわりの木立が震え、ざわめきを返した。「ちがうよ」テメレアはふたたび言った。「ぼくたちは、病気の仲間を助けなくちゃいけない。それには、どうすればいい？　アフリカに戻ることだってできるよ、それがどうしても――」

「きみの言おうとしていることは、反逆罪だ」ローレンスは言った。感情が昂ぶっているわけではなく、心は妙にしんとしていた。事実が事実として口を突いて出てきただけだ。

「いいよ、それでも」テメレアが言った。「もし、ぼくがただの取るに足らない動物で、毒だんごで殺されてしまうじゃまっけなネズミみたいなもんなら、ぼくが同じ種の仲間のことを大切に思うなんて、誰も考えやしないだろうね。そして、実際に、大切に思うこともないんだろう。もしぼくをそんなやつだと考えてるのなら、命令に従えなんて言わないで。あなたから、命令どおりにさっさと動けなんて言われたくないよ」

「だから、反逆罪なんだ！」

テメレアは口をつぐみ、ただローレンスを見つめ返した。ローレンスは、疲れ果てた低い声で言った。「それは、反逆罪なんだよ。軍規違反や命令不服従どころじゃない。反逆罪としか呼びようのない大罪なんだ。いまの政府はわたしの支持政党じゃないし、いまの国王陛下は精神を病んでおられる。だがそれでも、わたしは陛下の臣民だ。きみは、忠誠の誓いをしていない。でもわたしは――」しばしためらってから言った。「わたしはみずから忠誠の誓いを立てた」

ふたたび沈黙がつづいた。木立のなかから人声が聞こえてきた。地上クルーたちが休暇を終えて戻ってきたのだ。酒に酔ってにぎやかに騒ぎ、船乗りの戯《ざ》れ歌を放吟し――〝こしゃくで、めかした、あの性悪女よ！〟――大笑いしている。彼らが宿舎に入ると、カンテラの明かりも消えた。

「じゃあ、ぼくだけで行くよ」テメレアが苦しげに言った。低く抑えた声だったので、ローレンスには言葉を追うのがやっとだった。「ぼくだけで行くよ」

ローレンスはいま一度、深く息をついた。今度ははっきりと聞こえた。そういうことだ。けっして意味を取りちがえているわけではない。ふと、ジェーンが結婚を断ってくれてよかったと思った。よけいな苦しみを彼女に与えなくてすんだから。

「きみだけで行くな」ローレンスはテメレアに近づき、その頭にそっと片手を添えた。

16　「急げ、全力で飛べ！」

ローレンスはジェーンに宛《あ》てて、事実をありのままに告げる手紙を書いた。これは謝罪してすむような問題ではないし、ここに至る心情に理解を求めるのは彼女に対する侮辱だと思っていた。ただし、最後に短く付け加えた。

……これだけは、はっきりさせておきたい。わたしはこの考えを誰かに伝えたことはなく、部下の士官、クルー、どんな人からも支援を受けてはいない。わたしには自分を弁護する資格などない。また、そんな場を求めようとも思っていない。今回の一連の行為に関する全責任は、このわたしに帰するものであり、愚かな迷妄《めいもう》から、責めを負うべきではない人々にまで累《るい》がおよばぬようにと切に願っている。わたしが決意を固めたのは、この手紙の最初の一行を記す直前であり、この手紙に封をしたのち、ただちにそれを実行することになる。

きみの忍耐にこれ以上つけこんで、きみを苦しめるようなことはしたくない。もしかしたら、もう充分に苦しめていたのかもしれないが、そうならないよう精いっぱい努めてきたつもりだ。この気持ちに嘘はない。こんな状況にもかかわらず、わたしを信じてくれるように、心からきみに乞い願いたい。


ローレンスは手紙を折りたたみ、ていねいに封をすると、きちんと整えた簡易寝台に、宛名を上にして置いた。小さな部屋を出て、あちこちの部屋からいびきが聞こえる通路を抜けて、戸外に出た。「もう見張りは切りあげていい、ミスタ・ポーティス」と当直《ワッチ》の士官に声をかけ、宿営の端のほうを顎で示した。「わたしはテメレアとそこらをひと巡りしてこよう。これからはのどかに飛べることもそうないだろうからな」

「承知しました」ポーティスはあくびを噛み殺して答え、ためらうこともなくすぐに任務を離れた。ひどく酔っているわけではないが、宿舎に向かう足取りがかすかにふらついている。

まだ九時を回っていなかった。帰りの遅さが騒がれはじめるのは、これから一、二時間後だろうか。フェリスが良心の咎《とが》めによって、ジェーン宛ての手紙を心配で自制がきかなくなるぎりぎりまで開封しないでいてくれるよう期待した。そうなれば、あと一時間は稼げる。しかし、それ以降の追跡は、熾烈《しれつ》を極めるにちがいない。ここロンドン基地には五頭の伝令竜が待機しており、国会議事堂にも何頭かいた。そのうちの数頭は英国屈指のスピードを誇るドラゴンで、ロッホ・ラガン基地までなら追い越される心配はないとしても、それから先はわからない。ドーヴァーからエジンバラまでのあらゆる基地、あらゆる沿岸砲台が、ローレンスたちの行く手をはばもうとするだろう。

テメレアは、冠翼をぴんと立てて待っていた。やきもきしていたようだが、それを隠そうとするように小さくうずくまっていた。いつものようにローレンスを首の付け根に乗せると、ただちに離陸した。ロンドンの街が、家々とカンテラのまたたきが、おびただしい煙突の吐き出す煤煙《ばいえん》が、テムズ川をゆっくりと行き交う船の明かりが、たちまち遠ざかっていった。そのあとは、ごうごうとうなる風の音ばかりとなった。ローレンスはしばらく目をつぶっていたが、風に慣れてきたところで目を見開き、コンパスを確認し、テメレアに針路を指示した。北西微北に向かって四百マイル、闇のなかをひたすら突き進んだところに目的地はある。

気晴らしの短い飛行でもないのに、テメレアの背に単独で乗るのは不思議な気分だった。通常任務では、かならずクルーも乗りこんでいる。だがいまは、ローレンスという小さな荷しかなく、竜ハーネスも最低限の装備だ。テメレアは目いっぱい翼を広げ、空気が薄くなるぎりぎりまで高度を上げた。眼下に、旅の道連れのように、黒い地表の上を流れる青白い雲が見えた。テメレアは冠翼を寝かせており、その首と背中を勢いよく流れ過ぎる風が笛のように甲高い音をたてた。

八月半ばとはいえ、この高度になると気温はぐんと下がる。ローレンスは革の上着を掻き合わせ、腕組みをした。テメレアが力強く羽ばたき、思いきり空気を掻き、速度をますます上げると、竜の肩越しに見る地上の景色がしだいにぼやけていった。

夜明け近く、西の彼方の丸い地平線に、まるで太陽が間違えて逆からのぼりはじめたかのような奇妙な輝きがあらわれた。その曙《あけぼの》のような色合いを、ときどき噴き出す煙がさえぎっていた。マンチェスターの街とその工場群だと、ローレンスは気づいた。つまり、七時間とかからず、およそ百六十マイルも飛んだことになる。速度にすると、二十から二十五ノットだ。

夜明けからほどなく、テメレアが無言のうちに降下をはじめ、小さな湖のほとりにおり立ち、水に頭を突っこんで、ごくごくと飲んだ。首が震え、勢いよく水が喉を流れていくのがわかる。テメレアは飲むのをやめて、荒い息をつくと、ふたたび水に頭を突っこんだ。「ふふん、疲れてないよ。そんなにたいして疲れてない。すごく喉が渇いただけさ」少しつぶれた声で言い、首をめぐらして背中にいるローレンスのほうを見た。勇ましい言葉とは裏腹に、体のいたるところが震えており、眩暈《めまい》を追い払うかのようにまばたきをした。そしてようやく、ふだんに近い口調に戻って尋ねた。「あなたも少し、地面におりたい?」

「いいや。だいじょうぶだ」ローレンスは答えた。グロッグ酒の入った携行水筒《スキットル》があり、上着のポケットには乾パンが入っていた。しかし胃が縮んで、いまは食べ物を受けつけそうにない。「きみは記録的な速さを出しているようだな」

「そうみたいだね」テメレアは悦《えつ》に入《い》った。「ふふん! こんなに気持ちいいことってないや。すっごく速く飛べるし、天気もいいし。ぼくたちふたりだけだしさ。こういうのがいちばん好きさ。ただ……」テメレアは哀しげに後ろを振り向いた。「あなたは、あんまり幸せそうじゃないね、愛しいローレンス」

ローレンスは、そんなことはない、と言ってテメレアを安心させてやりたかった。

しかし、それでは嘘をつくことになる。夜のあいだにノッティンガムシアを過ぎていた。父であるアレンデール卿の屋敷の上空も越えていたのだろう。テメレアの首のうろこを片手でさすり、声を抑えて言った。「もう地上から離れたほうがいいな。昼間は目につきやすい」

テメレアは押し黙ったまま、ふたたび空に舞いあがった。

それから七時間以上飛びつづけ、昼食時にロッホ・ラガン基地に到着した。テメレアは挨拶も警告もなく採食場に急降下し、囲い地から二頭の牛をつかみ取った。あまりの早業《はやわざ》に、牛は鳴き声をあげることさえなかった。テメレアは牛をつかんだまま、飛行訓練を見わたせる絶壁のテラスに舞いおり、牛に食らいついた。最初の一頭を呑みくだす前につぎの一頭にむさぼりつく。二頭ともまたたく間に平らげると、大きなため息をつき、げっぷを洩らし、かぎ爪を丹念に舐めて血や肉の汚れを取り除いた。そのあとすぐにここへ来た目的を果たせなかったのは、テメレアとローレンスをよく知る一頭のドラゴンがこちらをじっと見つめているのに気づいたからだった。

ケレリタスは、温かな日差しを浴びてテラスに横たわり、半眼でこちらを見つめていた。テメレアがこの基地で訓練を受けてからまだ三年もたっていないのに、トレーニング・マスターはひどく老《ふ》けこんでいた。輝くようだった淡い翡翠《ひすい》色の斑紋は、熱い湯で洗った布のように色褪《いろあ》せ、黄金色の地は黒ずんだブロンズ色に変わっている。ケレリタスはかすれた咳をして言った。「おまえは、また少し、体長が伸びたようだな」

「そうです。いまはマクシムスと同じくらいかな」テメレアは言った。「ちがうとしたって、そんなには負けてはいませんよ。それにぼく、セレスチャル種だったんです」テメレアは得意気に言い添えた。フランス軍来寇《らいこう》の脅威が高まった一八〇五年、テメレアとローレンスは、イギリス海峡の防衛任務に就くため、この訓練施設をあとにした。その時点では、テメレアの本当の種も、〝神の風《ディヴァイン・ウィンド》〟という特異な能力もまだ明らかではなく、種はインペリアルだと見なされていた。インペリアルも珍しい種にはちがいないのだが、セレスチャル種ほど稀少《きしょう》ではない。

「それは聞いておる」ケレリタスが言った。「ところで、なぜここにいる？」

「ふふん」テメレアが口を開いた。「それは、ええと……」

ローレンスはただちにテメレアからおりて、前に進み出た。「お久しぶりです、ケレリタス。わたしたちは、たったいま、薬キノコに関する用件で、ロンドンからやってきました。お尋ねしますが、薬キノコはどこに保管されているのでしょう？」正面突破で行くしかないと、テメレアと事前に打ち合わせていた。しかし、どう見ても、テメレアはひるんでいる。

ケレリタスが鼻を鳴らした。「まるで卵を扱うように手厚く面倒を見ておるぞ。地下だ。浴場のなか」一拍おいてつづける。「キャプテン・ウェクスラーが食堂にいるはずだ。彼がいま、この基地の司令官を務めておる」そう言って、テメレアのほうをちらりと見た。

テメレアは尻を落として犬のようにすわっていた。ローレンスはここにテメレアだけを残していきたくなかった。嘘をつく疚《やま》しさを満々とたたえたテメレアを、彼のかつてのトレーニング・マスターの鋭い炯眼《けいがん》にさらしておくのは、このうえなく危険だった。ケレリタスはクルーが同乗していない理由をすぐに問いはじめるだろう。嘘をつくのがなによりも苦手なテメレアが、この計略のことを隠しつづけていられるものだろうか。

しかし、かぎられた時間のなかでは計画を前に進めるしかなく、ローレンスは奇妙な感覚にとらわれながら基地の通路を歩いた。今回は古巣に戻ってきたのであり、よそ者としてはじめてここに来たときとはちがう。しかし、大食堂から反響しながら聞こえてくるにぎやかな話し声には、遠くの大瀑布《だいばくふ》のとどろきのように霞《かすみ》がかかっており、歓迎されながら、同時に閉め出されているような、すでに自分はここから切り離された存在なのだという思いを強くさせた。通路に使用人の姿が見えないのは、食事時で給仕《きゅうじ》に忙しいからなのだろう。一度だけ、きちんとたたんだナプキンをかかえた少年とすれちがったが、彼はローレンスをちらりと見ただけだった。

キャプテン・ウェクスラーのところへは行かなかった。命令書も事前の通達もないのだから、どんな言い訳をしたところで疑われるのが落ちだ。司令官の所在は尋ねず、直接、地下浴場におりる湿っぽく狭い階段に向かった。階段をおりて脱衣場に入ると、すみやかにブーツと上着を脱ぎ、剣とともに壁の棚に置いた。シャツとズボンは身につけたまま、タオルだけ持って、広いタイル張りの蒸し風呂に入った。数名の人影がぼんやりと見えるが、居眠りをしているのか、ほとんど動かない。蒸気が立ちこめるなかで、顔を判別するのはむずかしかった。

ローレンスはすみやかに目当てのものに向かった。話しかけてくる者は誰もいなかったが、蒸し風呂の奥のドアまであと少しというとき、タオルを顔に乗せて壁面のベンチに横たわっている男がタオルを取り去った。ローレンスはその男を知らなかった。年季の入った空尉か、それとも若いキャプテンか、それさえわからない。その男の濃い口ひげの端から水滴が落ちていた。「すまないが」と男は言った。

「なにか?」身構えて尋ね返す。

「そこを抜けていくつもりなら、すぐにドアを閉めてくれないか」

なんのことかわからなかったが、つぎの大きな浴室に通じるドアをあけたとたん、薬キノコとドラゴンの糞《ふん》の混じり合った強烈な臭気が襲いかかってきた。ローレンスは手早くドアを閉め、片手で鼻を覆い、口で呼吸した。人影はほとんどなかった。縦に長い部屋の一方の壁に等間隔でくぼみがあり、そのひとつひとつに、てらりとした輝きを放つドラゴンの卵が、鉄格子に守られておさまっていた。くぼみの下の床には、黒い土を満たした大きな桶《おけ》がいくつも置かれている。土の上にぽつぽつと散った赤褐色の粒は、ドラゴンの排泄物を利用した肥料で、土のなかからは、丸いボタンのような薬キノコが顔をのぞかせていた。

見張りとして、どう見ても経験の浅い二名の海兵隊員が立っていた。退屈そうな顔が、部屋の熱気で軍服に負けないくらい赤らんでいる。白のズボンには、汗で流れ落ちた染料の赤い筋がついていた。彼らは、なんでもいいから気晴らしがほしいという目で、ローレンスを見つめた。ローレンスはうなずきの挨拶を返して言った。「ドーヴァー基地から来た。まだ薬キノコが必要なので、その桶をひとつもらっていきたい」

海兵隊員は疑わしげな顔になり、返事をためらった。先に口を開いたのは、年上のほうだった。「それには承服しかねます。司令官殿より直接の命令がないかぎりは」

「では、特例にしてもらいたい。任務を受けるとき、そのようなことは聞いていなかった」そう答え、今度は若い海兵隊員に向かって話しかけた。「なんなら、司令官のところへ行って確かめてくれないか。わたしはここで待っているから」

若いほうの海兵隊員が、ここを出ていけるという誘惑に即座に屈して、年上の男の怒りを買った。しかし年上の海兵隊員は、ベルトから鍵を吊るしており、鍵を持っている以上は持ち場を離れるわけにはいかないようだった。

ローレンスは、鉄製の扉がふたたび開くのを待ちながら、みずから指揮をとる軍艦がゆっくりと回頭するさまを思い描いた。舷側が敵艦と向き合い、その無防備な艦尾に大砲が狙いを定める。バンッと扉が閉まるのと同時に、同僚を妬《ねた》ましげに見送っていた男のうなじにパンチを放った。

男はよろめいて片膝をつき、ぽかんと口を開いてローレンスを見あげた。その機を逃さず、さらにきつい一発を見舞った。頬と顎を血で汚し、男はどさりと倒れて動かなくなった。ローレンスは荒い息をつきながら鉄格子の鍵穴に鍵を差しこもうとしたが、両手の震えがおさまるまでしばらく時間が必要だった。

桶にはさまざまな種類があった。半分に割った樽に土が満たしてあり、その多くは大きくて扱いづらかった。そこで、いちばん小さいものを選び、持ってきたタオルをかぶせた。タオルは浴場の蒸気のせいで熱く湿っていた。奥の扉からつぎの浴室に入り、円環になった浴室をつぎつぎに通過し、脱衣場まで戻った。脱衣場にはまだ人がいなかった。

しかし昼食時間はまもなく終わろうとしている。そろそろテーブルから離れる者もいるだろう。いつなんどきじゃまが入るかわからない。あの若い海兵隊員がなまけ者ではなく職務に忠実なタイプで、司令官のもとへすでに行き着いているとしたら、時間はそう残されていない。

ローレンスはブーツに足を突っこみ、湿ったシャツの上から乱暴に上着をはおり、桶を肩に担いで、階段を急いでのぼった。しかし、片手で手すりをつかむのを忘れなかった。慎重を期さねばならない。焦《あせ》ってなにもかも台なしにするのだけは避けたかった。階段をのぼりきったところで、階段ホールの隅に行き、乱れた衣服を整えた。桶を担いでいるとはいえ、服装に乱れがなければ、そう人目を引くこともないだろう。強烈な臭いはタオルだけでは防ぎきれないが、臭うのはその場ではなく、通り過ぎたあとだった。

食堂の喧噪《けんそう》は先刻より控えめになっていた。通路を歩いていると、話し声が前方から聞こえてきた。汚れた皿を大量にかかえたふたりの給仕とすれちがった。その通路の下方に、十字に交差するようにもうひとつの通路があり、ふたりの若い空尉候補生がドアからドアへ走っていくのが見えた。少年のように声をあげてはしゃいでいる。すぐに、また別の足音が聞こえた。重いブーツで駆ける音で、叫び声もする。が、前とは明らかに調子がちがった。

ローレンスはついに慎重さをかなぐり捨てて、走りはじめた。桶を担いでいるので思うように走れず、何度も桶の位置を直し、やっとのことで狭い通路からテラスに飛び出した。ケレリタスが濃い緑の目で、いったい何事かと問うようにローレンスを見つめた。その瞬間、テメレアが口を開いた。「ごめんなさい。ぼくがしゃべったことは全部嘘です。ぼくたち、フランスに行きます。ドラゴンたちを死なせたくないから。それでみんなに言ってください。ローレンスは、ほんとはこんなことしたくないんだって。なにもかもぼくがやると言い張ったことなんだって」息も継《つ》がず一気にしゃべりきると、テメレアはローレンスをかぎ爪でつかんで、宙に持ちあげた。

まさに間一髪《かんいっぱつ》だった。テメレアが飛び立つのと同時に、ローレンスを追いかけて、五人の男がテラスに飛び出してきた。警鐘《けいしょう》がけたたましく響き、テメレアがローレンスを首の付け根に移す前に、のろしが点火された。ドラゴンたちが基地の内庭から、立ちのぼる煙のように一群となって舞いあがった。

「だいじょうぶ?」テメレアが叫んだ。

「急げ、全力で飛べ!」ローレンスは答える代わりに叫んだ。竜ハーネスの革紐を手早く桶に巻きつけ、自分の座席の前に固定した。テメレアは速度をあげ、ぐいぐいと突き進んだ。しかし、追跡するドラゴンたちも負けてはいなかった。どれもローレンスが見たことのないドラゴンで、やけにほっそりしたアングルウィング種が先頭になり、数頭のウィンチェスター種がつづいている。彼らがどれほどの実力かはわからないが、テメレアに追いつけば、少なくともその飛行を乱して後続のドラゴンのためにチャンスをつくるぐらいはやってのけるだろう。

テメレアが言った。「ローレンス、高度を上げなくちゃ。寒くない?」

ローレンスは濡れそぼち、真昼の太陽が照りつけているにもかかわらず、飛び立つ前から体が冷えきっていた。「だいじょうぶだ」そう言って、革の上着を掻き合わせた。行く手の山脈は厚い雲に覆われていた。テメレアが雲に突っこむと、まとわりつく霧が、ハーネスの留め具や、蜜蠟《みつろう》と脂《あぶら》で手入れされた革やテメレアのつややかなうろこに、びっしりと水滴を結んだ。

追っ手のドラゴンたちは吼えながら位置を確認し合い、執拗《しつよう》に迫ってくる。テメレアは、均質な白い世界のなかを上昇しつづけた。後方にぼんやりと浮かぶ追っ手の影と、あちこちからくぐもって響く奇妙な叫びが、まるで幽霊に追いかけられているような気分にさせた。

そして突然、雲の層から抜け出した。眼前に青空が広がり、そびえ立つ白い頂が見えた。テメレアは頂にぎりぎり近づいたところで咆吼を放った。その巨大なハンマーのような一撃が、山肌を覆った厚い氷と雪の層を打ち砕く。ローレンスは竜ハーネスにしがみついた。体がぶるぶると震えるのをどうすることもできない。

テメレアが絶壁に沿ってほぼ垂直の急上昇を開始した。雲から飛び出した追っ手のドラゴンたちが、雪崩《なだれ》のすさまじい音に驚いて飛びすさる。が、それでも、雪崩は一週間分の吹雪《ふぶき》を一瞬に圧縮したような勢いで彼らに襲いかかった。ウィンチェスター種は甲高い叫びとともに、雀《すずめ》のように飛び散った。

「南だ、真南に向かえ！」ローレンスはテメレアに叫んだ。すでに山頂を越えて、追っ手をかなり引き離していた。しかし、海岸に至る長い直線上の道のりに、のろしがつぎつぎにあがりつづけるのが見えた。本来は敵の襲来を知らせるために焚《た》かれるのろしが、今回は逆方向に、ローレンスたちの行く手に向かって緊急警報を伝えていく。

警報を受け取ったあらゆる基地が、あらゆるドラゴンが、なにが起きたかは正確にはわからないままに緊急の警戒態勢に入り、テメレアの行く手をはばもうとするだろう。基地がある方角に飛ぶわけにはいかない。進路をさえぎられ、追っ手とのはさみ撃ちにされる。逃げ延びるには、防衛の網目が比較的ゆるい北海沿岸の——ただし基地のあるエジンバラ以外の――どこかから大陸に渡るしかない。ただし、疲弊しているテメレアが海を渡りきれるように、大陸との距離が近くなければならない。

夜はすぐそこだ。あと三時間で、逃亡者をかくまう闇が訪れる。あと三時間――。

ローレンスは顔を袖でぬぐい、風を避けるために身を低くした。

六時間後、テメレアがついに力尽き、地上におりるしかなくなった。スピードがじりじりと落ちて、計時器《クロノメーター》のように正確だった羽ばたきが乱れはじめた。地上を見おろしていたローレンスは、民家の明かりも羊飼いの焚き火やたいまつも見えないことを確認してから、声をかけた。「もう地上におりよう、テメレア。きみは休まなければ」

おり立ったのは浅い渓谷だった。エジンバラやグラスゴーよりかなり南下したことは確かだが、まだスコットランドか、もう少し南でも、イングランドの最北端ノーサンバーランドあたりだと思われた。近くに水の流れる音がしたが、疲れすぎていてさがすのはあきらめた。ローレンスはいきなり空腹を覚えて、乾パンをむさぼり、グロッグ酒を飲みきった。そして、テメレアの首の付け根に身を寄せた。テメレアは首も翼もだらりと伸ばし、横たわっていた。着地と同時に眠りに落ち、そのままこんこんと眠りつづけている。

ローレンスは真っ裸になって、湿った衣類をテメレアの脇腹に広げた。こうしておけばドラゴンの熱い体温で衣類が乾くだろう。あとは革の上着にくるまって眠るだけだった。山間《やまあい》の風は冷たく、体の芯《しん》に残った寒気がなかなか去っていかない。テメレアの体の内側でグルグルと音がした。体がぴくりと動き、また静かになる。早瀬の流れる音。小さな有蹄類《ゆうているい》が怯えて逃げる足音がする。しかし、テメレアは起きようとしなかった。

つぎに気づいたときは、朝になっていた。テメレアが口を真っ赤にして一頭の鹿に食らいついており、そばには一頭の死んだ鹿が置かれていた。テメレアは鹿をごくりと呑みこんで、すまなそうにローレンスを見つめた。「それ、食べられる？　ぼくが裂いてあげようか。それともあなたがナイフでやる？」

「いや、いい。全部食べてくれ。わたしはきみほど動いていない。食事が少々先になろうが、なんてことないさ」ローレンスは起きあがり、小川に近づいた。結局、きのう倒れこんだ場所から十歩も歩けば水があったのだ。小川で顔を洗い、衣類をテメレアの脇腹から引き取ろうとした。が、それらはテメレアによって日当たりのいい岩の上に広げ直され、すっかり乾いていたが、かぎ爪のせいでところどころ裂けていた。だが、丈の長い上着を着てしまえば、そんなに目立ちはしない。

テメレアが朝食を終えるのを待って、ローレンスは北海沿岸とヨーロッパ大陸の簡単な地図を描いてみせた。「ペナイン山脈から南は村落が多くなるから、ヨークより南下するのは危険だ。昼間ならすぐに見つかってしまうだろうし、夜だって安全とは言えないな。だからまずはスカーバラに近い海沿いの丘陵《きゅうりょう》に向かおう。そして夜間にこの丘陵を越えて、北海に出る。目指すは対岸のオランダだ。わたしたちを発見して襲いかかってくるほど、いまのあの国の警戒は厳重ではないはずだ。そして、オランダから海岸沿いにフランスに向かう。フランスだって、なんの警告もなく、いきなり砲撃するようなことはしないだろう。いや、そう願おう」

結局、裂けてしまったシャツは白旗として使うことになった。ダンケルク〔フランス最北端の港湾都市〕が近づくと、ローレンスはシャツを棒に結んで、テメレアの首もとの目立つ位置に掲げた。しかしそれでもテメレアが近づくや、ダンケルク港に停泊するフランス艦の甲板は、蜂《はち》の巣をつついたような大騒ぎになった。ただ一度の咆吼だけでヴァレリー号を沈めてしまった黒い竜の噂がこんな遠くまで伝わっているのだ。テメレアが大砲の射程より上空を飛んでいるのは明らかなのに、つぎつぎに大砲が放たれた。

　フランスのドラゴンたちが、ひと固まりになって襲いかかってきた。何頭かはすでに咳きこみはじめており、敵意を剝き出しにして、まったく聞く耳を持たなかった。ついにテメレアが雷鳴のような大音量で叫んだ。「やめろ！《アレテ》　こっちは攻撃してないだろ。《ジュ・ヌ・ヴゼ・パ・アタケ》いいから聞いてくれ。《イル・フォ・ク・ヴ・メクテ》ぼくらはきみたちに薬を届けにきた！《ヌ・ソム・ヴニュ・プル・ヴザポルテ・デ・メディカマン》」

最初に近づいてきた一群が、それについて思案するようにテメレアのまわりを旋回した。そのうち、ドラゴン基地からまた新たな一群が襲来し、挑むように吼えかかった。たちまち最初の一群とのあいだで混乱が生じた。キャプテンどうしがメガホンで呼びかけ合い、協議をはじめ、ついに信号旗が掲げられ、テメレアを地上に誘導しはじめた。テメレアの両脇に六頭、前後にも数頭のドラゴンが、儀仗兵《ぎじょうへい》のように付き添った。広々とした草地におり立つと、フランスのドラゴンたちは警戒してじりじりと後ずさり、地上におりようとする飛行士たちの身を案じるつぶやきを洩らした。

　ローレンスは竜ハーネスから薬キノコの桶をはずし、自分の搭乗ベルトの留め具も解いた。フランス軍兵士たちが早くもテメレアの両脇から竜ハーネスをよじのぼってきた。ローレンスが立ちあがるより早く、ピストルが突きつけられた。「降服しろ」若い空尉が目を鋭く細め、きついなまりのある英語で言った。

「もうしている」ローレンスはうんざりして薬キノコの桶を若い空尉に突き出した。空尉はその強烈な臭いにたじろぎつつも、まじまじと桶を見つめた。「これを薬にすれば治る。ドラゴン風邪《ラ・クリプ・デ・ドラゴーン》が」ローレンスは、咳をしているドラゴンを指差した。

桶は疑り深げな顔をした兵士たちに受け取られ、貴重な宝物というほどではないが、そこそこに丁重な扱いで運ばれていった。キノコの桶が手もとから離れたとき、ローレンスを襲ったのは不安感ではなく、激しい疲労感だった。いつも以上に不器用に竜ハーネスを手探りしながらテメレアからおりようとしたが、最後は手が滑って、五フィートほど落下した。

「ローレンス！」テメレアがあわててローレンスのほうへ首を寄せようとしたが、別のフランス軍士官が前に進み出て、ローレンスの腕をつかみ、立ちあがらせた。士官はローレンスの首にピストルをあてがった。冷たい銃口と、そこに付着した火薬のざらっとした感触が首筋に伝わってくる。

「だいじょうぶだ」ローレンスはそう言いながら、咳きこみそうになるのをこらえた。ピストルに余計な振動を与えたくなかった。「だいじょうぶだ、テメレア。きみは心配しな――」

それ以上言うことは許されなかった。八方から手が伸びてきて、ローレンスはがっちりと動きを封じられ、半ばかかえられるように草地を横切り、身構えて並んでいるドラゴンたちのほうへ連行された。引き立てられていくローレンスを見て、テメレアが抗議するように言葉にならない低い叫びをあげた。

17　聖ミカエル祭が来るころに

ローレンスは、ダンケルク基地の息苦しくなるような蒸《む》し暑い独房で一夜を過ごすことになった。壁の上部に閑散とした閲兵場に面した鉄格子の小窓があったが、そこからは土ぼこりしか入ってこなかった。与えられたものは、わずかな薄い粥と水、ベッド代わりのわずかな敷き藁だけだった。ポケットにはわずかな金が入っていたが、金ほしさに便宜《べんぎ》をはかってやろうという看守はひとりもいなかった。

看守たちから身ぐるみ剝がされることはなかったものの、賄賂《わいろ》はいっさい通用しなかった。返ってくるのは冷ややかな怒りのまなざしと、俗語交じりの低いつぶやきばかりで、向こうは理解できると思っているのかもしれないが、ローレンスのフランス語の理解力には限界があった。どうやら、竜疫《りゅうえき》に関する情報が、その苛烈《かれつ》な症状や感染力の高さについてまで、この地に伝わっているようだ。

とすれば、容赦《ようしゃ》ない看守の態度にも納得がいった。義足だったり片腕がなかったりする看守たちは、引退した飛行士や地上クルーであり、この仕事は軍艦におけるコックのように、いわば戦闘に加われなくなった者たちにとっての名誉職になっていた。しかし、ローレンスの海軍時代の経験からすると、たとえ敵が相手であろうが、金さえ渡せば一杯のスープを売るのを惜しむコックはひとりもいなかった。竜疫をもたらしたことで、英国人は彼らにとって悪魔のごとき存在に変わってしまったにちがいない。

しかし、そんな怒りを浴びることも個人的には苦ではなかった。そもそも、それについて考えをめぐらす心の余裕もなかった。賄賂が効かないとわかると、汚れた藁に体を横たえ、革製の上着にくるまり、夢も見ずに泥のように眠った。そして、看守が朝食の粥を運ぶガチャガチャという音で目覚めた。四角い小窓から日が差しており、床の小さな日だまりが鉄格子の影でさらに小さな四角に仕切られていた。ローレンスはふたたび目を閉じた。起きあがるのも食べるのも億劫《おっくう》だった。

しかし、午後になると乱暴に揺さぶられ、無理やり起こされて、別の部屋に移された。横長のテーブルの向かいに険しい顔つきをした上級士官がずらりと並び、ローレンスを厳しく取り調べた。キノコの性質、竜疫の実態について。もしキノコがほんとうに薬なら、なぜその治療法をフランスにもたらそうとしたのか。同じ答えを繰り返させられ、不慣れなフランス語にもたついていると、もっと早く話せと急《せ》かされた。そこで少し早口になると、士官たちは言葉の間違いを容赦なく問い詰めた。まるでネズミの命が尽きるまで口にくわえて振りまわす犬のように。

しかしそんな扱いを受けながらも、ローレンスは、英国が新たな策謀の手先として自分を送りこんだにちがいないとフランス側が疑うのも無理からぬことだと考えた。疫病に感染したドラゴンを送り返しておきながら、その蔓延《まんえん》を阻止するためにやってきたなどと言っても、信じてもらえないのは当たり前だ。しかし、理屈では納得していても、実際の厳しい尋問に耐え抜くのは容易ではなかった。そのうち質問内容はイギリス海峡における戦列艦の配備やドーヴァー基地の戦力にまで広がり、最初は疲労のあまり条件反射で答えそうになったが、はっとわれに返って言葉を呑みこんだ。

「敵国のスパイとして縛《しば》り首にされる覚悟はあるのだろうな」ローレンスが返答を拒むと、士官のひとりが冷ややかに言った。「きみは国旗も持たずにやってきた。軍服も身につけず――」

「わたしは自分のシャツを掲げて白旗としました。もし、この恰好《かっこう》がお気に召さないなら、別のものを用意していただけるとありがたい」こんなことを言えば、与えられるのは服ではなく鞭《むち》だろうと思いつつ言った。「ただし、フランス人になるよりは、英国人のスパイとして縛り首にされるほうを望みます」

ふたたび独房に返されると、冷えきった粥を黙々と口に運び、小窓から殺風景な景色を眺めた。怯えてはいないが、疲れきっていた。

こうして取り調べが一週間つづいた。フランス側の態度は、取り調べが進むにつれて、怪《あや》しみながらも、当初の疑惑から少しずつ一種の感謝へと変化していった。取り調べと並行し、ローレンスの持ちこんだキノコによる投薬実験が行われて成果をあげていた。だがそれでも、フランス側は、なぜローレンスがこのような行動に出たのか突きとめようとした。ローレンスは、ドラゴンたちの命を救うために治療法を伝えにきたのだと再三伝えたが、彼らはそのたびにこう尋ねた。「それはわかった。だがなぜだ?」

それ以上はなにも答えられないローレンスを前にして、取り調べ官たちは、この男は英雄願望に取り憑《つ》かれたドン・キホーテなのだという考えに傾いていった。ローレンスはそれについて議論するつもりはなかった。そのころになると、看守の態度がやわらぎ、パンや、ときには鶏の煮こみを金で都合してくれるようになった。

そしてとうとう一週間後、足枷《あしかせ》付きで戸外に連れ出され、テメレアと会うことを許された。テメレアは基地の宿営で、丁重に扱われていた。テメレアとさほど大きさのちがわないプティ・シュヴァリエ〔小騎士〕種が一頭、哀れにも鼻水をぼとぼとと地面に垂らしながら見張りについていた。小さな桶一個分のキノコでは、当然、竜疫に感染したすべてのドラゴンを治療するわけにはいかない。

キノコの一部がブルターニュ地方のキノコ専門農家に託されて栽培が進められてはいたが、すべてのドラゴンに薬キノコが行きわたるのは数か月先だということだった。そのあいだに竜疫はさらに拡大するかもしれないが、英仏の対立関係が治療薬をそれぞれの同盟国に伝える推進力となり、薬キノコの栽培者が増えれば、彼らが欲得ずくで新たな土地へキノコをもたらすことになる。ローレンスとしてはそう期待するしかなかった。

「ぼくはだいじょうぶだよ」テメレアは言った。「ここの牛は旨いなあ。そのうえ、みんな親切で、ぼくのために肉を焼いてくれたんだ。そしたら、ここのドラゴンたちも料理されたものを食べてみたいって言い出して……。ほら、あのヴァリディウスが」見張りのプティ・シュヴァリエ種のほうを首で示して言った。「いいことを思いついて、ワインで牛を煮こんでもらったんだ。ワインで煮るとこんなにおいしいなんて、考えてみたこともなかった。あなたはいつもワインを飲んでいるのにね。やっとぼくにもわかったよ。ワインって、すっごくいい香りがするんだ」

この二頭の食欲を満たす牛を煮こむのに、いったいどれほどのワインを使ったのだろう。もしかすると、ワインの当たり年ではなかったから、大量に注ぎこんだのか。テメレアたちがワインを料理に薄めて使うのではなく、蒸留されたブランデーを飲んでみようという気を起こさないように、ローレンスは心ひそかに願った。「きみが快適に過ごしているようで、わたしもうれしい」ローレンスはそう答え、自分の待遇《たいぐう》への不満は口にしなかった。

「それにね」と、テメレアがいささか得意気に付け加えた。「ここのドラゴンが、ぼくの卵をねだるんだよ。それも五頭も、つぎつぎに。みんな重量級のドラゴンで、そのうちの一頭は火噴きだった。でも、断ったよ」いかにも残念そうだ。「卵が産まれたら、みんなでフランス語を教えるだろうし、大きくなったら、英国にいるぼくの仲間と戦うことになるだろうからね。そこまでぼくが考えてることに、みんな驚いてたけど」

テメレアが語っているのは、ローレンス自身が直面している問題と同工異曲《どうこういきょく》だった。ローレンスにとって問題がより深刻なのは、英国をみずから裏切っておきながら、なぜフランス側に寝返らないのか、としつこく問われている点だ。テメレアがこの環境に満足しているようすを見てうれしかったし、その気持ちに偽《いつわ》りはなかったが、独房に戻ると、気持ちが鬱《ふさ》いだ。テメレアは、ここにいても英国にいるときと同じように幸せそうだ。いや、もしかしたら、もっと幸せなのか……。

「シャツとズボンが手に入れば、ありがたく思います」ローレンスは言った。「わたしの財布でそれをまかなえるならですが。ほかにはなにも望みません」

「どうか服はこちらで用意させてください」ド・ギーニュが答えた。「すぐに、あなたのために別の部屋を用意させましょう。まったく、お恥ずかしいかぎりです」ド・ギーニュが険しい表情で背後を振り返ると、扉の窓越しにのぞきこんでいた看守たちが後ずさった。「あなたのようなお方に、こんな無礼な扱いを」

ローレンスは一礼した。「ご親切に感謝します。この待遇《たいぐう》に不満はありません。それより、わたしのためにはるばる遠くから足を運んでくださり、痛みいります」

ド・ギーニュと以前に会ったのは、中国宮廷における宴席だった。ド・ギーニュはナポレオンの全権大使として、ローレンスはイギリス国王の外交使節団の一員として、中国に派遣されていた。敵にはちがいなくとも、ド・ギーニュには出会いのときから敵とは思えないなにかがあった。ローレンスは知るよしもなかったが、このフランス紳士は、自分の甥《おい》が〈ドーヴァーの戦い〉でテメレアへの斬りこみに失敗したとき、ローレンスのおかげで命拾いしたことを伝え聞いており、出会う前からローレンスに好意を寄せていた。そんな事情もあって、ド・ギーニュとの個人的な関係は、最初からどこか友情めいたものを含んでいた。

それにしても、はるばるダンケルクまでやってくるとは、なんという思いやりだろう。ローレンスは、自分がテメレアの従順を保証する担保であるだけで、捕虜としてはさして価値がないことを知っていた。それに、ド・ギーニュは公務に追われる身ではないだろうか。彼は中国宮廷を味方につけるという当初の目論見《もくろみ》には失敗したが、帰国に際してリエンをナポレオンのもとに導くという、外交官として著《いちじる》しい手柄を立てた。それによって、察するところ、外務関係の非常に高い地位に出世したようだ。

来訪者があると聞いたときは、その役職よりむしろ名前のほうに反応したために、どんな役職なのかは定かでないが、目の前にあらわれたド・ギーニュは、みごとな指輪をいくつもはめて、優美な絹の衣服をまとい、その栄華を匂わせていた。

「あなたにご不便を強《し》いたことにはお詫びの言葉もありません」ド・ギーニュは言った。「そして、ここに来たのは、わたし個人の友情を示すのみならず、あなたに対してフランス国家の謝意が充分に伝わるようなおもてなしをすることを、皇帝陛下の名をもって保障するとお伝えするためでした。あなたはそれに値する人なのですから」

ローレンスはなにも答えなかった。自分の行為に褒美《ほうび》をもらうぐらいなら、いっそこのまま独房で、足枷を付けられ、裸に近い恰好のまま、ひもじさに耐えているほうがましだった。そう言えればどんなによかったか。

しかし、テメレアの運命を思って言葉を呑みこんだ。この国には、感謝の念などみじんもいだかず、ただひたすらローレンスとテメレアを憎む存在が少なくともひとり、いや一頭いる。リエンだ。リエンなら、テメレアが苦しむさまを喜んで眺めることだろう。彼女はナポレオンから厚い信頼を得て、つねに彼のそばにいる。皇帝のお墨付《すみつき》が出ることで、彼女の悪意からテメレアを守れる可能性が少しでも増すのなら、ローレンスとしてはそれを軽んじるわけにはいかなかった。

皇帝の威光が効果をあらわし、ド・ギーニュが立ち去るや、ローレンスはただちに上階の美しい小部屋に移された。簡素な造りの部屋ながら、窓からはにぎやかに船が集う港を一望できた。その午前のうちに、シャツと半ズボン――上質のリネンとウールが絹糸で仕立ててあった――が真新しいストッキングや下着とともに届けられた。午後には、ローレンスの傷んで染みだらけの上着に替わる、すばらしい上着が届いた。上着は黒革製で、裾《すそ》はブーツの上端が隠れるほど長く、円い金ボタンは純金製ゆえに微妙にいびつな形をしていた。

パリに移動するために再会した朝、テメレアはローレンスの新しいいでたちを褒《ほ》め称えた。この旅に関してテメレアの唯一の不満はローレンスを乗せて飛ぶのを許されなかったことだけで、それ以外は自分とローレンスの待遇の変化に満足しているようだった。ローレンスを乗せることになった小柄なプ・ド・シエル〔空の虱《しらみ》〕種の雌ドラゴンは、テメレアから、このドラゴンがふらちな考えを起こしてローレンスをさらっていくのではないかと疑うような目でにらみつけられ、震えあがった。

しかし、ローレンスを牢獄《ろうごく》から解放しても、テメレアといっしょにしなかったのは、賢明な策だった。もしいっしょにすれば、テメレアは同行のドラゴンたちが追いつけないほどスピードを上げていたにちがいない。そうでなくとも、ほかのドラゴンは呼吸が荒くなっていた。テメレアは突発的に猛スピードで飛んで彼らを引き離し、しばらくして引き返してくると、プ・ド・シエル種の横にぴったりつけて、ローレンスに話しかけた。そんなわけで、すでに竜疫の初期症状が出はじめている同行のドラゴンたちは、セーヌ川が見えてくるころにはへとへとになっていた。

ローレンスは、対仏戦争の束の間の休戦時期に、一度だけパリを訪れていたが、ドラゴンに乗って上空からこの都市を見おろすのははじめてだった。上空から眺めてみると、パリの著しい変化が手に取るようにわかった。中世の古い小路《こうじ》がつぶされ、街の中心を貫く一本の大通りが建設されつつあった。半分以上が未舗装《みほそう》ながら、大通りはシャンゼリゼ通りからつづく一本の直線として、チュイルリー宮殿を過ぎ、バスティーユ監獄まで伸びていた。道幅は北京の紫禁城《しきんじょう》前に広がる巨大広場の半分ほど、長さはそれよりはるかに長い。この新たな道と比べると、シャンゼリゼ通りがのどかな田舎《いなか》道に見える。多数のドラゴンが工事半ばの大通りの上空を飛び交い、大量の敷石を運んでいた。

エトワール広場には、木製の足場が組まれ、途方もなく大きな門が建造されつつあった。セーヌ河岸では新たな堤防工事が進められ、街なかでは地面が大きく掘り返されて、玉石と漆喰《しっくい》造りの下水渠《げすいきょ》がつくられている。街外れに塀で囲まれた巨大な建物があり、香ばしい匂いが立ちのぼり、そのかたわらの広場で何頭かの牛がまるごと串焼きにされていた。ドラゴンがそのひと串をトウモロコシのように持って食べているのが見えた。

セーヌ右岸に建つチュイルリー宮殿より四分の一マイルほど川下に、ヴァンドーム広場まで迫るほど大きなドラゴン舎があった。大理石をおもな建材として、古代ローマの神殿に似ているが、それよりさらに大きい。ドラゴン舎の前には芝生の広場があり、その木陰《こかげ》にリエンが体を丸めてまどろむ姿が見えた。上空から見ると、リエンの姿は庭にいるほっそりした白い蛇のようだが、その体色ゆえに、彼女から礼儀正しく距離をおいて散らばるドラゴンたちとははっきり識別できた。

ローレンスの一行は、リエンの眠っている庭園ではなく、チュイルリー宮殿の前の広場におり立った。そこにも、急ごしらえながら、テメレアたちを出迎えるために木材と帆布でドラゴン舎が築かれていた。ローレンスはテメレアのようすを確認する余裕もなく、ド・ギーニュに腕をとられ、宮殿のなかに導かれた。ド・ギーニュはほほえんでいたが、がっちりと腕をつかんで放さず、周囲の護衛兵たちはマスケット銃を持っていた。つまり、栄誉をもって客として迎えられてはいるが、身分はまぎれもなく捕虜なのだ。

ローレンスのために用意されていたのは、一国の王子が使うようなみごとな一室だった。目隠しをされて部屋をさまよっても、しばらくは壁にぶつからずに歩きまわれるにちがいない。狭い場所に長く閉じこめられていた身にとって、その広さは快適よりもむしろ腹立たしさを覚えるものだった。室内便器から鏡台までの長い距離がわずらわしく、ベッドはやわらかすぎるし、天蓋《てんがい》からさがる贅沢なカーテンも厚い上掛けも、この季節には暑苦しかった。壁画の描かれた高い天井《てんじょう》の下にぽつんと立つと、舞台で笑いものにされる大根役者になったような気がした。

身を落ちつける場所をさがして、部屋の片隅にある書き物机の前にすわった。上板《うわいた》を持ちあげると、紙と上質のペンとインク壺《つぼ》があり、インク壺の蓋《ふた》をあけると、なかは新しいインクで満たされていた。ローレンスはゆっくりと蓋を閉めた。返信すべき用件が六件あったが、それらの手紙をしたためることはもうないだろう。

夕闇が深まりつつあった。窓辺に近づくと、色鮮やかなランタンで照らされた、川岸のドラゴン舎が見えた。召使いたちはすでに引きあげており、リエンがドラゴン舎の入口階段の上に横たわっていた。翼をたたんで川面《かわも》に映る明かりを見つめる姿が、影絵のように浮かびあがっている。ふいにリエンが頭をあげた。ひとりの男が庭園の通路を歩いて、リエンのほうに近づいていく。彼に付き添う護衛兵の軍服をランタンが赤く照らし出した。男は護衛兵を下に残し、ひとりで階段をのぼった。

翌日、朝食のあとに、ド・ギーニュがあらわれた。前日と同じ親切と愛想を満面にたたえて、ほどほどの警護をつけてローレンスを散歩に連れ出し、テメレアと対面させた。テメレアは目覚めており、いくぶん不安そうにしっぽを揺らしていた。「彼女がぼくに招待状を送ってよこした」ローレンスが腰をおろすや、テメレアは憂鬱《ゆううつ》そうに言った。「なにを考えてるんだろう。彼女に会いにいって、話をするなんてまっぴらだよ」

巻紙に中国語の流麗《りゅうれい》な筆跡で記された招待状は、赤と金の飾り房付きの紐で縛られていた。文面は簡潔に、〝七柱の竜舎でロン・ティエン・シエンと暑気払いのお茶の時間を持ちたい〟とだけ告げていた。「礼儀にかなった申し出のように思えるんだが……。もしかしたら、リエンは調停を結びたがっているんだろうか」ローレンスはそうは言ったが、信じがたい気持ちもあった。

「ありえないよ」テメレアが陰鬱な声で返した。「行ったところで、まともなお茶が出されるとは思えない。少なくとも、ぼくにはね。でも、口をつけなきゃ無礼なふるまいになるから、飲まなくちゃならないだろうし。それとも、うまい言葉でぼくを信用させようっていう魂胆《こんたん》かな。ぼくのいないときを見計らって、あなたに刺客《しかく》を送りこんでくるかもしれないよ。ローレンス、ひとりでどこへも行っちゃだめだ。襲われたときは、大声でぼくを呼んで。あなたを助けるためなら、あんな壁ぐらい、すぐに壊してやる」ド・ギーニュがぎょっとした顔になり、ドラゴン舎の横にそびえたつチュイルリー宮殿の堅牢そうな石壁をちらりと見た。

「このわたしが請け合います」ド・ギーニュは落ちつきを取り戻して言った。「あなたがたが、わがフランスに示してくださった寛大な計らいに感じ入らない者は、ひとりとしていません。マダム・リエンは、あなたがたが持ちこんだ薬キノコの処方を真っ先にお受けになり――」

「ふふん」テメレアがいかにも不快そうに返した。

「――全フランス国民とともに、あなたがたを心から歓迎なさっています」

「笑止千万《しょうしせんばん》！」と、テメレアが言った。「そんなこと信じられないよ。彼女がどう思おうが、ぼくは彼女のことが好きじゃない。お茶の招待は引っこめてもらいたいし、あのドラゴン舎に行く気もないよ」低い声で言い、苛立たしげにしっぽをぴしりと地面に打ちつけた。

ド・ギーニュは咳払いしただけで、それ以上テメレアを説得しなかった。「しかたありません。ともあれ、明朝、皇帝陛下がじきじきに、あなたがたに謝意を伝えたいとおっしゃっています。あなたがたの処遇が貴国との戦争に左右されることを、陛下はたいへん残念に思っておられます。あなたがたを捕虜にしたくない、盟友《めいゆう》として迎え入れたいというのが陛下のお考えなのです」

ド・ギーニュは、この意を汲んでくれと言わんばかりにローレンスを見つめた。選べる立場にありながら、虜囚《りょしゅう》の身に甘んじるのはやめろ、と言いたいのだろう。ド・ギーニュの話しぶりが実務的になるのも、この男の人情味の裏返しなのかもしれなかった。受け入れるのなら、こちらはただうなずくだけでよい。しかし、ローレンスは顔をそむけて、苦々しさを押し隠した。

ところが、テメレアはずけずけと言った。「ぼくらを捕虜にしたくない？　だったら、皇帝なんだから、自分の望みどおり、ぼくらを解放すればいいじゃないか。言っておくけど、ぼくらはあなたがたのために、祖国の仲間と戦うつもりはありませんよ。あなたがたがたくらんでいるのが、そういうことならね」

ド・ギーニュが怒りの片鱗《へんりん》も見せず、笑みを返した。「皇帝陛下によって、あなたがたが不名誉な行為を強いられることは、けっしてありません」ありがたき温情ながら、それをナポレオンに期待するのは、同じものを英国海軍省委員会諸卿に期待するのと大差ない。つまり、はなから無理だ。ド・ギーニュがさっと立ちあがる。「わたしはこれで失礼します。キャプテン、あなたを、ラサール軍曹とその部下が食事の間《ま》までご案内します。もちろん、あなたがたがお話を終えられたあとで」彼はそう言うと、ローレンスとテメレアだけを残して立ち去った。自分の提言についてよく考えさせようという配慮にちがいない。

ローレンスもテメレアも、しばらくはなにも言葉が出なかった。やがて、テメレアがかぎ爪で地面を掻きながら切り出した。「ここに、とどまれないかな」半ば恥じ入るように言った。「戦わなくてもいいんでしょう？　もちろん、中国に戻ることもできるけど、それではヨーロッパになにもかも残していくことになってしまう。ここにいても、ぼくはぜったい、あなたをリエンから守ってみせるよ。そして、あの道路をつくる仕事に就《つ》いてもいい。本を書くことだってできるかもしれない。ここでは散歩ができる。自由に庭園を歩けるし、道を歩けるし、人間たちと出会えるし……」

ローレンスは両手を見おろした。もちろん、そこに答えなど書いてあるわけがないのに。テメレアを悲しませたくなかった。苦しめたくもなかった。しかし、今回の計画に身を投じたときから、自分がそのあとどうするかは決めていた。

ついに意を決して、静かに告げた。「愛しいテメレア、きみはここにとどまってくれ。そして、自分の望む仕事に就いてくれ。もし、きみが望むなら、ナポレオンはきみを中国まで送り届けてくれるだろう。しかし、わたしは、英国に帰らなければならない」

テメレアがはっとたじろぎ、ためらいがちに言った。「でも、帰ったら、あなたは縛り首に――」

「そうだ」

「いやだ。ぜったいに、いやだよ。ローレンス――」

「わたしは反逆罪を犯したんだ」ローレンスは言った。「そのうえに、卑怯者という罪を上乗せしたくない。きみを盾《たて》にして、罪の償《つぐな》いから逃げたくない」テメレアがなにも言わずに震えていた。そんなテメレアを見るのはつらかった。「自分のしたことを悔いてはいない」心を落ちつけて言った。「軍事裁判を受けなければ、死なずにすむかもしれないが、わたしは裏切り者として生きていくつもりはない」

テメレアはぶるぶる震えながら身を引き、尻を落としてすわった。そのまま庭園にうつろな目を向け、動こうとしない。「もし、ここにとどまれば――」ローレンスは覚悟して言った。「すべては欲得ずくだったと言われるだろう。この国で、あるいは中国で、裕福に暮らしたいがために、薬キノコをこの国に持ちこんだのだと。あるいは臆病ゆえに、ナポレオンが戦争に勝つと見越して、戦いを放棄したのだと。海軍省委員会のあのお歴々は、自分たちの非などまったく認めない。彼らの犯した許されざる罪を、わたしたちが、わたしたちの幸福を犠牲にして正したなどとは、よもや考えるはずもない」

魂《たましい》に突き動かされたような帰国の決断を、ローレンスは言葉でうまく説明できなかった。いや、自分がしなければならないことを知るために、そんなものは不要だったとも言える。自分はこの決断をどう思われようが気にしない、とテメレアに伝えた。「どう思われるかは、もうわかっている。それを変えられるとも思わない。それを気にするようなら、最初からフランス行きなど考えなかった。罪を軽くするための政治的駆け引きではないんだ。そうしなければならないと思うから戻る。もし、それによって、わずかなりとも名誉が保てるのなら」

「ぼくには名誉のことはよくわからないよ」テメレアは言った。「でもね、自分の仲間の命は大切に思ってる。海軍省委員会のやつらは恥知らずだ。自分たちがどんなにひどいことをやったか、まるで理解していない。そして、ずっと理解できないんだろうな、あいつらには。でも、ほかの人ならわかってくれるかもしれないよ。あいつらが都合よく自分たちのやったことを闇に葬り去ってしまわなければ」テメレアは大きくうなずいて言った。「よし、わかった。ナポレオンにはこの国にはとどまれないってはっきり言おう。そしてもし、ぼくらを解放してくれないんなら、自力で逃げて帰れば――」

「それはいけない」ローレンスははっとして言った。「そんなことをしても、意味がない。それくらいなら、きみは中国に行ったほうがいい。きみが英国に戻ったところで、繁殖場に放りこまれるのが落ちだ」

「ふふん！　いいさ！　そんなことしたって、逃げてやる。でも……あなたは逃げられないね。あなたは、ぼくのために決行してくれたのに……。ぼくのためでなきゃ、あなたは今度のことに首を突っこまなかったでしょう？」テメレアは問うまでもないという顔をした。「当たり前だよね。だから、あなたに死刑を言いわたすなら、ぼくも死刑にしなきゃおかしいよ。ぼくだって有罪だ。あなた以上に有罪だ。ぼくを生かして、あなただけ殺すなんて、ぜったいにさせないよ。もしあいつらがぼくを処刑したくないって言ったら、国会議事堂の前に寝そべってやる。そしてあいつらが気を変えるまで、ぜったいに、動いてやらないんだ」

ローレンスとテメレアは、庭園を通って、巨大なドラゴン舎に案内された。付き添う皇帝《こうてい》近衛隊《このえたい》は、黒の筒型軍帽《シャコー》に軍服の青い上衣という華やかな姿だが、早くも汗をにじませている。リエンは川べりに横たわり、セーヌ川を行き交う船をおだやかに見つめていた。テメレアたちが近づくと、振り返り、無言で頭をさげた。テメレアがさっと身構え、喉の奥からうなりをあげた。

リエンがあきれたように首を振ると、テメレアが言った。「おまえなんかにたしなめられる覚えはないぞ。味方どうしみたいなふりをするのはまっぴら。ぼくは嘘をつきたくないんだ。わかったな!」

「嘘をつきたくない? おまえには、わたくしたちが味方どうしではないと、わかっているのだろう? もちろん、わたくしも承知だ」リエンが言った。「わかるものにはわかる。嘘などどこにもない。なのに、おまえは、その不作法《ぶさほう》なふるまいで、関係のないものまで巻きこもうとする。迷惑このうえない。おとなしくしていればよいものを」

言葉に詰まったテメレアは、ローレンスを守るように首を伸ばし、怯える近衛兵たちの頭越しに、出されたばかりのお茶の匂いを嗅ぎ、小馬鹿にしたようにふんと鼻を鳴らした。冷えたシャンパンも運ばれてきており、ローレンスはむしろそれをありがたく思った。セーヌ川からそよ風が吹き、大理石造りの壮大な空間は心地よく、どこからか石の上を水がさらさらと流れる音もする、ただし、午前の早い時刻だというのに、すでに汗がにじむほど気温が上がっていた。

兵士たちが気をつけの姿勢をとるなか、ナポレオンが庭園の道を抜けて近づいてきた。護衛兵の一団と秘書官たちを引き連れており、歩きながらも手紙を口述し、秘書官のひとりに書き取らせている。手紙の締めくくりの言葉とともに階段をあがり、顔を正面に向けると、護衛兵が左右にさっと分かれて道をつくった。ナポレオンはローレンスの肩をつかみ、その両頰に彼の頰を寄せた。

「皇帝陛下」ローレンスの声は、はからずも勢いをなくした。かつて一度だけ、イエナの土地一帯を山頂から見おろすこの男を、灌木《かんぼく》の茂みからのぞき見たことがあった。そのとき、この男の尋常ならざる集中力と、獲物を狙う鷹《たか》のごとき俯瞰《ふかん》のまなざしがもたらす、冷徹な予測に震撼《しんかん》したものだった。いま目の前にいるナポレオンに、そのときほどの集中力は感じられず、むしろ柔和《にゅうわ》な印象を受けた。かつて山頂で見たときよりも恰幅《かっぷく》がよくなり、顔も心なしか丸くなったようだ。

「こちらに来なさい。歩こう」ナポレオンはそう言うと、ローレンスの腕をとり、水辺のほうを振り向かせた。だが、いっしょに歩くことを求められているわけではなく、皇帝はローレンスの前をずんずんと歩き、ほとばしるような活力で、身振り手振りを交えて語りはじめた。「どう思うかな？　わたしがこのパリの街にしたことを」彼は大きく片手を振りあげ、雀のように空に群がって新しい街路建設のために働くドラゴンたちを示してみせた。「きみのように空からわたしの都市計画を見るチャンスを得た者はほとんどいない」

「すばらしいお仕事ぶりです、皇帝陛下」そう認めるしかないのは無念だが、ローレンスは正直に答えた。これは独裁的な専制君主だけがなしうる事業であり、前進のためには伝統をためらいなく打ち砕いてみせる――伝統はむしろ醜悪《しゅうあく》で不合理なものだと見なす――いかにもナポレオンらしいやり方だった。「この都市の誉《ほま》れをさらに高めることでしょう」

ナポレオンが満足げにうなずいた。「しかしながら、これは、わたしが推し進め、成し遂げつつある国家の理想を映し出す一枚の鏡にすぎない。わたしは、ドラゴンを恐れる者を許さない。臆病ゆえに恐れるのは嘆かわしく、迷信ゆえに恐れるのは愚かしい。恐れる理由がどこにある？　恐れるのはただの習い。それは、打ち砕かねばならない習いだ。なぜ、パリが北京に劣る街に甘んじねばならぬ？　わたしは、この街を世界でもっとも美しい理想の都市にしたいのだ――人にとっても、ドラゴンにとっても」

「立派なお志《こころざし》です」ローレンスは低い声で言った。

「そうは言うが、きみはわが志に与《くみ》する気はないのだな？」ナポレオンが鋭く斬りこんだ。ローレンスははっとたじろいだ。「きみは、ここにとどまることを拒み、傍観者になる道を選ぼうとしている。特権階級の少数者が動かす政府の腹黒いやり方を、その恥ずべき限界を知ってしまったにもかかわらず。それは今後も変わりようがない——」彼は説得ではなく、宣告するように言った。「富が国を動かす力であるかぎりは。国家にはある種の道徳観が、富と安寧《あんねい》のみを求めないある種の野心が礎《いしずえ》として不可欠なのだ」

ローレンスは、ナポレオンの政治哲学について深く考えてみたことはなかったが、それが人の自由と命を犠牲にしてまで栄光と権力を追求しつづける根拠になるかどうかは疑わしかった。しかし、その問題について議論するつもりはなかったし、そもそも、ナポレオンの独り語りに割りこんでいくのはむずかしかった。反論が、いや、反応がないことすら気にせず、皇帝は語りつづけた。哲学から、経済学、役人たちが動かす政府の無能と愚劣さに至るまで。

ローレンスの理解のおよぶ範疇《はんちゅう》ではなかったが、ブルボン王家の独裁体制と、彼自身の皇帝という立場のちがいが、哲学的見地から滔々《とうとう》と語られた。ブルボン王家の連中は、暴君で、たかり屋で、享楽《きょうらく》のために民衆の盲信を利用して権力を握りつづけ、国家になんの利ももたらさなかった。それに引き換え、皇帝となった自分は共和国の守護者であり、国家の従僕《じゅうぼく》であり……。

ローレンスは、大洪水に呑まれた小石のように耐えていた。そして、嵐が過ぎたところで、短く言った。「皇帝陛下、わたしは政治家ではなく、いち軍人です。哲学の教養もたいしてありません。しかし、祖国への愛ならあります。わたしは、クリスチャンとしての、人間としての本分を果たすためにここへ来ました。そして、いまは、祖国に戻ることがわたしの本分です」

ナポレオンが不愉快そうに、自分以外の者をすべて見下す独裁者のまなざしで、ローレンスをじろりとにらんだ。しかし、その表情をすぐに引っこめて一歩踏み出し、ローレンスの腕を力強くつかんだ。「きみは本分をはきちがえているな。国へ帰れば、命を落とすことになるぞ。それでもいいと言うかもしれないが、きみは自分がひとりではないということを忘れてはならない。きみは、きみのために命を削り、愛と信頼を捧げてきた一頭の若いドラゴンを担っている。妬みや利己心のかけらもない、そこまでの友を、そこまでの味方を、ひとりの人間が得るチャンスがどれほどあるだろう。いま、きみがあるのは、その友がいたからこそだ。考えてもみたまえ。もし、彼の心をつかむという幸運がなければ、きみはいまごろどこにいただろうか？」

おそらくは、海――。でなければ、故郷の家だ。イングランドにささやかな地所を持ち、妻がいただろう。かつて婚約者だったイーディス・ガルマン、いや、いまは別の男と結婚してイーディス・ウールヴィーとなった彼女が、四か月前に第一子を出産したと風の噂に聞いた。もし自分が彼女と結婚していても、いまごろ子どものひとりぐらいはいただろう。提督に至る出世階段の途中のどこかにいて、海上封鎖の任を受け、ブレストかカレーあたりの沖合を行ったり来たりしていたにちがいない。退屈だが、誰かがやらねばならない任務。大きな栄光を手にするチャンスはなくとも、反逆罪などとは月ほども遠い、地道で、つつましやかな人生。それ以外のものを求めたことも、期待したことも、一度としてなかった。

そんな人生からいまの自分は茫然《ぼうぜん》とするほど遠いところにいた。自分が思い描いた人生は、お伽《とぎ》ばなしの家のように、無垢《むく》で汚れを知らない、遠い霞《かすみ》のなかにあった。それがもはや手に入らないことを悔やんだとしてもおかしくはないだろう。いや、実際に悔やんでいた。ただ、その家の庭には、ドラゴン一頭が日差しを浴びて寝そべる広さもないのだろうけれど。

ナポレオンが言った。「きみは野心という病に冒《おか》されていない。それでけっこう。わたしは、きみに名誉の引退を授けよう。金を積んで、きみを侮辱するようなことはしない。ただ、きみと、きみのドラゴンの食い扶持《ぶち》を保証する。それと田舎の屋敷、家畜を何頭か。きみたちが望まないことは、なにも求めない」ローレンスは後ろに引こうとしたが、その腕を握るナポレオンの手に力が入った。「祖国に帰り、きみのドラゴンが囚われて、長期にわたる虜囚の身となったとき、きみは良心の呵責《かしゃく》に耐えられるだろうか？」彼はすかさず付け加えた。「きみが縛り首にされても、きみのドラゴンがそれを知らされることはないのだぞ」

ローレンスは、はっとひるんだ。ナポレオンは、袖をつかむ手を通してそれに気づいたにちがいなく、ローレンスの布陣に攻めこむように言葉をたたみかけた。「きみの名を騙《かた》って手紙を書くことを、英国政府がいやがると思うのか？　まさか。その手紙の文面をドラゴンに読んで聞かせるだろう。わたしは元気だとか、きみのことを思っているだとか、おとなしくしていておくれだとか、ほんの数行で充分だ。それだけで、鉄格子よりもたやすく、きみのドラゴンを虜囚にできる。彼はひたすら、きみを待つだろう。何年も期待しながら、そこにとどまりつづける。飢えて、寒さに震え、世話されることもなく、きみが絞首台の露《つゆ》と消えたあともずっとだ。きみは、あのドラゴンをそんな運命に追いやることができるのか？」

ナポレオンは彼自身の損得勘定《そんとくかんじょう》でものを言っているのだ、とローレンスは思った。もしテメレアからなんの協力も――繁殖行為すらも――引き出せないなら、せめてテメレアを英国には帰したくないと彼は思うだろう。そして、テメレアをフランスに引き留め、いずれローレンスともども説得し、自分の駒《こま》として使える日を待っている。醒《さ》めた目でそれを見抜いていても、ローレンスの心は揺れた。ナポレオンの利害などはどうでもよく、ただ重要なのは彼の予測がまず間違っていないということだ。

「陛下」ローレンスは言葉に詰まりながら言った。「どうか、ここにとどまるよう、テメレアを説得してください。わたしは……帰国するしかありません」

声を絞り出さねばならなかった。息をするのも苦しかった。あの基地の宿営で覚悟を決めたときから、テメレアとともにロンドン基地をあとにしたときから、ずっと登り坂を走りつづけていたような気がする。しかし、坂は終わった。いまは頂まで登りきり、荒い息をついている。これ以上なにも言うことはないし、なにかに耐える必要もない。自分の出した結論はもう揺るがない。ローレンスは、ドラゴン舎の屋根の下で不安そうに待っているテメレアを見やった。もう一度、監獄に連れ戻されるのなら、いっそテメレアのもとへ飛びこんでいきたかった。たとえ、それを試みて殺されようが、待ち受ける運命にたいしたちがいはない。

ナポレオンは、そんなローレンスの心を読んだにちがいなく、つかんでいた腕を放すと、しかつめ顔でその場を行ったり来たりしはじめた。そしてとうとう立ち止まり、振り向いて言った。「わたしがきみの決意をくじくことを、神はお許しにならない。きみの選択は、命を賭《と》して約束を守った、古代ローマの勇敢なる将軍レグルスの選択と同じものだ。きみを称え、自由を与えよう。与えねばなるまい」ナポレオンはつづけて言った。「わたしの古参近衛隊にカレーまで護衛させよう。そこからは、アクサンダールと彼女の率いる編隊が、休戦の白旗を掲げ、海峡を渡って、きみを祖国に送り届けることになる。これによって全世界は、フランスが信義を重んじる男を正しく評価できる国家だと知ることになるのだ」

カレー基地は出発の準備に追われていた。十四頭のドラゴンをまとめあげるのは容易ではなく、アクサンダールは不機嫌で、がみがみとうるさく、咳のせいで体力を消耗していた。ローレンスは喧騒から顔をそむけ、すべてがぼんやりと絵空事のように過ぎ去っていくのを願った。なにもかも早く終わってしまえばいい。鷲《わし》の紋章と軍旗、ベルトや靴の磨きあげられたバックル、フランス軍のプレスのきいた青い軍服——それらが織りなす空虚な儀式も。

風は英国から吹いていた。すでに一時停戦を求める公式文書が海峡を渡り、ローレンスを移送する準備が整っていた。おそらくは英国からドラゴンが何頭か、ローレンスを拘束するために途中まで迎えにくるだろう。騎乗するのはジェーンか、グランビーか、あるいはローレンスの犯した罪しか聞かされていない未知の誰かだろうか。今回の件は、すでに実家へも伝わっているはずだった。

ド・ギーニュが、テーブルの上のアフリカ地図を丸めた。ローレンスは帰国を前に、あの薬キノコが採《と》れる谷を彼に教えた。薬キノコを持ちこんだ以上、採取した場所を教えるのを控える理由はどこにもなかった。フランスでも薬キノコが育ちつつあったが、ナポレオンはその生長を待ちきれなかった。ローレンスは栽培が失敗する場合を見越しておきたかった。

ナポレオンはすぐにアフリカに遠征隊を送ることを決め、港ではその艦の艤装《ぎそう》が進んでいる。いかにも速そうな二隻のフリゲート艦で、ラ・ロシェル港からもさらに二隻が出港することになっていた。四隻あれば、少なくとも一隻は海上封鎖をかわして、目的地にたどり着けるだろうという算段だった。それからは、奪いとるか交渉するかで、薬キノコを入手することになる。

ローレンスとしては、遠征隊が敵の捕虜にならないよう願うばかりだが、たとえそうなったとしても、竜疫の治療が暗礁《あんしょう》に乗りあげるわけではなかった。治療法は確実に伝えられており、広まりつつあった。もう竜疫で死ぬドラゴンはいない。そのことだけが、ローレンスの殺伐《さつばつ》とした心にささやかな満足をもたらした。

出発間際になって、ふたたび金品などをちらつかせて引き留められるのではないかと案じていたが、ド・ギーニュはなにも言ってこなかった。その代わり、こまやかな心遣いを見せ、ほこりをかぶった年代物と思われるブランデーを取り出し、ローレンスのグラスになみなみと注いだ。「われらが国民のあいだに平和が訪れんことを願って」そう言って、グラスを掲げた。ローレンスは儀礼的に口をつけたが、軽食にはまったく手を出さなかった。それらが片づけられると、席を立ち、テメレアに会いにいった。

テメレアはこの騒動のかやの外にいて、地面に腰を落とし、静かに海峡を見つめていた。そこは高台で、英国側の海岸の白っぽい断崖が目視できた。ローレンスは、テメレアの脇腹に背中をあずけ、目を閉じた。巻き貝に耳をあてると聞こえる荒れる海のような音の底に、竜の規則正しい鼓動《こどう》が聞こえた。

「頼む——ここに残ってくれ」ローレンスは言った。「わたしに身を捧げてくれなくていい。きみ自身にどんな理由があったとしても、そんな盲従《もうじゅう》は求めていない」

しばし間《ま》を置いて、テメレアが言った。「もし、ぼくがここに残ったら、あなたは国に帰って、こう言ってくれる？　すべてこのぼくが、あなたの意に反してやったこと、ぼくがあなたを勝手に連れ出し、従わせたんだって」

「だめだ、それは無理だ」ローレンスはテメレアにもたれていた背を起こした。そんなことを尋ねられただけで、胸が痛んだ。まもなく出発だというのに、もうなにを言っても、テメレアは聞き入れないのだろうか。

「ナポレオンがね、もし、ぼくがここに残るなら、あなたは帰国したあと、自分に都合よく証言できるだろうって言ったんだ……」テメレアが言った。「そうしたら、あなたは縛り首にされずにすむだろうって。でも、ぼくはこう言い返してやった。ローレンスはそんな人じゃない、ぼくを誘惑しても無駄だって。だから、あなたも、ぼくを説得するのはもうやめて。ぼくは、フランスに残らないと決めた。ぼくは帰る。あなたといっしょに帰る。帰国したあなたを待っているのが縛り首であるかぎり、ぜったいに」

ローレンスは頭《こうべ》を垂れた。テメレアの言うことは正論だ。自分自身も、テメレアがここにとどまるべきだとは考えていない。だがそれでも、この国に残ってほしかった。テメレアが幸せに生きることだけを願っていた。

「約束してくれ。繁殖場に閉じこめられても、いつまでもそこにとどまるようなことはしないと」ローレンスは低い声でささやいた。「お願いだ、新年が訪れる前に繁殖場から去ってくれ――わたしが生きた体で、きみを訪ねていくことがないかぎりは」

ローレンスには、聖ミカエル祭が訪れる九月の終わりまでに、自分が絞首台に送られるだろうという確信があった。

付録

『ツワナ王国概史《がいし》』全三巻より抄録

著者：サイフォ・ツルカ・ドラミニ
発行元：チャップマン&ホール社（ロンドン）
発行年：一八三八年

ツワナ王国の誕生から現在に至るまでの歴史、領土の地理的概説および首都モシ・オ・トゥニャに関する詳細、土着的習慣についての重要な所見

ツワナ人とソト人の交わりが進むにつれて、部族ごとに建国された王国間にゆるやかな同盟関係が生まれていった。それらの王国は、部族史研究家によれば、十世紀の終わりまでに起きた全体的だが渾沌《こんとん》とした、南と東への人口移動によって、アフリカ南部全域に形成された。人間とドラゴンの増加によって、新しい狩り場や居住地が必要とされたことが、人口移動の要因ではなかったかと推察される。

象の家畜化のはじまりは、広域的な人口移動がおおむね完了し、遊牧と前進による飢餓の軽減が望めなくなった時期からだと見なされている。この時代に、家畜化した象を牛のようにおとなしく、野生種より大型化する交配が推進されていたことは、象牙彫刻の研究によっても裏づけられている。一頭の象からは一生のあいだに一対の大きく長い象牙がとれる。象牙は首都に集められ、精緻《せいち》な彫刻をほどこされたのち、おもに祭祀《さいし》の道具として王に献上された……（中略）……

これらの部族は、遠い縁戚関係を持ち、相互に理解しやすい地方語を話し、いまや周知となったドラゴン転生信仰などの土俗的慣習や宗教儀式も共有していた。部族どうしの融合は、より多くの象を放牧するために一部族の労働力ではまかないきれず、部族間のより密接な協力関係が求められたことからはじまった……（中略）……一七世紀以降は、象牙と黄金の需要の高まりが中央集権化に拍車をかけた。象牙と黄金の仕入れ先は、わずか数十年間のうちに内陸部まで広がった。また奴隷が払底《ふってい》すると、奴隷狩りに関わっていた一部の部族が、最初こそおよび腰だったものの、しだいに内陸部のドラゴン棲息地に入りこむようになった。一八世紀半ばからの金鉱開発（権威あるツワナ王国研究家諸氏により、ある採掘事業に少なくとも十頭のドラゴンが投入され、その数は近隣の個々の部族に属するドラゴンの頭数に勝ったことが確認されている）および象牙の交易量の飛躍的な伸びが、部族間の結束を促した。今世紀初頭までに、年間およそ六万ポンドに相当する象牙が、ヨーロッパ商人の目をかいくぐって海岸地方まで運ばれ、売りさばかれていた。こういった一連の事業は、ヨーロッパ人の奥地への侵入をはばむドラゴンたちの働きなくしては成り立たなかった……（後略）

モシ・オ・トゥニャ

モシ・オ・トゥニャの滝は、見る者を圧倒してやまない絶景ながら、自然のままでは渓谷をたやすく移動できない人間にとって居住には適さず、野生ドラゴンにとっても安住の地とはなりえなかった。滝はその美しさと神秘性ゆえに崇敬《すうけい》の対象となり、たまに訪れる人々はあったが、長いあいだ人が住みつかない手つかずの状態がつづいていた。そのような土地に、ソト－ツワナ人が移り住み、祭祀を執り行う首都を短期間のうちに築いた。首都の建設によって、部族間の結束はいっそう強固になった……（中略）……ドラゴンの〃尊き祖先〃たちが快適な住処を求めたことにより、渓谷の断崖をくりぬいて人工洞窟がつくられるようになった。いまも断崖の下部には、素朴な技法を用いた削岩《さくがん》によってつくられた小部屋を見ることができる。……（中略）……このような作業は、のちに効率的な金鉱の採掘技術に生かされることになり……（後略）

英国の新聞が転生信仰を安易に扱った点については、ここで言及しておかなければならない。それは善意あふれる宣教師による報告であったが、キリスト教徒としての篤い信仰心ゆえに、ソトーツワナ人の転生信仰を邪教の迷妄であるかのように語り、キリスト教の布教活動によって根絶されるべきものであると結論づけていた……（中略）……ソトーツワナ人は、仏教徒やヒンドゥー教徒が輪廻転生《りんねてんしょう》を信じるように、人間の生まれ変わりを信じている。ある宣教師は、〃異教徒たちに彼らのしきたりがいかに荒唐無稽であるかを教えるために〃、一個の卵を無人の荒野に置き去りにしてみてはどうかと提案した。そのような卵から孵《かえ》った幼竜が前世の記憶など持たないことを実証してみせようとしたのである。しかし、ソトーツワナ人にとって、それはあえて実証するまでもない真理であり、反論こそしなかったが、竜の卵に対する不敬な扱いを亡くなった祖先への冒瀆《ぼうとく》であると見なし、怒りをかかえた。

ソトーツワナ人にとって、人間の生まれ変わりである野生ドラゴンが存在しないのは、人間の生まれ変わりである牛が存在しないのと同じくらいに自明の理であり、彼らのしきたりとなんら矛盾するところはない。竜の卵を適切な社《やしろ》のなかに置き、熱心な語りかけと儀式を執り行うことによってのみ、現世の形あるもののなかに先祖の魂を呼びよせることができると考えられている。また、人間のみならずドラゴンたちも、自分たちがこのような過程をへて人間に生まれ変わるものと堅く信じている。

ドラゴンとして転生した〝尊き祖先〟は、共同体にとって重要な労働力および軍事力となる。さらには、文字を持たない彼らの歴史と伝説の保管庫となり、それらを口承していく役割を担う。部族の共有財産である卵については、生まれ変わりの栄誉に値する共同体の一員のために使われるように慎重に検討される。だが、緊急性を要する別の部族に、複雑な伝達網を介して卵が譲渡されることも珍しくない。張りめぐらされた伝達網は、卵を求める部族に彼らの希望にかなった卵があることを知らせるのと同時に、孤立しやすい遠隔地の部族をつなぎとめる役割も果たしている。卵の譲渡はドラゴンの血筋の軽視と見なされるかもしれないが、けっしてそうではない。卵を与える部族と受け取る部族のあいだに一種の縁戚関係を生み出し、国家間の政略結婚にも匹敵する強い結びつきを……（後略）

ソト人、モカカーン一世（人）を長とする王国は、ソトーツワナ人の居住する土地のなかでは南端に位置する比較的小さな領土を切り拓いていた。領土の南端はコーサ人の王国と接していたため、オランダ人が開拓するケープ植民地の成長と発展が、それとなく間接的に情報として入っていた。また、〝グレート・ジンバブエ〟の末裔がアフリカ東海岸地方に築き、当時は植民地に侵攻されつつあったモノモタパ王国とも、いくらかの交流はあった。

一八世紀末には、モカカーン一世の息子で、幼少期から稀《まれ》なる叡智《えいち》の持ち主として知られたモシュシュ一世（人）が働きかけ、周辺の部族王国との、とりわけモノモタパ王国勢力との関係をより強固にした。一七九八年にモカカーン一世が襲撃によって殺害されると、モシュシュ一世は、父を転生させるべく、モノモタパ王家の血筋にあたる大型ドラゴンの卵を入手する交渉を開始した。当時、同王国は、東海岸で金を漁るポルトガル人の圧力によって統治権の危機にあり、よりいっそうの黄金と軍事力を必要としていた。モシュシュ一世が、周辺のツワナ人の王国と交渉することで、それを提供し……（後略）

戦闘力の高いドラゴンを確保したモシュシュ一世は、成年に達して他部族の長と対等に交渉できる立場を得ると、ごく短期間のうちに、ツワナ南域でもっとも繁栄した部族王国を築きあげた。転生したモカカーン一世（竜）は、近隣部族の〃尊き祖先〃のドラゴンをまとめあげ、モシュシュ一世が組織した襲撃計画に加わった。また、それまで未開拓だった地方に、数か所の金と貴石の採掘場を建設した。こうして富と近隣王国からの信頼を集めたのち、モカカーン一世が、一八〇四年、モシ・オ・トゥニャを首都と定め、みずからを竜王とするツワナ王国の建国を宣言した。

この建国宣言の数年前より組織的な奴隷狩りの猛威がツワナの地におよんでいたことも、近隣の小国が統率力に優れた指導者を受け入れた要因としておろそかにはできない。小国の王たちは、奴隷狩りの脅威に団結して立ち向かい、撃退することを望んでいた。それを必ず果たすと約束するモシュシュ一世に対し、状況が異なれば部族の誇りを理由に拒んだかもしれない忠誠を宣言した。一八〇七年にケープタウンと〃奴隷海岸〃を襲撃し、奴隷貿易港を壊滅させたことにより、竜王モカカーンは宗教的かつ実質的な統治を完成させたと著者は確信している。かくして、ツワナ人の歴史において建国の年と定められたのは……(後略)

数ある参考図書のなかでも、アフリカ史を知るうえでの第一次資料についての概説、バジル・デヴィッドソン著『アフリカ文明再考』（African Civilization Revisited 未邦訳）は、アフリカ大陸の植民地化以前の歴史について教えてくれた『ユネスコ・アフリカの歴史』（UNESCO's General History of Africa アフリカの歴史起草のためのユネスコ国際学術委員会編、同朋舎出版）とともに、執筆にとってたいへん貴重な資料となった。また、惜しみなく専門知識を分け与え、きりのない質問に辛抱強く答えてくださったボツワナ、オカバンゴ・デルタのカー&ダウニー・キャンプのガイドのみなさんに深く感謝している。オクティで出会ったすばらしいキャンプ・マネージャー、ポール・モロセングにも特別な感謝を捧げたい。

『象牙の帝国』は、これまでの「テメレア戦記」シリーズのなかで、もっとも執筆に苦労した作品だった。ベータ・リーダーのみなさんに週末に第一稿を手渡し、週が明けると、返ってきた意見を参考に、猛烈な勢いで改稿に取り組んだ。そんな切羽詰まった状況のなかで奮闘してくださったみなさん――ホリー・ベントン、セアラ・

ブース、アリソン・フィーニー、シェリー・ミッチェル、ジョージーナ・パターソン、メレディス・ローサー、L・サロム、ケリー・タケナカ、レベッカ・タシュネットに心から感謝する。すばらしい編集者、ベッツィー・ミッチェル、エマ・クード、そしてわたしの友人でありエージェントであるシンシア・マンソンにもとびきりの感謝を。

最後になるが、いつもいつも、わたしの作品の最初の、そして最高の愛読者でありつづけてくれる夫のチャールズに感謝と愛を捧げたい。

文庫新版　訳者あとがき

〈イエナ・アウエルシュタットの戦い〉は、ナポレオン軍の圧勝で終わった。陰で糸を引いていたのは、テメレアの宿敵、同じ天の使い《セレスチャル》種の白い竜、リエンだった。テメレアとローレンスを亡きヨンシン皇子の仇《かたき》と決めつけ、復讐を果たすべくフランスに渡って、中国式ドラゴン兵法をナポレオンに吹きこんでいたのだ。テメレアたちは苦しい敗走をつづけたあげく、プロイセン王国にたどり着く。ところが、英国がこの地に寄こすと約束した二十頭のドラゴン戦隊が、いまだ到着していないことを知らされる。なぜ英国はドラゴン戦隊を送りこまなかったのか。あるいは、送りこめなかったのか。

敵に包囲された要塞都市ダンツィヒから、大勢のプロイセン軍兵士を乗せて、二十頭の野生ドラゴンとともに命からがら脱出したテメレアとローレンスは、バルト海を渡り、祖国に向かって飛んだ。アフリカを経由して中国へ、中国からユーラシア大陸を横断してオスマン帝国へ、そしてヨーロッパ大陸を西へ——シリーズの二話と三話をまたいだ一年あまりの過酷な旅がようやく終わろうとしている。「テメレア戦記」(Temeraire) シリーズの第三話『黒雲の彼方へ』(Black Powder War) は、ここで幕を閉じていた。

そしてこの第四話『象牙の帝国』(Empire of Ivory) に話はつづくわけだが、その冒頭で、テメレアたちはまだ祖国の土を踏んではいない。暗夜の北海で、フランス空軍による奇襲攻撃を迎え討っている。テメレアの背では、要塞《ようさい》都市からともに逃げ延びたプロイセン兵士らが恐慌状態に陥り、幼い火噴き竜のイスキエルカが戦わせろと暴れて、いっそうの苦戦を強いられる。スコットランドのエジンバラ基地までは、あとわずかな距離。闇空に打ちあげる照明弾の明かりは陸地からも見えているはずなのに、援軍はやってこない。援軍どころか、一頭の伝令竜《でんれいりゅう》さえ偵察に来るようすはない。

いったい、英国航空隊になにが起きているのか?

第三話でも何度か浮上した疑問が、またしても頭をもたげてくる。おかしい、なにかたいへんなことが起きているにちがいない。疑惑が確信に変わり、どうにかこうにか敵を交わして英国にたどり着いたテメレアとローレンスを待ち受けていたものは――。

最初に訳者あとがきに目を通していらっしゃる方は、どうかこの先は読まずに、作品のほうを読んでみてください。ページをめくるうちに、ああ、そういうことだったのかと、膝を打つときがやってくるので、その瞬間を楽しんでいただきたい。

でもすでに最後まで読まれた方には、途中でいったん本を置いて二話、三話のあの箇所この箇所を思わず読み返してしまったのではありませんか、と尋ねてみたい。たとえば第二話『翡翠の玉座』(Throne of Jade)のなかの、逓信竜ヴォリー(「テメレー!」)がアリージャンス号に飛来するところ、あるいは、テメレア一行がアフリカのケープタウンに立ち寄って、ゴン・スーが料理の腕をふるうところなどを。初めて原書でこの第四話『象牙の帝国』を読んだとき、ああ、あれもこれも伏線だったのか、という驚きをしみじみ味わった訳者としては、日本語版読者にも同じ読書体験をしてもらえたらと願っている。それとも、察しのよい読者には――キャサリン・ハーコートの手紙にもヒントはあったわけだし――おおよその想像がついていたのだろうか。

ともあれ、英国航空隊の窮状が明らかになったあと、テメレアとローレンスは、大切な仲間の命を救うために、ドラゴン輸送艦アリージャンス号に乗って、また新たな冒険の旅に乗り出した。目指すはアフリカだ。そしてこの地には、以前の訪問のとき以上に、ドラゴンに強いられた束縛や不平等についてテメレアに深く考えさせずにはおかない、さまざまな人や竜や出来事が待ち受けている。

舞台をアフリカに置いて、話はいったんナポレオン戦争から離れたかに見える。だが、実はそうではなく、このアフリカ行きも、〝本シリーズにおけるナポレオン戦争〟に大きな関わりをもってくる。〝もしこの世界にドラゴンがいて、苛烈《かれつ》な空中戦を展開していたら、世界史はどう変わっていたか〟――「テメレア戦記」シリーズはそんな荒唐無稽な設定から生み出された歴史改変ファンタジーだ。が、これまでのところは、つまり第三話のプロイセン王国の大敗までは、ナポレオン戦争の史実からそれほど大きくはずれないかたちでストーリーが進められてきた。だがこれから先は、ナポレオン戦争の歴史そのものに大きな改変が加えられていく。著者ナオミ・ノヴィクの描き出そうとする〝もうひとつの世界史〟がいよいよ輪郭をあらわしていくと言ったらいいだろうか。第四話『象牙の帝国』は、その節目となるような作品である。

とはいえ、虚実を巧妙に取り混ぜた物語のなかで〝虚〟がふくらむほどに、〝実〟のほうもみっちりと描きこむのが、著者のこだわりであるようだ。歴史上の人物はまるで肖像画のなかから抜け出してきたかのように、リアリティをもって描かれている。ただ、そこにもちょっとした改変はある。たとえば、英国海軍提督ホレーショ・ネルソン（一七五八－一八〇五）は、実際には〈トラファルガーの海戦〉（一八〇五）を勝利に導きながらも戦死している。しかし、本シリーズでは大火傷から生き延び、公爵という高い爵位を授かり、いまを時めく国家の英雄になって、テメレアやローレンスとも生きいきと対話する。一方、ローレンスの父親の友人で奴隷貿易廃止のために尽力するウィルバーフォースは、実在した政治家ウィリアム・ウィルバーフォース（一七五九－一八三三）を活かし、国会での法案成立に向けての働きかけなど、ほぼ史実どおりに物語のなかに取りこまれている。そのほかにも、時の政府や、ケープ植民地総督代理や、ローレンスを苦しめる海軍省委員会諸卿などなど、実に細かいところにまで〝実〟の部分が巧妙に嵌《は》めこまれている。そういうところは今後も存分に楽しんでいただけるのではないかと思う。

さて、虚実で言うと、巻末についている〝付録〟はまるごと著者によるフィクションなのだが、この物語の世界ならいかにもありそうな著作や論文や手紙の形をとって、ストーリーを補足するような役割を果たしている。そして、付録がつくのは第四話が最後になる。その最後の付録、『ツワナ王国概史』は、発行年が一八三八年とされている。ローレンスたちはこの第四話において一八〇六、七年を生きているので、つまり『ツワナ王国概史』は、そこからほぼ三〇年後に書かれたことになる。そして、著者の名前が……！　登場人物の成長した姿をそこに見つけたときの喜びも忘れがたいので、このことも最後に読者と分かち合っておきたい。

今後も「テメレア戦記」をお楽しみに——と書くには、いささか暗雲立ちこめる最終章だったかもしれないが、どうかこの先も、ローレンスとテメレアの運命をはらはらしながら見守りつづけてくださいますように！

二〇二二年三月

那波かおり

本書は二〇一一年七月　ヴィレッジブックスから刊行された「テメレア戦記4　象牙の帝国」を改訳し、二分冊にした下巻です。

テメレア戦記4
象牙の帝国　下
2022年6月7日　第1刷

作者　ナオミ・ノヴィク
訳者　那波かおり

発行者　松岡佑子
発行所　株式会社静山社
〒102-0073 東京都千代田区九段北1-15-15
電話・営業 03-5210-7221
https://www.sayzansha.com

ブックデザイン　藤田知子
組版　アジュール
印刷・製本　中央精版印刷株式会社

ISBN978-4-86389-647-5